Estimados lectores,

Para hablar de este libro lo más fácil es hacer un poco de memoria:

Primavera de 2015: Desde diversas fuentes están llegando noticias sobre una primera novela de una autora alemana desconocida que, a la semana de publicarse, entra en las listas de los libros más vendidos.

Primavera de 2016: Siguen llegando más noticias sorprendentes sobre la misma novela, que ahora lleva más de un año en listas.

Ahora, en pleno mes de **febrero de 2017**, casi dos años después, cuando estamos a punto de publicarla en Maeva, se ha convertido en uno de los mayores éxitos de la literatura europea de los últimos años.

¿Cómo es posible que el debut de una autora novel haya podido encantar a tantos lectores? Cuando empieces a leer *La vieja tierra*, así se llama esta novela de Dörte Hansen, entenderás su capacidad para captar al lector: es la historia paralela de dos mujeres en dos épocas muy distintas, la de Vera, una dentista dura y brusca, y la de Anne, una joven profesora de música y madre de un niño pequeño, que coinciden en la misma vieja casa de campo destartalada, en el norte de Alemania, cerca de Hamburgo, que se convertirá en el refugio de las dos protagonistas.

Alrededor de ellas la autora construye un elenco de fantásticos personajes secundarios. Por un lado, ciudadanos estresados que acuden al campo como si fuera la panacea, por otro, campesinos que observan perplejos la invasión de los urbanitas. También nos encontramos con una trama que avanza hábilmente entrelazando episodios del pasado y del presente, y que describe las formas en que las protagonistas logran convivir con sus miedos y recuerdos.

Al final, la conclusión es que la novela habla de lo que todos buscamos, y que Vera y Anne acaban encontrando cuando menos lo esperaban: una familia y un hogar.

Verano 2017: Prevemos que *La vieja tierra* habrá conectado con los lectores de nuestro país, como ya lo ha conseguido anteriormente en muchos otros países europeos.

¡No te la puedes perder!
¡Feliz lectura!

La editora

LA VIEJA TIERRA

Dos mujeres,
dos épocas, una antigua casa

Este libro se ha elaborado con papel procedente de bosques gestionados de forma sostenible, reciclado y de fuentes controladas, avalado por el sello de PEFC, la asociación más importante del mundo para la sostenibilidad forestal. Certificado por SGS según N.°: SGS-PEFC/COC-0634 www.pefc.es

PEFC/14-1-1

MAEVA desea contribuir al esfuerzo colectivo y permanente de proteger y preservar el medio ambiente y nuestros bosques con el compromiso de producir nuestros libros con materiales responsables.

DÖRTE HANSEN

LA VIEJA TIERRA

Dos mujeres,
dos épocas, una antigua casa

MAEVA

Título original:
Altes Land
Diseño e imagen de cubierta:
Opalworks

 La traducción de este libro ha recibido una ayuda del Goethe
Institut, organismo fundado por el Ministerio Alemán de
Asuntos Exteriores.

© Albrecht Knaus Verlag, un sello de Verlagsgruppe Random House GmbH,
Múnich, Alemania, 2015
www.randomhouse.de
La negociación de derechos de este libro se ha hecho
a través de Ute Körner Literary Agent, S. L. U., Barcelona
www.uklitag.com
© de la traducción: Laura Manero Jiménez, 2017
© MAEVA EDICIONES, 2017
Benito Castro, 6
28028 MADRID
emaeva@maeva.es
www.maeva.es

ISBN: 978-84-16690-42-8
Depósito legal: M-117-2017

Preimpresión: MT Color & Diseño, S. L.
Impresión y encuadernación: Huertas, S. A.
Impreso en España / Printed in Spain

Para mi gente de la casa de las manzanas

La ambientación

Altes Land, «Tierra Vieja», es el nombre de una región alemana situada en el sureste de Hamburgo, junto al río Elba. Fue una zona colonizada por los holandeses en el siglo XII y, a causa de esa particularidad histórica, en la actualidad se continúa hablando allí una variedad dialectal muy característica, el bajo alemán. Se trata de una comarca conocida también por sus ríos, diques y canales, sus huertos frutales y sus viejas granjas. Precisamente una de esas granjas tradicionales constituye uno de los personajes centrales de esta novela.

1

Cerezos

Algunas noches, cuando la tormenta venía del oeste, la casa gemía como un barco zarandeado de un lado a otro por la mala mar. Las ráfagas de viento chirriante no dejaban de azotar sus viejos muros.

Así chillan las brujas cuando las queman, pensaba Vera, o los niños cuando se pillan los dedos.

La casa gemía, sí, pero no llegaría a hundirse. Las enmarañadas cañas de su tejado seguían sujetas a la armadura con firmeza aunque entre ellas proliferasen nidos de musgo verde. Solo el caballete estaba algo hundido.

Al entramado de la fachada se le había desconchado la pintura, los montantes de roble tosco sobresalían de los muros como si fuesen huesos grisáceos. También la inscripción del frontón estaba desgastada, pero Vera sabía muy bien lo que decía: «esta casa es mía y no lo es, quien tras mí venga lo dirá también».

Fue la primera frase en dialecto bajo alemán que aprendió al llegar de la mano de su madre a esa granja de la fértil región de Altes Land, a orillas del río Elba.

La segunda la oyó de boca de la propia Ida Eckhoff, y resultó ser un acertado aviso sobre los años que estaban por

11

venir: «¿Cuántos más de los vuestros van a llegar, sucios polacos?». A Ida se le había llenado la casa de refugiados y estaba harta.

Hildegard von Kamcke no tenía ningún talento para el victimismo. Con la cabeza piojosa bien alta y trescientos años de alcurnia de la Prusia Oriental encima, se instaló junto a su hija donde Ida Eckhoff le indicó que podían hospedarse: en el frío cuarto para el servicio que daba al gran vestíbulo.

Sentó a la niña en el colchón de paja, dejó su mochila y, con la voz tranquila y la correctísima articulación de una cantante de ópera, plantó cara a Ida: «Mi hija necesita algo de comer, por favor». E Ida Eckhoff, sexta generación de granjeros de Altes Land, viuda y madre de un soldado herido en el frente, contraatacó al instante: «¡Pues yo no la voy a dar *ná!*».

Vera, que acababa de cumplir cinco años, se quedó tiritando de frío en el estrecho camastro. Los calcetines de lana mojados le picaban, la manga de su abrigo estaba empapada de los mocos que no dejaban de caerle de la nariz, y entonces vio cómo su madre se acercaba a Ida Eckhoff y, muy erguida, empezaba a entonar una cancioncilla de opereta con un delicado vibrato y una sonrisa burlona: «Y es que leer y escribir nunca fue lo mío / desde bien pequeña me ocupé de los gorrinos...».

Ida se quedó tan perpleja que no se movió del sitio hasta que llegó el estribillo. «Por eso en la vida mi meta / es el tocino, es la panceta», siguió cantando Hildegard von Kamcke, que tomó entonces impulso en su cuarto de refugiadas para hacer grandes gestos operísticos y no paró hasta mucho después de que Ida, temblando de rabia, se marchara a sentarse a la mesa de su cocina.

Cuando oscureció y la casa quedó en silencio, Hildegard cruzó a hurtadillas el vestíbulo para salir. Regresó con una manzana en cada bolsillo del abrigo y un tazón de leche, tibia aún de la ubre. Vera se la bebió toda, y luego su madre limpió el tazón con el dobladillo del abrigo y volvió a dejarlo en el vestíbulo sin hacer ningún ruido antes de echarse junto a la niña en el colchón de paja.

Dos años después, y tras ser liberado de su cautiverio ruso, Karl Eckhoff regresó a casa con la pierna derecha más tiesa que un garrote y las mejillas tan hundidas como si se las chupara constantemente hacia dentro. Hildegard von Kamcke todavía tenía que robar la leche.

«Pues yo no la voy a dar *ná.*» Ida Eckhoff era una mujer de palabra, pero sabía muy bien que «cierta persona» se colaba todas las noches en su vaqueriza, así que en algún momento decidió dejar una jarra para la leche en el vestíbulo, junto al viejo tazón, no fuera a perderse la mitad de la producción durante los ordeños nocturnos. Por las noches ya nunca retiraba la llave del almacén de la fruta, y a veces le daba a la niña un huevo, sobre todo si había barrido el suelo con aquel escobón tan grande o le había cantado el himno de su Prusia Oriental, *Tierra de oscuros bosques,* mientras cortaban judías.

En julio, cuando las cerezas maduraron y en las granjas echaron mano de todos los niños para espantar a los estorninos que se lanzaban sobre los cerezos en bandadas gigantescas, también Vera recorrió las hileras de frutales como un monito de juguete con su tambor, aporreando una vieja cazuela con una cuchara de palo mientras cantaba a voz en grito y en interminable repetición todas las canciones que le había enseñado su madre. Solo se saltaba la del tocino.

Ida Eckhoff veía marchar a la niña entre los árboles una hora tras otra, hasta que el pelo oscuro se le pegaba a la cabeza en caracolillos mojados. A eso de mediodía, su rostro infantil se había puesto ya de un rojo subido. Vera iba más despacio y tropezaba de vez en cuando, pero no dejó de aporrear su tambor ni de cantar, sino que siguió avanzando tambaleante como un soldado exhausto... hasta que se cayó de bruces sobre la hierba cortada de entre los cerezos.

El repentino silencio hizo que Ida aguzara los oídos. Salió corriendo a la gran puerta y vio a la niña desmayada entre los frutales. Sacudió la cabeza con disgusto, fue deprisa hacia allá, se la echó al hombro como si fuera un saco de patatas y cargó con ella hasta el banco de madera pintado de blanco que había en la sombra del gran tilo, junto a la casa.

Ese banco era tabú para criados y refugiados. El que fuera el banco nupcial de Ida Eckhoff había acabado siendo su banco de viuda. Aparte de ella y de Karl, nadie tenía permiso para sentarse en él, y de repente estaba ocupado por una niña polaca con insolación que debía recuperar el conocimiento.

Karl salió entonces cojeando del cobertizo, pero Ida ya estaba en la bomba, llenando el cubo de agua fría. Agarró el trapo de cocina que siempre llevaba sobre el hombro, lo sumergió, lo dobló como si fuera una venda y lo apretó contra la frente de la pequeña. Después le levantó los pies descalzos y le colocó las piernas sobre el respaldo blanco.

Desde los cerezos llegaba el estruendo lejano de matracas de madera y tapas de cazuelas. En cambio allí, junto a la casa, de pronto se había hecho un silencio enorme y los primeros estorninos ya se atrevían a lanzarse de nuevo sobre los árboles. Entre las ramas se oían los susurros y los chasquidos que provocaban.

Antaño, Karl los había abatido de los árboles con su padre; juntos recorrían las hileras de cerezos con sus hondas y disparaban extasiados contra las bandadas negras. Después, al reunir los pajarillos caídos, recuperaban de golpe la sobriedad. Una gran embriaguez y luego ese miserable manojo de plumas.

Vera volvió en sí, sintió arcadas, giró la cabeza a un lado y vomitó sobre el banco nupcial blanco, debajo del majestuoso tilo de Ida Eckhoff. Al darse cuenta de lo que había hecho se estremeció con violencia y quiso levantarse de

14

golpe, pero el tilo empezó a dar vueltas sobre su cabeza, la alta copa con hojas en forma de corazón parecía bailar, y la mano ancha de Ida volvió a retenerla sobre el asiento.

Karl salió de la casa con una taza de leche y una rebanada de pan con mantequilla y se sentó en el banco junto a la niña, mientras Ida se hacía con la cuchara de palo y la cazuela abollada para ir a espantar a esos pájaros descarados que campaban a sus anchas en sus tierras y devoraban una fruta que no les correspondía.

Fue él quien le limpió la cara a la pequeña con el trapo de cocina mojado. Cuando Vera vio que Ida no estaba, se bebió deprisa la leche fría y se guardó el pan. Se puso de pie, hizo una reverencia vacilante y después avanzó descalza y a pasitos cortos por los adoquines calientes, con los brazos extendidos a los lados, como si caminara sobre una cuerda floja.

Karl la miró mientras regresaba a los cerezos.

Se encendió un cigarrillo, limpió el banco y tiró el trapo a la hierba. Después echó la cabeza hacia atrás, dio una buena calada e hizo unos bonitos aros de humo que flotaron hacia la copa del tilo.

Su madre seguía causando estragos con la vieja cazuela entre las hileras de frutales.

Como no repiques ese tambor con un poco más de calma, dentro de nada tú también acabarás tirada en la hierba con una insolación, pensó.

Entonces Ida regresó corriendo a la casa, sacó la escopeta y se puso a tirotear a la bandada de pájaros. No dejaría de disparar al cielo hasta darle al último de aquellos glotones de los cerezos, o por lo menos hasta espantarlos durante un buen rato. Y su hijo, que tenía dos brazos sanos y una pierna intacta, se quedó sentado en el banco, mirándola.

¡A Dios gracias que no le falta *ná!*, había pensado Ida Eckhoff ocho semanas antes, al verlo acercarse cojeando por el andén. Flaco lo había sido siempre, parecía cansado y arrastraba una pierna tras de sí, pero habría podido regresar mucho peor. A Friedrich Mohr le habían devuelto a su hijo sin brazos, así que estaba por ver lo que sería de su granja. Y Paul y Heinrich, los chicos de los Buhrfeindt, habían caído los dos. O sea que Ida podía estar contenta de que su único hijo hubiera regresado a casa en tan buen estado.

Y todo lo demás, los gritos por las noches y la cama mojada de algunas mañanas..., no era nada grave. Los nervios, decía el doctor Hauschildt. Pronto se arreglaría.

En septiembre, cuando maduraron las manzanas, Karl seguía sentado en el banco blanco de su madre, fumando. Hacía unos aros preciosos y redondísimos que subían hasta la copa dorada del tilo, y a la cabeza de la brigada de recolectores que trabajaban las hileras de manzanos cesto a cesto iba Hildegard von Kamcke. La mujer había comentado que en Prusia estaba acostumbrada a un campo muy diferente, e Ida había vuelto a sentir unas ganas enormes de echar en ese mismo instante de su granja a la polaca engreída. Pero no podía prescindir de ella. Aborrecía a más no poder a aquella mujer delgada que a primera hora de la mañana montaba en la bicicleta como si fuera un caballo de silla y llegaba hasta Melken con un porte impecable, que bregaba en los frutales hasta que había recogido la última manzana de los árboles, que en el establo blandía la horca como un hombre mientras cantaba arias de Mozart, aun sabiendo que con ello no impresionaba a las vacas.

Pero a Karl, en su banco, le encantaba. Y mucho.

E Ida, que no había llorado desde que su Friedrich apareciera sin vida, flotando como un tronco en la acequia hacía ya ocho años, se acercó a la ventana de la cocina y sollozó al ver a Karl sentado bajo el tilo, escuchándola embelesado.

«Si no sientes los anhelos del amor...», cantaba Hildegard von Kamcke interpretando *La flauta mágica,* y mientras tanto pensaba quizá en otro hombre muerto. También ella, como Ida, sabía que allí fuera, en el banco, ya no estaba sentado el mismo Karl al que su madre había esperado durante años.

Aquel Karl Eckhoff, el heredero de la granja, fuerte y lleno de ilusiones, se había quedado en la guerra; lo que le habían devuelto a Ida era un sustituto de cartón. Amable y extraño como un viajero de paso, su hijo se sentaba en el banco nupcial a lanzar aros de humo al cielo. Y, por las noches, gritaba.

Cuando llegó el invierno, Karl le construyó, sin dejar de silbar en voz baja, un cochecito de muñecas a la pequeña Vera von Kamcke, y, para Navidad, la condesa huída y su niña perpetuamente hambrienta se sentaron por primera vez a la gran mesa del comedor de Ida Eckhoff.

En primavera, mientras las flores de los cerezos caían como la nieve, Karl tocaba el acordeón en su banco y Vera se sentaba ya con él.

Y el octubre siguiente, después de la cosecha de las manzanas, cuando Ida Eckhoff se jubiló, ya tenía una nuera a la que debía respetar, si bien no podía dejar de odiarla.

«Esta casa es mía y no lo es...»

La vieja inscripción valía para ambas. Las dos, que estaban hechas de la misma pasta, habían librado duras batallas en esa casona que Ida no quería entregar y de la que Hildegard no deseaba marcharse.

Los largos años de gritos, reniegos, portazos y estrépitos de jarrones de cristal y tazas de ribetes dorados se habían colado por entre las grietas de las paredes, se habían posado como el polvo sobre los tablones del suelo y en las vigas del techo. Ya de adulta, Vera podía oírlos aún en las noches silenciosas y, cuando arreciaba el temporal, se preguntaba si de verdad era el viento lo que aullaba con tanta furia.

Tu casa ya no impresiona a nadie, Ida Eckhoff, pensaba.

Y frente a la ventana se erguía el tilo, que se sacudía la tormenta de las ramas.

2

La flauta mágica

Lo peor eran las jornadas de puertas abiertas de todos los semestres, cuando niños de entre tres y cinco años inundaban la gran sala de ensayos acompañados por sus padres y Bernd se ponía su camisa vaquera clara con aquel coletero azul cielo a juego.

Bernd no era de los que gustan de dejar nada al azar, solo le gustaba parecerlo. Las gafas redondas, la barba crecida, el pelo entrecano recogido en una trenza: medidas estudiadas para generar confianza. La educación musical temprana era un negocio que requería de muchísima sensibilidad.

Cuando los padres del exclusivo barrio hamburgués de Ottensen se presentaban con sus hijos en las jornadas de puertas abiertas, no querían ver a un profesor de música con pajarita. Bernd les ofrecía un casi cincuentón creativo, entregado, dinámico, relajado..., pero profesional. Aquello no era ningún centro cívico.

La academia Musimaus defendía una visión exigente de la estimulación temprana, y Bernd, en su discurso de bienvenida, iba dejando caer con habilidad los conceptos clave oportunos. «Aproximación lúdica» era siempre el primero.

Anne estaba sentada en el gran círculo, sobre el suelo de madera de la sala de ensayos, con la boca sonriente y las cejas elevadas, la flauta travesera en el regazo. Era su octava jornada de puertas abiertas y cerró los ojos un instante cuando Bernd dijo «a conciencia»; ya solo faltaban «talento», «potencial» y «capacidades cognitivas».

La niña que estaba en el regazo de su madre al lado de Anne tenía tres años como mucho, mordisqueaba una tortita de arroz y tamborileaba aburrida con los pies. Se la quedó mirando un rato, luego se inclinó hacia ella e intentó alcanzar la flauta con sus manos pringosas. Su madre la contemplaba sonriendo.

—¿Quieres soplar un poquito, cielo?

Anne vio la húmeda boca infantil con restos de tortita pegados, aferró su instrumento con ambas manos y respiró hondo, pero sintió que un muro de ira empezaba a erigirse en su interior y que la invadían unas ganas enormes de restregarle a la niña por toda la cabeza su flauta travesera en do de plata maciza..., o quizá más aún, de atizarle con ella a la madre, que llevaba medias de rayas y un pañuelo floreado en el pelo, y que en ese momento arrugaba la frente, desconcertada porque a su pequeña de tres años llena de babas no le dejaban soplar en un instrumento profesional de seis mil euros.

Para el carro, pensó Anne, la niña no puede evitarlo.

Entonces oyó que Bernd llegaba al final de su discurso:

—¡...sencillamente la ALEGRÍA de la música!

La frase final de él, el pie para ella. Se levantó, intensificó su sonrisa escénica y se acercó a su jefe cruzando el círculo. Anne con la flauta mágica, Bernd con la guitarra, así lo hacían siempre: tres veces el motivo de Papageno a la flauta travesera y después una intro corta de guitarra.

—Y ahora todos los niños pueden escoger un triángulo o unas claves del centro, y los padres cantarán, que seguro que conocen la canción, y todos juntos..., tres, cuatro: «Qué magnífico sonido, qué sonido tan hermoso...».

Mientras los niños aporreaban los instrumentos y los padres vociferaban con mayor o menor acierto, Anne iba bailando con su flauta por toda la sala de ensayos y Bernd marchaba tras ella cantando y sonriendo con la guitarra, y todo el rato conseguía inclinar la cabeza con entusiasmo hacia uno y otro lado. Estaba hecho un auténtico profesional.

Bernd coreografiaba las jornadas de puertas abiertas a la perfección, cosa que acababa saliendo a cuenta. Los cursos en Musimaus eran casi más codiciados por los padres de Ottensen que una parcela de huerto con toma eléctrica en las afueras. Las listas de espera eran larguísimas.

Anne podía estar contenta de haber conseguido ese trabajo. Normalmente Bernd solo contrataba a profesores de música titulados o a exalumnos del Conservatorio Superior. Ella, estudiante de música que había dejado la carrera a medias, no habría tenido ninguna posibilidad, pero Bernd enseguida se dio cuenta de que, para empezar, Anne les daba cien vueltas a sus profesores de música con diploma y, además, encajaba muy bien en su «concepto global».

Lo cual quería decir que ofrecía una imagen bastante atractiva cuando se paseaba por la sala de ensayos con su flauta travesera y sus rizos oscuros, ataviada con un vestido «no demasiado largo», según establecía el código de indumentaria de Bernd para las jornadas de puertas abiertas.

«Siempre hay que recordar que son los papás quienes pagan las clases.» Pero el vestido tampoco podía ser demasiado corto: «¡No queremos que se nos mosqueen las mamás!».

Sonreía mucho y guiñaba un ojo cada vez que lo decía, pero Anne lo conocía desde hacía casi cinco años ya. Sus palabras iban muy en serio.

Ella detestaba la camisa vaquera azul claro y la trenza, y se detestaba también a sí misma cuando interpretaba el numerito

21

del flautista de Hamelín mientras los futuros alumnos de Musimaus torturaban sin compasión el instrumental Orff en la gran sala de ensayos.

Se sentía como una azafata de *Vacaciones en el mar* con la misión de servir la tarta helada con bengalitas en la cena del capitán.

Aunque al menos los pasajeros del crucero seguían el ritmo cuando daban palmas...

«¿De verdad lo necesitas, Anne?»

¿Por qué habría contestado al teléfono la noche anterior? Vio el número de su madre en la pantalla y, aun así, descolgó. Gran error, como siempre.

Primero Marlene había charlado un par de minutos con Leon, pero a él todavía no se le daba muy bien hablar por teléfono y solo asentía al auricular o negaba con la cabeza cuando su abuela le hacía alguna pregunta. Anne tuvo que poner el altavoz y traducir las respuestas mudas de su hijo.

–Bueno, ¿y qué quieres que te regale la abuela por Navidad, cielo?

Leon miró a Anne sin entender nada; en la escuela aún estaban confeccionando farolillos para la festividad de San Martín.

–Creo que Leon todavía tiene que pensárselo un poco, madre. –«Madre», y no «mamá», lo cual era importante para Marlene.

En cuanto Leon desapareció hacia su habitación, Anne desconectó el altavoz y se levantó del sofá. Todavía se ponía firme cuando hablaba con su madre. Al darse cuenta, volvió a sentarse.

–Anne, ¿cómo estás? No sé nada de ti.

–Todo va bien, madre. Estoy bien.

–Me alegro. –Marlene era una maestra de las pausas enfáticas–. Yo también estoy bien, por cierto.

–Ahora iba a preguntártelo. –Anne había vuelto a levantarse sin ser consciente de ello. Agarró un cojín del sofá, lo dejó caer al suelo y lo envió de una patada a la otra punta del salón.

–¿Y qué quiere decir eso de que todo va bien? –preguntó Marlene–. ¿Es que por fin has dejado esa academia de maltratar instrumentos?

Anne se hizo con el segundo cojín del sofá y lo lanzó contra la pared.

–No, madre, no quiere decir eso.

Cerró los ojos y contó hasta tres, despacio. Una breve pausa intencionada al otro extremo de la línea, luego una inspiración profunda seguida de una exhalación entrecortada por la boca y, después, casi en un susurro resignado:

–¿De verdad lo necesitas, Anne?

Debería haber colgado en ese momento, normalmente lo hacía en ese punto. Era evidente que ayer no había sido su día.

–¡Madre, vale ya con esa mierda!

–Pero, oye, ¿cómo me hablas de esa for...?

–No es problema mío que te avergüences de mi vida.

Marlene tardó un rato en recuperar el habla.

–Lo tenías todo, Anne.

Las demás niñas siempre se ponían muy nerviosas antes de salir a escena. Esperaban sentadas junto a sus profesores de piano, pálidas a causa del pánico, hasta que les llegaba el turno y subían los pocos escalones del escenario arrastrando los pies y con la cabeza gacha, directas al taburete del piano, donde echaban un momento la cabeza hacia atrás y... ¡adelante!

«Claro que a ti te resulta facilísimo, porque siempre ganas», le dijo un día sin ninguna envidia Cathrin, su mejor amiga, solo como constatación. El primer puesto de Anne en los certámenes de jóvenes talentos de *Jugend musiziert* era algo casi rutinario. Competición local, competición del *Land*, competición federal; tenía que pillarle un día bastante malo para que acabara en segundo puesto, o en tercero alguna vez, y entonces se enfadaba tanto consigo misma que después se torturaba practicando más aún.

Los primeros tres años le dio clases la propia Marlene, que después siguió acompañándola a todos los concursos. Grandes copas de helado tras los conciertos y, a medida que se iba haciendo mayor, grandes tardes de compras, las dos agarradas del brazo y locas de alegría.

Todavía le dolía pensar en ello. En su padre, en su sonrisa, en sus manos sobre los hombros de la joven Anne cuando regresaba a casa con un primer premio. Unas manos grandes que seguían delatando al hijo de agricultor que era. «Manos de cultivador de patatas», como decía Marlene, y en los días buenos sonaba cariñoso. Como si para ella no supusiera ningún problema que su marido se hubiese labrado un camino desde lo más bajo, que fuese un joven de campo que se había sacudido de encima el olor a establo en aulas y bibliotecas, pero al que de vez en cuando todavía se le escapaban aquellas erres rudas al hablar, marcadas como las marcaban en bajo alemán. Marlene se estremecía cada vez que lo oía. «Igual que un campesino.»

A Anne le encantaba, porque en esos momentos el catedrático de física Enno Hove se mostraba cercano como pocas otras veces. Su «papá», y no su «padre».

«¡El talento lo ha sacado de mí!»

Marlene había renunciado a su carrera musical al quedarse embarazada con veintiún años. O esa era su visión de los hechos, en cualquier caso.

Tampoco es que hubiese significado un gran sacrificio, como le gustaba dejar siempre bien claro a la abuela Hildegard. «Digamos que fue un "pequeño sacrificio". Marlene y una carrera, ay, Dios mío...»

Pero Anne sí parecía tener madera, y ni siquiera Hildegard von Kamcke dudaba de ello. Bachillerato musical, naturalmente, sus primeros conciertos en escuelas y centros culturales y, luego, por su décimo cuarto cumpleaños, su propio piano de cola.

Un Bechstein que casi era demasiado grande para el salón, de segunda mano, y aun así sus padres habían tenido que pedir un crédito. De pie y agarrados del brazo escucharon los dos a Anne tocar por primera vez ese valiosísimo instrumento de un barniz negro tan serio y formal como una promesa.

Thomas, su hermano pequeño, tenía por aquel entonces siete años y acababa de empezar segundo de primaria con cuatro dientes que se le movían. Qué curioso que ella recordara aquel detalle.

Anne enseguida le había enseñado las primeras piezas al piano. En su regazo, con los deditos regordetes sobre las teclas, Thomas aprendió deprisa y no tardaron en tocar a cuatro manos.

Con ocho años, él ya la había alcanzado.

Con nueve, era el mejor.

Una audición en el conservatorio, un examinador al que le costaba no emocionarse. La madre felizmente entusiasmada, el padre casi cohibido de veneración. ¡Un niño prodigio!

El mundo entero se iluminó con el resplandor de aquel chiquillo.

«Lo tenías todo, Anne.»

Primero todo y luego nada de nada. Luces fuera. Eclipse solar total a los dieciséis. Nadie se fijaba en una niña con talento cuando un genio entraba en la sala.

Al acabar el número del flautista tuvo que correr para ir a buscar a Leon a la escuela, y de todas formas llegó tarde.

Entró con las mejillas encendidas en la sala común, donde su hijo jugaba en el rincón de Duplo, solo y vestido ya de calle, mientras la maestra barría debajo de la mesa del comedor y saludaba a Anne con un gesto de las cejas.

Ella, que se había acostumbrado a exclamar un «¡Hasta mañana!» hacia la sala en general en lugar de ofrecer una disculpa, agarró a Leon y lo sacó de allí tan deprisa como si fuera una bomba de relojería que pudiera estallar en cualquier momento.

Compró un panecillo para su hijo y un capuchino en vaso de cartón para ella, empujó el cochecito infantil en dirección a Fischerspark y ocupó su lugar en la caravana de preparadísimas madres de Ottensen que todos los días salían en tromba de sus pisos en edificios con solera para airear a su descendencia mientras iban metiendo las compras del súper ecológico en la red del cochecito más aclamado del mercado, con un vaso de café en la mano y, arropado en un saquito de lana virgen, un bebé que jugueteaba con algún alimento integral lleno de babas.

Como todo en la vida, también eso parecía haberle llegado a Anne sin planearlo: la maternidad en un barrio de moda de una gran ciudad.

Hacía una tarde fría y el cielo estaba de un gris piedra, así que no aguantarían mucho más en Fischerspark —al que todas las madres se referían como «Fischi»—, pero Leon necesitaba un poco de aire fresco después de haberse pasado toda la tarde en la escuela.

La clase de los Escarabajos no salía mucho al exterior, cosa que volvería a ser tema de discusión en la reunión de padres a la que ella no tenía intención de asistir.

Sacó a Leon del cochecito y le dio su excavadora de Playmobil, se sentó en un banco y miró cómo marchaba su hijo hacia el arenero, donde un niño jugaba con un molde en forma de tortuga. El pequeño ya había producido una población impresionante de reptiles y parecía tener reservado el resto de la arena para hacer más tortugas aún.

Leon se quedó parado allí delante con su excavadora y puso cara de no atreverse a entrar. Anne miró hacia otro lado; lo mejor era no inmiscuirse.

Dos bancos más allá estaba sentada una mujer que animaba a su hija para que, travesaño a travesaño, subiera la escalera de un tobogán. Llevaba una parca con muchos cordeles y cremalleras, y zapatos Camper.

La mayoría de las madres del parque llevaban esos Camper y dejaban en la arena unas huellas alargadas con un enrevesado patrón de agujeritos cada vez que, cual bondadosos perros domésticos, salían a recoger los chupetes y los biberones que sus cachorros lanzaban desde los cochecitos.

Leon seguía de pie junto al arenero y ya había echado una pierna por encima del borde, pero no avanzaba más porque el niño de las tortugas defendía su territorio a voz en grito.

—¡No puedes entrar aquí! ¡Es solo para tortugas!

Leon se volvió un momento hacia su madre y, cuando ella asintió con la cabeza, metió también el segundo pie dentro y dejó su excavadora en la arena. El niño de las tortugas empezó a berrear y a intentar echarlo a empujones.

Anne vio que una embarazada se levantaba algo cansada de uno de los bancos y se dirigía al arenero con una sonrisa. La mujer se inclinó hacia Leon y ladeó un poco la cabeza.

—Oye, dime, ¿no podrías excavar en algún otro sitio? ¿Te parece bien? Verás, es que Alexander estaba aquí antes, y está haciendo unas tortugas muy bonitas.

Anne se levantó de un salto y fue para allá.

Se conocía lo bastante para saber que no ganaría en un enfrentamiento verbal con una supermadre de Ottensen, así que entró en el arenero con Leon sin decir palabra, pisó por desgracia algunas tortugas, destrozó un par más al arrodillarse en la arena y le dio un beso a su hijo.

—Bueno, Leon, a excavar. ¿O empiezo yo? —E hizo como si quisiera quitarle la excavadora al niño.

Leon rio, se aferró a su juguete y se puso a cavar.

Anne se sentó a contemplarlo en el borde del arenero.

La madre del niño de las tortugas la fulminó con una mirada de desprecio. Su hijo, entretanto, estaba sonorizando el parque entero, por lo que Anne no pudo entender lo que le decía la mujer. Solo vio cómo se llevaba de la arena a su niño gritón, lo sentaba en el cochecito entre palabras de consuelo y desaparecía de allí.

Debían de haberles estropeado el día al pobre pequeño Alexander, a su mamá embarazada y seguro que también a la criatura que llevaba dentro de la barriga.

Anne solo esperaba no verlos aparecer en la siguiente jornada de puertas abiertas de Musimaus.

3

Resistir

Dos mujeres, un solo fogón; aquello no podía terminar bien.
Ida y Hildegard lo sabían y, de acuerdo como en pocas ocasiones, insistieron en instalar una cocina de dos fuegos en la
vivienda que prepararon para el retiro de Ida Eckhoff.

A pesar de todo, para entonces su relación ya estaba demasiado deteriorada.

Ambas habían convertido la casa en un campo de batalla.
Hildegard se tomaba el té todas las mañanas en las tazas Hutschenreuther de colección de Ida, que eran demasiado valiosas para el uso cotidiano. De vez en cuando perdían un
asa, sus ribetes dorados se desgastaban por fregarlas sin el debido cuidado... o se estrellaban contra el suelo de terrazo de la
cocina.

Cuando Ida, frente a *su* ventana, arrancaba las malas hierbas de *su* bancal, desaparecían también los alhelíes encarnados
de la ventana de su nuera. Y cuando Hildegard lijaba y pintaba de nuevo la valla blanca de madera de delante de la casa,
al día siguiente Ida salía a la calle con un cubo y un pincel para
repintarla otra vez.

Hildegard invitaba a las vecinas a tomar el café, preparaba la gran mesa con los cubiertos para postre de plata y «olvidaba» poner un servicio para su suegra. Un día descolgó las cortinas con estampado de rosas de Ida sin decir palabra, las cortó para hacer trapos y colgó otras nuevas en su lugar.

E Ida, que todavía no le había cedido la granja a Karl, que conservaba el poder de decisión y el control del dinero, despedía a los trabajadores que Hildegard había contratado para la temporada de la cosecha y buscaba jornaleros nuevos. En su cocina de dos fuegos, Ida les preparaba a los recolectores «un decente almuerzo tradicional de la tierra», para que no tuvieran que comer las «espantosas especialidades prusianas» que perpetraba su nuera.

Karl, que se encontraba entre los dos frentes y al que constantemente le pasaban proyectiles rozándole las orejas desde ambos lados, parecía invulnerable. Silbaba en voz baja para sí, siempre metido en su mundo, donde reinaba la paz.

En invierno se sentaba en el banco de fuera, sin chaqueta, sin gorro, y miraba cómo caían los copos de nieve. Alargaba una mano, los dejaba posarse en ella y los contemplaba con una lupa hasta que se derretían. Vera lo observaba a veces desde la ventana y veía que movía los labios, pero no era capaz de distinguir si hablaba con los copos de nieve o consigo mismo.

En verano colgaba un largo columpio de la rama del tilo para la niña, pero casi siempre lo ocupaba él, fumando, y lo hacía girar con suavidad hacia uno y otro lado con la mirada clavada en el suelo mientras observaba las hormigas que pululaban por la hierba. Cuando Vera se subía en él, Karl la impulsaba hacia lo alto hasta que tocaba las hojas del tilo con los pies, y no paraba hasta que ella le decía que ya no quería más.

Karl fabricó en el cobertizo un par de zancos para la niña... y otro más para Hildegard, a quien le pareció una idea infantil y al principio no quiso probárselos, pero al final acabó practicando tanto que casi siempre ganaba a su hija cuando hacían carreras.

Hildegard riendo; eso no sucedía a menudo.

Vera aprendió a hacerse invisible. Desaparecía en el establo o jugaba con los gatos en el granero cuando en la casa volvían a volar las granadas. A veces se acercaba hasta la granja de Heinrich Lührs y le ayudaba a recoger dientes de león para sus conejos gigantes de Flandes, con los que el chico se ganaba un buen dinero cuando estaban listos para sacrificar.

«¿Qué? ¿Otra vez *t'han montao* Stalingrado en casa?», preguntaba entonces Heinrich, «Hinni», en su bajo alemán. Corría el rumor de que en casa de los Eckhoff las paredes temblaban bastante a menudo, pero en casa de los Lührs la cosa no iba mejor.

El padre de Hinni le daba a la botella y nunca se sabía en qué condiciones llegaría de la taberna. Lo mejor era cuando estaba solo un poco achispado, porque entonces quería abrazar al mundo entero y besar a su mujer. Sin embargo, dos tragos de más y también la granja de los Lührs acababa pareciendo Stalingrado.

En casa, Vera solo decía lo imprescindible; las palabras podían hacer demasiado daño. Ida siempre se dirigía a ella y a Karl en bajo alemán, pues sabía lo mucho que lo detestaba Hildegard. Si Vera respondía en dialecto, su madre no debía oírla. Y si contestaba en alemán estándar, Ida se volvía hacia otro lado. Así que la mayoría de las veces intentaba arreglárselas asintiendo, sacudiendo la cabeza o encogiéndose de hombros, que era lo más seguro.

Cuando Hildegard no estaba, a menudo iba a ver a Ida. Las dos se sentaban en su pequeña cocina, jugaban a las cartas y comían un bizcocho duro como una piedra. Vera lo mojaba en la leche. A veces Ida le enseñaba sus tesoros, el traje regional de Altes Land con todas sus cadenitas, sus botones y sus bolitas de plata, y dejaba que Vera se pusiera la cofia negra con mucho cuidado para mirarse en el espejo. Aun así, como la mujer consideraba que para llevar esos trajes había que tener los ojos claros, enseguida le quitaba la cofia a la niña otra vez.

Le enseñó a Vera a coser, a hacer punto de cruz y a bordar, y por su noveno cumpleaños le regaló una pulsera de plata que no debía enseñarle nunca a su madre.

Vera la escondió en el granero, dentro de una lata vieja donde guardaba también el pequeño collar de ámbar de su abuela prusiana de Königsberg.

Y siempre llevaba cuidado de que su madre no la oyera cuando decía «abuela Ida».

Una mañana fría, poco después de que Vera cumpliera nueve años, Hildegard mandó que seis jornaleros sacaran a rastras el gigantesco armario de roble tallado que había ocupado un mismo lugar durante los últimos doscientos años. Quería hacerle sitio a un piano.

Ida Eckhoff perdió esa mañana lo que le quedaba de compostura y le soltó a su nuera dos bofetones en toda la cara.

Hildegard se los devolvió al instante, después hizo su maleta y la de su hija, se puso el abrigo y fue en busca de Karl. «O tu madre o yo.»

Y Karl entró cojeando con su pierna rígida en la cocina de Ida, se sentó a la mesa junto a su madre, la tomó de la mano y miró por la ventana, hacia los frutales de fuera. Los pulgares del hijo acariciaban una y otra vez el dorso de la mano de la mujer, como si quisieran alisarle la piel arrugada. No la miraba, solo miraba hacia la ventana, y, cuando por fin dijo algo, su voz sonó ronca.

Después se echó a llorar.

Ida Eckhoff se quedó allí sentada y desamparada junto a su hijo, que lloriqueaba como un niño con los brazos echados sobre la mesa. Ya no lo reconocía, porque hablaba con los copos de nieve y por las noches huía de los rusos. Porque ya no era más que una figura de cartón. Y si bien las balas no le habían arrancado ninguna pierna ni ningún brazo, por lo visto sí le habían amputado todo lo demás.

«Esta casa es mía», pero ¿qué quería ella de esa casa ya?

Esa noche Hildegard se puso a tocar el piano. La *Marcha turca* de Mozart, una y otra vez. Golpeaba las teclas, pisaba los pedales, martilleaba su instrumento como si estuviera decidida a destrozarlo.

Hildegard tocó su piano nuevo como si fuera un lanzacohetes, y por eso nadie pudo oír a Ida, que fue al vestíbulo a por el taburete, sacó la cuerda de la ropa del escobero y luego subió la escalera hacia el desván. Que lanzó la cuerda sobre una viga y la amarró con fuerza, que se encaramó al taburete, comprobó los nudos y luego saltó.

Karl oyó caer el taburete y pensó que la marta había vuelto a colarse en la casa.

Vera oyó el estrépito y esperó que no fueran los dos gatos a los que había cobijado en el granero sin decirle nada a nadie.

Hildegard seguía tocando el piano, por lo que no pudo oír que Vera se levantaba de la cama con cautela, cruzaba el vestíbulo descalza y subía la escalera de puntillas.

La abuela Ida llevaba puesto su traje regional y parecía que bailase en el aire.

Hildegard no se apaciguó ni cuando Ida Eckhoff estuvo bajo tierra. Su ira solo cambió de dirección y se volcó de pronto, irrefrenable, sobre Karl y Vera, que cada vez se inclinaban más bajo esa tormenta incesante; dos personas azotadas por el temporal.

Vera consiguió erguirse de nuevo con catorce años, cuando su madre se quedó embarazada y se marchó con el padre de su hija pequeña, a quien llamó Marlene.

Karl ya no volvió a levantar cabeza, pasó el resto de su vida caminando como si lo hubieran apaleado, con los hombros encogidos, como temiendo recibir un nuevo golpe en cualquier momento.

Lo que había quedado de Karl después de la guerra, ese pequeño retazo de persona, acabó completamente arrasado por el huracán Hildegard.

Cuando ella se marchó al barrio hamburgués de Blankenese con su nueva hija y su arquitecto, la hermana de Ida Eckhoff se ocupó de vender los animales y arrendar las tierras.

El dinero lo metió en una libreta de ahorro, y todos los meses les asignaba a su sobrino y a la niña refugiada lo que necesitaban para vivir. La chica casi le daba lástima, abandonada por la madre y sola con un padrastro que, además, era como un chiquillo.

Pero Karl lanzaba unos aros de humo muy bonitos y muy redondos hacia la copa del viejo tilo, se entendía con los copos de nieve y con los pájaros, aunque se comieran las cerezas, y en verano, cuando Vera regresaba del colegio, se sentaba a su lado en el banco y juntos pelaban patatas.

Karl le regaló su vieja escopeta, sus prismáticos y la mochila de cazador, y Vera enseguida aprendió a disparar.

En el colegio hacía tiempo que los demás ya no le parecían tan tontos. Ella seguía aprendiendo más deprisa que la mayoría, pero eso daba igual. Lo que había cambiado era que por fin sabían qué ocurría cuando alguien llamaba *«recogía polaca»* a Vera Eckhoff. Alfred Giese fue el último en comprobarlo. Con la nariz torcida que le quedó, ofrecía un aspecto aún más estúpido que antes.

Para él la escuela se acabó después de octavo, pero Vera, la *«recogía* polaca», se sacó un bachillerato de sobresaliente en el instituto femenino de Stade. Karl asistió a su fiesta de graduación con ese traje que le quedaba demasiado grande y se sentó casi erguido en el aula de techos altos mientras a ella le entregaban su diploma. Vera se puso la pulsera de plata y el collar de ámbar, y por la noche celebró una pequeña fiesta en el vestíbulo de Ida Eckhoff con un par de compañeras de clase.

Bebieron ponche de fresas y Karl tocó el acordeón, pues todavía recordaba cómo hacerlo. Hinni Lührs y sus hermanos oyeron la música y se acercaron.

También el viejo Lührs se presentó más tarde, mucho después, cuando regresaba a casa de la taberna. Entró tambaleándose por la nueva puerta lateral que la hermana de Ida acababa de mandar instalar, cruzó el vestíbulo haciendo eses, bailó un par de pasos inseguros al ritmo de la música y luego se bebió lo que quedaba del ponche de fresas directamente del gran cuenco de cristal.

Cuando lo dejó vacío, miró a Karl a los ojos, furioso y ebrio, y arrojó el cuenco al suelo.

—¿Y ahora qué, *tullío?*

Karl no hizo nada, miró las teclas de su instrumento y siguió tocando despacio.

Heinrich intentó llevarse a su padre hacia la puerta lateral y sacarlo de la casa, pero el hombre lo tiró al suelo sin ningún esfuerzo. Heinrich gritó, sus rodillas y sus manos habían aterrizado sobre el cuenco hecho añicos, y Vera corrió deprisa a la parte de atrás, al armario de caza, sacó su escopeta y apuntó a Heinrich Lührs el Viejo.

Hinni seguía gritando mientras su padre salía tropezando y maldiciendo por la puerta.

Karl se quedó petrificado al ver toda aquella sangre. De pronto se puso de pie con el acordeón colgando delante de la barriga, se metió en la cocina y cerró la puerta.

Vera levantó a Hinni por los hombros y lo alejó de los añicos. El chico no dejaba de gritar, todo ensangrentado. Lo acompañó con cuidado hasta una silla y le quitó primero los pedazos de cristal de las manos, esquirla a esquirla, y luego los de las rodillas. Sus amigas fueron a buscar vendas y un barreño de agua a la cocina, donde Karl estaba sentado a la mesa, fumando tranquilamente porque aquello ya no iba con él.

Sangre y gritos; aquello ya no iba con él.

Heinrich y sus hermanos no se atrevieron a volver a casa esa noche, así que les dejaron quedarse en el viejo cuarto del servicio. De todas formas durmieron mal en esas camas polvorientas, porque no sabían si su madre habría podido cerrar a tiempo con llave la puerta del dormitorio.

Las chicas de Stade estuvieron susurrando todavía un buen rato en la amplia cama de matrimonio de Hildegard, que era la cama de Vera desde que Karl vivía en las dependencias para el retiro de Ida. Mientras, Vera se sentó con Karl a la mesa de la cocina y fumó con él sus primeros cigarrillos, hasta que fuera despertaron los mirlos y las gaviotas, y Karl por fin se atrevió a irse a la cama.

Entonces ella fue al vestíbulo a esperar a Heinrich Lührs el Joven, el mejor. Al ver que no salía, decidió barrer los añicos de cristal.

Eso era lo que sacaba uno de atreverse a ponerle una mano encima a aquella casa. Le arrancaban una vieja puerta lateral carcomida y pagaban por ello con sangre y cristales en el vestíbulo.

Y aún habían salido bastante bien parados, porque Vera sabía que no había faltado mucho para lo peor.

De milagro no había matado al viejo Lührs de un tiro.

Quitaban un pesado armario de roble que había estado doscientos años en su sitio y por la noche alguien colgaba muerto de una viga del desván.

Karl y Vera no volvieron a ponerle un dedo encima a la casa después de que Hinni Lührs acabara allí sentado con las manos ensangrentadas y llenas de esquirlas. Lo dejaron todo tal y como estaba. No cambiaron más muebles de lugar, no arreglaron las viejas ventanas de travesaños, no sustituyeron los antiguos azulejos de las paredes.

No colocaron baldosas nuevas sobre los suelos de terrazo, no instalaron nuevas puertas ni remplazaron las viejas cañas del tejado.

Tampoco subieron a espantar a la marta que campaba a sus anchas en el granero.

No estaban locos.

Vera se marchó a estudiar a Hamburgo, «la muy señoritinga», como dijo la hermana de Ida, pero Karl lo quiso así. Todavía no lo habían incapacitado y, aunque lo hubieran hecho, tampoco habría cambiado nada.

Su refugiada adoptada heredaría la granja de todas formas. Tal vez pudieran encontrar a algún hijo de agricultor que quisiera entrar en la familia Eckhoff por vía matrimonial. Pero ¿qué hombre de Altes Land estaría tan loco como para casarse con Vera Eckhoff? A primera hora de la mañana, la chica se ponía el viejo chaquetón de lana de Karl y recorría agazapada los frutales para abatir liebres y corzos a tiros. Solo saludaba cuando le venía en gana, permitía que el tarado de su padrastro limpiara las ventanas mientras ella se pasaba las horas encorvada sobre sus libros, y, si era cierto lo que contaba Dora

Völckers, el verano anterior se había bañado en el Elba a la altura de Bassenfleth... tal como vino al mundo.

¡Una muchacha de dieciocho años!

Y después se había sentado en la arena a fumar. «Fumando que ni un carretero. ¡Y *desnúa!*»

Sus hijos estaban exaltadísimos, explicaba Dora Völckers, pero ninguna muchacha podía ser tan guapa como para poder permitirse algo así.

Y una refugiada, además.

«Esa se *quea pa'* vestir santos.» De eso sí estaba segura.

Vera no podía dejar la granja sin atender durante mucho tiempo. Cuando ya casi había terminado los primeros tres semestres, Karl tiró al suelo una de sus muchas colillas un caluroso día de verano y le prendió fuego al viejo cobertizo, en el que todavía guardaban los zancos y el cochecito de juguete de Vera.

Los bomberos no tardaron en llegar y las llamas no tuvieron tiempo de saltar al tejado de cañas de la granja; Karl Eckhoff había tenido suerte. «Más suerte que seso.»

Cuando Vera terminó los estudios (Dra. Eckhoff, Odontóloga) y regresó por fin a la casona con Karl, vio en la granja de al lado, la de los Lührs, un cochecito de niño al sol. Heinrich el Joven, el mejor, se había convertido en un hijo ejemplar para el borrachín de su padre, y su primogénito volvía a llamarse Heinrich una vez más.

Hinni había hecho lo correcto, se había casado con la tierra y los bienes, y con una mujer que era como un pajarillo domesticado: Elisabeth Buhrfeindt, rancio abolengo de las marismas del mar del Norte, delgada, callada y rubia. ¿Qué te habías creído, Vera Eckhoff? ¿Que encontrarías a alguien esperándote?

También Elisabeth hacía siempre lo correcto. Plantaba flores, recogía cerezas, rastrillaba la arena amarilla todos los días. Pintaba la valla de blanco y paría un hijo cuando tocaba. Tres veces lo hizo, igual que la madre de Heinrich.

Hinni parecía estar viviendo otra vez la vida de sus padres, solo que en esta ocasión bien, sin aguardiente ni palizas, como si de esa forma pudiera limpiar la deshonrosa mancha que había dejado Heinrich Lührs el Bebedor.

El hombre no había llegado a envejecer, por lo menos ese favor les hizo a sus hijos, y Minna Lührs disfrutaba de los mejores años de su vida desde que había enterrado a su marido.

Vera la veía pasear en verano del brazo de su nuera; ambas contemplaban un bancal tras otro, un arbusto tras otro, una rosa tras otra. Las veía detenerse junto a cada planta, asentir y hablar en voz baja, y le recordaban a dos visitas en un hospital, o a dos enfermeras caritativas. A veces deseaba verse allí ella también, ser una enfermera más..., quizá incluso una hija.

No sentirse, igual que siempre, la otra, la extranjera. Al menos durante un paseo por el jardín. Que Minna y Elisabeth la llevaran del brazo como si fuera una de ellas.

Karl no se las apañaba bien sin Vera, casi nunca se lavaba, se olvidaba de comer. Por las noches seguían presentándose los rusos, así que tenía miedo de sus propios sueños y ni siquiera se metía en la cama.

Vera se lo encontraba sentado en la silla de la cocina a altas horas, medio caído, agotado aunque despierto, con algún pesado manual sobre maquinaria agrícola o construcción de diques ante sí, la cabeza casi encima de las páginas y el cigarrillo aún en la mano derecha, pero convertido en un gusanillo de ceniza.

Cuando ya tenía su consulta en medio del pueblo, Vera siempre se llevaba a Karl a trabajar. El hombre se sentaba en la sala de espera, leía revistas atrasadas y resolvía los crucigramas. Saludaba a los pacientes con la cabeza; todos lo conocían y, como sabían que Karl Eckhoff había perdido un tornillo, lo dejaban en paz.

A las diez, la ayudante de Vera le preparaba al hombre una rebanada de pan con mantequilla y una taza de té, y después Karl se tumbaba en el sofá que su hijastra había instalado para él en la salita de atrás.

Vera dejaba la puerta entreabierta, y así él podía oírla hablar con los pacientes, oía el aullido del torno, a veces también a algún niño, oía los pasos presurosos de la ayudante sobre el suelo de linóleo, el timbre de la puerta, el teléfono. Oía el repiqueteo de la máquina de escribir, y sobre esa cama de sonidos apacibles conseguía conciliar el sueño.

A mediodía regresaba cojeando a la granja, cocinaba unas patatas, freía unos huevos o un poco de pescado para Vera y para él, y después de comer ella se tumbaba un rato antes de volver a la consulta.

Porque Karl no era el único que dormía mal por las noches en esa casa. Vera siempre dejaba la radio encendida hasta que se metía en la cama, intentaba conciliar el sueño antes del cierre de la emisión, pero casi nunca lo lograba, y seguía despierta, allí tumbada, cuando el altavoz ya solo siseaba a un volumen demasiado bajo.

Entonces volvía a levantarse, se reunía con Karl en la cocina y fumaba con él hasta que estaba tan cansada que dejaba de oír los cuchicheos de las viejas paredes.

Seguía sin confiar en esa casa, pero no pensaba permitir que carraspeara y la escupiera, no dejaría que la rechazara como un órgano extraño, como a esos otros muchos refugiados que a la mínima se habían trasladado desde las grandes granjas a sus pequeñas casitas de urbanización, agradecidos, humildes y avergonzados durante el resto de su vida, siempre con cuidado de no volver a representar una carga para nadie.

Si algo le había dejado en herencia Hildegard von Kamcke a su hija, era la falta de humildad.

Su madre se había negado a adoptar la actitud de una muerta de hambre. La habían expulsado de su hogar, se lo habían arrebatado todo, ¡con eso ya tenía suficientes males! O sea que una propietaria rural como Ida Eckhoff debía acceder a compartir la granja y la casa, y, si no le parecía bien, quitarse de en medio.

«La cabeza bien alta», así lo había aprendido Vera.

Sin embargo, no fueron solo los ejercicios de autocontrol de Hildegard von Kamcke lo que retuvo a Vera allí, en ese pueblo, en esa vieja casa con paredes de entramado.

La marea la había arrastrado a la granja de Ida Eckhoff igual que a un náufrago a una isla. A su alrededor seguía estando el mar, y Vera tenía miedo de esas aguas. Debía quedarse en su isla, en esa granja donde no había podido echar raíces, cierto, pero sí crecer aferrándose a las piedras como un liquen o un musgo.

Sin prosperar, sin florecer, solo resistiendo.

Y no dejó que nadie dudara de que resistiría allí. Karl había vendido tierras y le había dado el dinero para que abriera una consulta. La doctora Vera Eckhoff trataba a sus pacientes en el centro del pueblo y, como cualquier dentista, de ellos no recibía amor, sino temor.

Conque tampoco había motivo para negarse la pequeña alegría que sentía cuando se inclinaba sobre el molar purulento de un agricultor de Altes Land reclinado en su sillón con las manos sudorosas. Uno de esos que hacía tiempo se habían olvidado de cómo pasaban de largo sin saludar por delante de los refugiados, de cómo lanzaban desde su jardín una fruta podrida a la cabeza morena de un niño que huía corriendo, «¿No *quiés* manzanas?», y luego se echaban a reír.

Vera trataba también a los retoños de sus antiguos compa-ñeros de colegio, les empastaba las caries de los dientes de leche y, si no lloraban, los recompensaba con una canica o un globo que sacaba de su cajón.

Arrancaba los tocones negros de las bocas de ancianos a quienes había conocido todavía como cuarentones robustos, les ajustaba esas prótesis que les conferían un aspecto extraño y, cuando hablaban, hacían sonar diferente sus palabras, más siseantes y afiladas.

Después de todas las fiestas populares con competición de tiro, Vera tenía a uno o dos jóvenes sentados en la sala de espera que se habían torcido un diente en una pelea, o lo habían perdido del todo, y en cuanto se acomodaban en el sillón clavaban la mirada en el techo porque les daba vergüenza estar con la boca completamente abierta tan cerca de una joven de bonitos ojos castaños. Se sentían vulnerables y a su merced. Así era como le gustaban a ella.

Pero más aún le gustaba otro, uno que no iba a su consulta, que no buscaba a una doctora sino a una mujer de rizos negros.

Cuando él llegaba de Hamburgo con su coche azul oscuro, Karl salía de la cocina silbando en voz baja. Sabía que no tenía nada de lo que preocuparse. Ella jamás lo abandonaría por nadie.

Para Vera no existía el hombre perfecto, no lo buscaba y tampoco quería que ningún hombre la encontrara a ella y se la llevara de allí, de aquella casa grande y fría a la que se aferraba como el musgo.

De vez en cuando compartía días y noches agradables con ese hombre que tenía mujer e hijos y que no deseaba de Vera ni un ápice más de lo que ella deseaba de él.

Hinni Lührs, desde la alta escalera que usaba para subirse a los cerezos, alargaba el cuello cuando Vera salía con su forastero en dirección al Elba; Elisabeth se hundía todo lo que podía en sus arriates.

Vera caminaba con él de la mano, juntos paseaban por la orilla del río, se sentaban en la arena hombro con hombro, llevaban gafas de sol, fumaban, reían. Ella sabía que en el Elba nunca estabas solo, pero no le preocupaba que alguien viera a la doctora Vera Eckhoff besando a un extraño. Era una persona libre, y ya pagaba un precio por ello.

La culpabilidad se la dejaba toda a él; ella no cargaba con ninguna. No le quitaba nada a la otra, no pretendía que le regalara a su marido, solamente lo tomaba prestado y luego se lo devolvía sano y salvo y feliz.

Tampoco es que él fuera el único. De vez en cuando aparecían otros forasteros. Vera Eckhoff no había aprovechado su época en Hamburgo solo para estudiar.

Y siempre se cuidaba mucho de que ninguno de esos hombres llegara con intenciones demasiado serias. En su vida ya tenía suficiente seriedad: Karl, que confiaba en ella igual que un niño pequeño; la casa, que la retenía entre sus gruesos muros.

Por la tarde, después de trabajar, Vera salía a hacer sus rondas a lo largo del Elba y por los caminos que recorrían los frutales. Andaba a grandes zancadas, como si quisiera medir el terreno, como si contara los metros, los kilómetros de su mundo. Igual que un soldado de guardia, ella marchaba por los campos o a lo largo de la orilla, «la doña *do'tora* de patrulla», y causaba aún mayor impresión desde que llevaba con ella esos perros enormes que se compró cuando empezó a cazar otra vez.

Más adelante pasó a hacerlo a lomos de sus caballos, cuyos cascos caían como golpes de martillo sobre la calle que cruzaba el pueblo. El que no la veía, la oía. En todas las casas: allí estaba Vera Eckhoff, aún. Todos los días, ya fuera durante sus largas marchas vespertinas o a primera hora de la mañana, pasaba revista al mundo que la rodeaba como un domador que desliza la mirada por la pista del circo sin poder permitirse darle mucho rato la espalda a ninguna de las fieras de la manada.

Veía el río manso en su lecho, las casas del dique, los árboles en los campos. Podía nombrar a los pájaros, a todos y cada uno, sabía dónde incubaban sus huevos, cuándo se marchaban lejos y cuándo regresaban. Veía muchas veces a las liebres y los corzos entre los frutales, y los reconocía antes de disparar contra ellos. En primavera contaba los corderos que habían nacido por la noche en el dique. Pasaba junto a las casetas de ladrillo que contenían las bombas de los canales de drenaje, sabía lo alta que estaba el agua y cuántas colmenas había instalado Heinrich Lührs entre sus hileras de cerezos.

Ese paisaje en el que no había echado raíces pero al que se había aferrado mientras crecía jamás permitiría que Vera se le escapase.

Y más le valía a cualquiera no cruzarse en el camino de Vera Eckhoff cuando recorría el Elba a galope de caza sobre una de sus yeguas imprevisibles.

«¡Ándate con *cuidao,* caballería!», exclamaba Heinrich Lührs, que se llevaba la mano izquierda a la costura de sus pantalones de pana, se ponía firme y ofrecía un saludo cuando ella pasaba a caballo por delante de su granja a primera hora de la mañana.

«¡Lo mismo *pa'* ti te digo, Hinni Lührs!», gritaba Vera mientras avanzaba en dirección al dique. Y, a la vuelta, siempre atravesaba la arena amarilla tan perfectamente rastrillada de la propiedad de él.

En cualquier caso, nunca se sabía quién ganaría la justa a caballo de todos los días, si ella o sus yeguas de raza Trakehner. A veces conseguían catapultar a Vera de la silla hasta algún rincón de los cañaverales del Elba, y entonces los animales emprendían el camino de regreso sin amazona, y Vera

Eckhoff tenía que atravesar la propiedad de Heinrich Lührs arrasando todo lo rastrillado con sus botas de montar, tras lo cual Hinni se pasaba días enteros riéndose de la «dragona *d'a* pie».

Sin embargo, esos eran los caballos que deseaba Vera. Como también deseaba esos grandes perros de caza grises que provocaban un miedo terrible entre carteros y repartidores de periódicos. Llegó un momento en que los repartidores se hartaron de verse perseguidos todas las mañanas por dos ejemplares de braco de Weimar magníficamente desarrollados, como si fueran un jabalí. Por eso Vera tuvo que instalar el buzón delante de la valla, junto a la carretera, y después le colgó un cartel que había encontrado en el cobertizo de los pesticidas de Heinrich Lührs: una calavera negra sobre fondo amarillo. «¡peligro de muerte!» Pero por lo visto los hombres que huían de los perros corriendo como niñas pequeñas no tenían sentido del humor. Paul Heinsohn, sea como fuere, empezó a mostrarse muy ahorrativo con sus saludos cuando pasaba por delante de la casa con su bicicleta del servicio postal.

Si Vera estaba con ellos, los perros eran la calma personificada. Obedecían cada una de sus palabras, la respetaban como jefa de la manada, se tumbaban bajo su mesa, dejaban que los acariciara; pero ese era un secreto que no debía desvelarse a cualquiera. La mala fama de sus animales tenía para Vera más valor que cualquier sistema de alarma. El que no sabía lo que podía encontrarse no se acercaba a su granja, lo cual estaba muy bien.

Incluso esa casa deseaba Vera Eckhoff, aunque la casa solo la toleraba a regañadientes entre sus paredes. Era una matrona de piedra y roble, autoritaria y vanidosa.

Vera no sabía muy bien cuántas personas habían vivido entre sus muros fríos, pero debían de ser nueve o diez generaciones. Habían celebrado bodas, engendrado, parido y perdido a sus hijos, velado a sus muertos en ese vestíbulo atravesado por corrientes de aire. Mujeres jóvenes habían entrado con su vestido de novia por la puerta nupcial y habían vuelto a salir, ya en su ataúd, a través de esa misma puerta estrecha que no tenía picaporte por la parte de fuera y que solo se abría en bodas y funerales.

Tenías que haber crecido en una de esas casas para no sentir miedo en ellas de noche, cuando las paredes empezaban a susurrar.

En el viejo granero del desván rechinaba algunas noches una soga colgada de las vigas del techo, como si cargara con un gran peso. Voces antiguas murmuraban órdenes que Vera no entendía. Hablaban mal de ella y parecían burlarse.

Siempre se había helado en esa casa, y no solo al principio, cuando vivía con su madre en el cuarto del servicio junto a la gran puerta del vestíbulo, que era la sala más fría de todas las salas frías de la casa, la más apartada del cálido horno de Ida Eckhoff.

También más adelante, cuando lograron ir medrando poco a poco y se hicieron con una habitación tras otra.

Vera siguió helándose incluso cuando ya habían conquistado la cocina y las dependencias más cálidas y cercanas al horno. Hacía tiempo que se había hecho amiga del frío. El frío la mantenía despierta.

Esa casa no estaba construida para personas que buscaran calidez y comodidad. Era igual que con las yeguas y los perros: no podías demostrar debilidad alguna ni dejarte amedrentar por ese gigante que se erguía ufano sobre su terreno pantanoso desde hacía casi trescientos años.

Vera no se dejaba engañar por la fachada llena de cicatrices y ese tejado de cañas desgreñadas: tal vez la casa estuviera deteriorada, pero seguiría en pie y en su sitio mucho después de que ella protagonizase su salida por la puerta nupcial con los pies por delante.

Al anochecer, cuando oscurecía, dejaba entrar a los perros en la cocina y allí se sentaban los tres juntos, como si velasen a un enfermo.

4

Marquetería fina

Bernd siempre empezaba las conversaciones con sus empleados haciendo la misma pregunta, y lo más inteligente era no responder nada.

—¿Por qué estamos aquí sentados? —Prefería darse una respuesta él mismo—: Estamos aquí sentados, Anne, porque he recibido un correo electrónico con una queja bastante vehemente.

Había imprimido el mensaje y en esos momentos lo tenía allí encima, en su escritorio, dos páginas y media llenas de signos de interrogación, paréntesis y exclamaciones.

La madre de la niña de la tortita de arroz, por supuesto. «¡Perpleja!» porque durante la jornada de puertas abiertas su pequeña Clara-Feline no había podido soplar con todas sus babas en una flauta travesera.

Anne miró por la ventana. El gran álamo de la entrada había atrapado una bolsa de plástico con sus ramas desnudas. El viento tiraba de la fina bolsa de color verde como si torturara un animal solo por diversión.

Bernd se quitó las gafas, apoyó los codos en el escritorio y escondió la nariz entre sus dos manos unidas. Si había algo que no podía soportar era el mal ambiente en las jornadas de puertas abiertas. Anne no volvió a mirarlo hasta que le hizo la segunda pregunta.

—¿Qué problema tienes?

Sus charlas de advertencia eran como una buena pieza musical, empezaban siempre en *piano*. Dentro de poco se exaltaría breve e imperiosamente, *molto vivace,* y eso todavía se podía aguantar; la parte espantosa de verdad no llegaba hasta algo después.

A Bernd aquello le afligía muchísimo. La energía que su trabajo exigía de él todos los días era algo de lo que nadie podía hacerse una idea y, por si fuera poco, se encontraba con toda esa mierda, la agresividad, la negatividad, todas esas malas vibraciones. Le ponía enfermo, le quemaba, casi tenía ganas de echarse a llorar. Entonces levantaba un poco la mirada, cerraba los ojos y sacudía la cabeza como a cámara lenta. *Grave.*

El baño de lágrimas era tan inevitable en sus charlas sobre conflictos laborales como la camisa vaquera en las jornadas de puertas abiertas.

El problema que tenía Anne era la ira. Un oleaje vertiginoso y espumeante, un mar de fondo implacable, un embate titánico. Un océano de ira; y ella, en una embarcación que hacía aguas.

Los niños que iban a sus clases no podían evitar llamarse Clara-Feline o Nepomuk, no era culpa suya que sus padres los exhibieran como trofeos por las calles de Ottensen y los arrastraran de un curso de estimulación temprana al siguiente.

Cuando los matriculaban en Musimaus con tres años, los pequeños se dedicaban a chupar con alegría sus flautas dulces y a maltratar xilófonos y teclados con un entusiasmo incontrolado, pero ocho semanas después, como mucho, aparecían sus padres solicitando una «pequeña reunión orientativa».

Llegaban siempre con esa simpática sonrisa burlona, pero bajo su amabilidad se veía la ambición. Igual que un pie frío que sobresale de una manta demasiado corta.

Por supuesto que en la academia de música los niños debían divertirse ante todo, faltaría más, pero tal vez el teclado no fuera lo más indicado para Clara-Feline, ¿no?

En esas ocasiones Anne nunca les llevaba la contraria, sino que enseguida sugería un instrumento complicado y extravagante, como el arpa o el fiscorno, «para que su niña no esté infraestimulada», y los padres siempre salían de allí tan contentos.

Con Bernd lo habían acordado así; para él era importante que también los profesores de instrumentos más exóticos estuvieran solicitados.

Musimaus era una fábrica de sueños. Los alumnos entraban siendo niños pequeños con aptitudes normales y salían convertidos en sorprendentes talentos musicales. Todo era cuestión de etiquetaje. Bernd ganaba una cantidad nada despreciable de dinero con ese abracadabra, así que sus escrúpulos se mantenían a raya. A veces Anne se preguntaba cómo les iría más adelante a los pequeños arpistas o fiscornistas.

En algún momento conocerían a un niño de su edad que realmente sabía tocar; la verdad debía de resultar dolorosa.

Al principio había soñado cosas horribles, criminales: un cáncer incurable para Thomas, un accidente, un coma, un asesinato. En sus sueños él se desvanecía, desaparecía, moría, y todo volvía a estar bien, hasta que Anne despertaba y se estremecía, porque su hermano seguía allí y continuaba ocultándole el sol. Y entonces se estremecía una vez más por haberse sentido tan feliz durante el sueño.

Estando despierta no podía odiarlo; ni siquiera ella lo conseguía. Thomas era un joven que nunca exigía nada porque ya lo tenía todo, su vida interior era luminosa y alegre, sin pelusas en los rincones, sin arañas en el sótano. No imaginaba siquiera los abismos que ocultaban los demás.

Anne ya solo podía tocar el piano cuando estaba sola en la casa y, aun así, a menudo se interrumpía a mitad de la pieza. Se oía a sí misma y sentía que sus dedos se atascaban en los fragmentos difíciles que Thomas interpretaba sin ningún esfuerzo. Él parecía soñar mientras los tocaba.

E incluso cuando conseguía llegar sin fallos hasta el final de una complicada sonata de Beethoven, cuando tocaba bien y segura, «¡con sentimiento!», como quería siempre su profesor de piano, sonaba muy diferente a cuando lo hacía Thomas, por mucho que Anne practicara, por mucho que disfrutara de la pieza. Era como si la música no correspondiera a su amor.

Cuando Thomas se sentaba al piano, las notas parecían volar hacia él, que las atraía igual que algunas personas atraen a los niños o a los gatos.

«¿No te pasa a ti también, Anni? –preguntaba–. ¿Que no eres tú quien toca la música, sino la música la que te toca a ti?» No era un enemigo, era su hermano y no entendía nada.

Cerrarle de golpe la tapa del piano sobre las manos y oír cómo se le rompían los dedos. Algunos sueños eran muy difíciles de ahuyentar.

El piano negro de cola ya no era de ella. Nunca lo hablaron, pero Anne lo sentía así y le entregó el instrumento a Thomas igual que se devuelve a un niño que se ha tenido acogido cuando regresan sus verdaderos padres.

Intentaba no ver las miradas de Marlene cuando Thomas tocaba y ella se retiraba a su habitación a hurtadillas, ni la torpe alegría de su padre por las noches, cuando estaban los cuatro sentados a la mesa de la cena –siempre con flores, siempre con velas–, hasta que en algún momento el hombre caía en la cuenta de que una vez más todo había girado en torno a Thomas, a algún concierto, un preludio, un ensayo.

Entonces carraspeaba, doblaba la servilleta, apoyaba los codos en la mesa y le sonreía a Anne: «¿Y a ti cómo te ha ido el día, hija mía?».

Ella se inventaba algo que nunca era cierto, y nadie lo notaba.

Como tampoco notaban que su casa había quedado reducida a escombros y que ella tenía que trepar todos los días para salir de entre las cenizas.

Con dieciséis años, demasiado tarde, en realidad, bajó del desván la flauta travesera, el primer instrumento que había tocado y que había olvidado hacía tiempo. Marlene enseguida le buscó una profesora, «¡La mejor, Anne!», para que le diera clase tres veces por semana. Ella practicaba hasta que no podía dormir de lo mucho que le dolían los codos.

Dos años después ya tocaba la *Partita en la menor* sin fallos y aprobó la prueba de acceso al Conservatorio Superior de Música, especialidad principal flauta, segunda especialidad piano.

Thomas cortó unas flores del jardín para ella, su padre quiso celebrar lo orgulloso que estaba... Casi parecía creérselo él mismo. Como si fuese el no va más del éxito. Como si su hermano pequeño no acabase de realizar su primera gran actuación en el reputado escenario del Laeiszhalle de Hamburgo.

Marlene sonrió, la abrazó y no la miró a los ojos.

Después de cinco semestres, Anne volvió a subir la flauta travesera al desván y tiró sus partituras al contenedor del papel. Se tumbó sobre el parquet reluciente con dibujo de espiga, delante del piano de cola, y escuchó a Thomas interpretar a Schumann.

La nostalgia incurable de un hogar que ya no existía. Una muchacha desterrada que ya no sabía cuál era su lugar.

No les habló del curso de aprendiz de carpintería hasta que ya se había matriculado, un par de días después de cumplir los veintiuno. Su padre, que pocas veces alzaba la voz, soltó allí mismo un discurso sobre accidentes con prensas de chapa y formones de carpintero, sobre dedos segados por la sierra circular, globos oculares atravesados por astillas de madera, dedos del pie aplastados, pérdidas auditivas irreparables y hernias discales; uno de sus hermanos era carpintero y había sufrido lo suyo en el transcurso de los años.

A esas alturas Marlene ya estaba absolutamente hundida, así que solo sacudió la cabeza con resignación.

Carsten Drewe, maestro carpintero del barrio de Barmbek, Hamburgo, prefería aceptar aprendizas; el género masculino no se le daba muy bien. Su problema general con los hombres se concentraba sobre todo en su padre, un robusto señor de ochenta años que todas las mañanas, a las siete en punto, ponía en marcha la sierra circular. Cuando Carsten llegaba al taller sobre las siete y media y veía al viejo, que ya le estaba cortando planchas de aglomerado, no le hacía falta más para perder los nervios.

Carsten soñaba con madera maciza, cocinas de arce nacional hechas a medida, curvilíneas escaleras de roble y cómodas de cerezo bien protegidas con aceite, pero vivía de la chapa de madera y las ventanas de PVC. Le desquiciaba que sus clientes, que no tenían ni idea, pero es que ni la menor idea, quisieran que les sustituyera sus viejos suelos de pino bronco por otros de laminado..., y entonces no siempre era capaz de guardar las formas, porque toda esa basura aglomerada le daba ganas de vomitar.

Encima del taller tenía una habitación llena de polvo en la que los aprendices de la carpintería Drewe podían vivir sin pagar alquiler. Olía a serrín y a aceite para madera, y estaba pertrechada como un almacén de muebles porque allí Carsten guardaba las sillas, los secreteres y las mesillas de noche que había fabricado él mismo. Lo que más sitio ocupaba era una aparatosa cama de roble natural con dosel, su obra maestra —«¡Sin colas! ¡Completamente desmontable! ¡Sin un solo tornillo!»—, con un rosetón de marquetería fina en el cabezal y pesados cortinajes de terciopelo rojo que le había cosido su madre. Una cama tal como si en ella hubiesen de venir al mundo sucesores al trono.

«Aquí uno puede ponerse cómodo», decía siempre Carsten. Pero para fumar había que salir al patio. Sus padres vivían justo al lado del taller. Karl-Heinz Drewe era un pedazo de pan, pero cuando se infringía la normativa antiincendios dejaba de hacer gracia.

«Ten mucho cuidado. Y llama.» Marlene no quería saber nada más de los planes infantiles de Anne, no pensaba pasarse a ver aquel agujero de Barmbek en el que su hija decía tener que hospedarse.

Hizo el esfuerzo de ayudarla con la mochila, cerró el maletero y luego dio media vuelta y entró en la casa. No había nada que hacer. Los efectos colaterales de un niño prodigio, seguramente así era como lo veía ella. El niño prodigio en cuestión estaba en la entrada y era incapaz de dejar de llorar.

El profesor Hove en persona llevó a su hija en coche hasta la carpintería Drewe, pero por lo menos se quitó la corbata. Les dio la mano a Carsten y a sus padres y dejó que el maestro veterano le enseñara el taller. Toqueteó con disimulo las medidas de seguridad de la sierra circular, la cubierta de la hoja, el cuchillo divisor, el empujador..., tenían de todo, y los dos Drewe parecían estar enteros. Por lo menos eso ya era algo. Tampoco la habitación de encima del taller resultó tan horrible como él había temido y, además, sería solo algo temporal, según explicó Hertha Drewe, porque Carsten iba a dejar pronto el piso que ocupaba en la casa familiar de sus padres, «y entonces meteremos a los aprendices allí». La mujer había hecho un bizcocho con cobertura de mantequilla y almendras, y a las tres siempre preparaba café.

El padre de Anne se sentó con su camisa blanca en el banco de rincón, entre Karl-Heinz y Carsten, y tal vez empezó a comprender que un contrato de formación en la carpintería Drewe era también una especie de contrato de adopción. Una idea tonta y curiosa, quizá, pero ningún motivo por el que preocuparse.

Hertha no hacía más que servirle un trozo de bizcocho tras otro en el plato, cosa de la que él no parecía darse cuenta, como tampoco vio que su taza se llenaba de café una y otra vez ni se fijó en que, sentado a esa mesa de cocina con mantel de hule de cuadros, todo el rato se le escapaban las erres sonoras y rudas. Las hacía resonar sin parar, pero a nadie le pareció extraño. Solo le llamó la atención a Anne, que estaba muy callada e iba reuniendo con el dedo índice todas las migas de bizcocho de su plato mientras clavaba la mirada en las cebollas del estampado e intentaba no llorar.

Antes de subirse al coche, Enno Hove le plantó las manos de cultivador de patatas a su hija en los hombros y la zarandeó un poco y con cierta torpeza. «Piensa que no estamos lejos, Anne.»

Pero por supuesto que estaban lejos, lejísimos. La familia Drewe no supo dónde meterse cuando Anne se echó a llorar con desconsuelo.

La formación en la carpintería Drewe era un aprendizaje vital; había constelaciones familiares a diario. Padre e hijo podían estar sin dirigirse la palabra durante tres días seguidos cada vez que Carsten volvía a perder los estribos solo con ver una estantería de chapa. «¡Otra mierda de estantería como esa no la monto yo ni fumado!»

Aquello no era exactamente lo que quería oír la clientela habitual de la carpintería Drewe cuando acudía al taller especializado para poner en solfa el mobiliario de su salón.

También Karl-Heinz estallaba cada cierto tiempo, cuando llegaba a sus manos un albarán de entrega del almacén de maderas naturales, donde Carsten había encargado barnices y aceites ecológicos para muebles «¡por un dineral!». Unas broncas de escándalo en el taller, luego un par de días de silencio sepulcral y después otra vez a serrar, cepillar y lijar en armonía hasta la siguiente enganchada. Ese era el patrón que llevaban siguiendo desde hacía dos décadas y media.

Quince años atrás, por el trigésimo cumpleaños de Carsten, Karl-Heinz Drewe le había traspasado la empresa a su hijo, pero todavía le resultaba difícil dejar que su sucesor le dijera lo que tenía que hacer.

En las fases de gritos, Carsten lanzaba escuadras de madera y metros plegables por el taller hasta que en cierto momento se quedaba blanco, se ponía a temblar y se largaba a casa de su novia, Urte, que le daba un masaje con aceites aromáticos. Un par de bolitas homeopáticas también ayudaban a que se calmara. Urte era profesora en una escuela Waldorf y vivía con otras dos mujeres en un piso compartido que se caracterizaba por el aprecio y la consideración mutua, mientras que con Carsten mantenía una complicada relación intermitente. En el fondo no estaba segura de si podía seguir viviendo con sus contradicciones o si tenía que superarlas de una vez por todas.

A Carsten, las contradicciones de su propia vida a veces le sobrepasaban bastante. Madera maciza y parquet prefabricado, asado para comer y dieta alcalina para cenar, el duro futón de Urte y las sábanas de franela con olor a suavizante de Hertha, la pesadilla con su padre y una buena cerveza fría compartida con él, sentados hombro con hombro en el banco de la entrada del taller al acabar la jornada cuando volvían a disfrutar de una buena racha. Conciertos pentatónicos en el salón de actos de la escuela Rudolf Steiner de Urte y tardes de puzles con sus padres, de los de cinco mil piezas de Ravensburger, el gran arrecife de coral. Los tres juntos los completaban en una sentada.

Cuando padre e hijo se tiraban los trastos a la cabeza, Hertha se mantenía al margen.

«¡Yo no digo nada! ¡A mí no me metáis!» Y se ponía hecha una furia cada vez que Carsten, en pleno ataque de cólera, corría a casa de Urte. Pero de eso tampoco decía nada. «¡Yo no digo nada de nada!»

Urte le había expuesto a Hertha en más de una ocasión su parecer sobre los conflictos generacionales en la familia Drewe y la necesidad de cortar el cordón umbilical, pero Hertha se volvía loca con tanta palabrería, porque todas las frases de Urte empezaban siempre con un «Yo opino que...». Además, aquello no era de su incumbencia ni mucho menos, se trataba de asuntos familiares «y fin de la discusión».

En la cuestión de los nietos hacía tiempo que Hertha tampoco se metía. Urte ya no tenía edad, pero a ella tampoco le parecía mal así, porque con esa madre seguro que los niños habrían salido desquiciados. Carsten, sin embargo, aún no era demasiado mayor, solo le faltaba la mujer adecuada. Hertha tenía los ojos siempre bien abiertos..., pero a ver dónde se encontraba algo así.

Carsten Drewe era un profesor paciente, nunca perdía los nervios cuando Anne cometía un error. Además, por principio, nunca dejaba que sus aprendices barrieran el suelo ni recogieran el almacén, porque aborrecía ese rollo maestro-aprendiz tan reaccionario. Esa manía de tanto barrer que había en el gremio rayaba casi en el sadomaso. «Sí, maestro. Enseguida me encargo, maestro», así se fabricaban súbditos, pelotas y lameculos. ¡Pero no en su taller! Carsten consideraba que, en general, no hacía falta barrer tan a menudo; Karl-Heinz tenía una opinión algo diferente al respecto: «¡Pues tú mismo, ahí tienes la escoba, papá!».

Anne no soportaba ver al anciano ponerse a barrer el taller con la espalda encorvada después de la jornada laboral, así que a veces pasaba la escoba en un momento, cuando Carsten había salido a un almacén mayorista o estaba con Hertha en el despacho, haciendo cuentas. Solo tenía que asegurarse de que no la pillara, porque entonces sí que se cabreaba de verdad. «¡Y una mujer, para más inri! ¿No irás a plancharme también los calzoncillos? ¿Quieres que a partir de ahora te llame "cielito"? ¡Aquí no pienso permitir nada de todo eso!»

Después de año y medio de formación, Anne había avanzado tanto que era capaz de encargarse hasta de los pedidos más exigentes sin Carsten. Mientras ella les enseñaba las muestras de laminado a los clientes o tomaba medidas para unas ventanas de PVC nuevas, él se quedaba sentado en el vehículo de empresa a leer sus revistas especializadas, *Fine Woodworking* o *El mueble y la madera,* fumarse un par de cigarrillos de liar y sumergirse en largos artículos sobre sillas de nogal torneado o el encolado de cajones giratorios. No le importaba en absoluto que Anne se metiera con él por leer «porno de madera maciza», podía estar contento si la chica decía alguna cosa voluntariamente. Su voz sonaba ya como una bisagra oxidada.

«¡Siempre la he tenido así!» Pues muy bien, él no iba a seguir hurgando en el tema. Era su jefe, no su psiquiatra.

Ni siquiera Hertha consiguió descubrir qué era lo que hacía Anne todo el rato sola en su habitación.

A veces se quedaba con ellos después de la cena para hacer un poco de puzle, y entonces Hertha colocaba un cuarto cuenquito con patatas fritas en la mesa.

La pieza para el examen de oficial de Anne fue un taburete giratorio para piano de madera de cerezo que dejó a Carsten muy satisfecho. Mientras sus aprendices realizasen obras como aquella, él no habría perdido todavía su batalla contra toda esa basura industrial de aglomerado. Le sacó varias fotografías a la pieza, y otra a Anne, y escribió su primer reportaje de taller para la revista *El mueble y la madera,* a doble página. Invirtió en ello más tiempo del que Anne había tardado en diseñar y fabricar su taburete, pero él nunca hacía las cosas a medias.

Cuando el artículo salió publicado, Karl-Heinz lo recortó y lo pegó con celo en la puerta de cristal del taller. «Tampoco es eso, hombre, papá», pero se quedó allí colgado, y Hertha solo lo retiraba un momento de vez en cuando para limpiar el cristal.

Fue lo primero que vio Anne, bastante amarillo ya, cuando tres años y medio después regresó de su período de prácticas y se presentó en el taller de Carsten Drewe con la vestimenta negra tradicional de los oficiales.

Bernd sacó un pañuelo del cajón de su escritorio, se limpió las gafas, que habían quedado algo empañadas a causa del llanto, se secó un instante los ojos y respiró hondo una vez.

–Verás, Anne...

Se ceñía al guión previsto: lo siguiente era la crónica de los veinticuatro años de Musimaus en el barrio de Ottensen, un hombre que había hecho realidad sus sueños.

El gran monólogo de Bernd era muy emotivo y, aunque se saltara la infancia, duraba sus buenos diez minutos. Anne consultó el reloj. Faltaban solo cinco para que la escuela de Leon cerrase.

Se levantó despacio, puso un momento la mano en el brazo de Bernd y se marchó.

Tras cerrar la puerta al salir, pudo oír cómo su jefe guardaba silencio unos segundos y luego seguía hablando en voz baja.

5

Cine mudo

Habían vuelto las gaviotas. No es que a Heinrich Lührs le gustaran especialmente, en verano se abalanzarían otra vez en bandadas sobre el cerezo de Vera y luego, de vuelta al Elba, sobrevolarían su granja. Toda la porquería aterrizaría en su jardín.

Ese viejo árbol había que talarlo de una vez por todas, no era más que estorbo en el jardín delantero de Vera, tenía todo el tronco cubierto de hiedra, las ramas crecían en cualquier dirección, sin orden ni concierto, y a ella ni se le pasaba por la cabeza podarlo. Había alcanzado tal altura que en verano ya no se le podía echar una red por encima.

El año anterior, Vera no había recogido ni una sola cereza de ese árbol, las dejó para los pájaros, todas las que quisieran. «No mires tanto *p'allá, Hinni.*» Desde luego, era lo mejor que podías hacer cuando tenías la mala suerte de ser vecino directo de Vera Eckhoff: no mirar.

Heinrich Lührs hacía todo lo posible por no ver ese césped crecido, plagado de musgo y lleno de toperas, tampoco los maceteros torcidos e inclinados, comidos por las malas hierbas, el seto de alheña desgreñada. Para él era incomprensible que una persona pudiera tenerlo todo tan descuidado y no se ocupara de ello.

«No mires tanto *p'allá,* Hinni.» Qué fácil era decirlo.

Cuando Vera se marchaba con su coche, Heinrich se colaba deprisa en su jardín y le cortaba un par de rosas secas o ataba el grosellero para dejarlo bien recto, porque colgaba a media asta. Por las mañanas, a veces esperaba hasta que ella salía montada en una de sus yeguas temperamentales en dirección al Elba, y entonces se acercaba un momento, colocaba un par de trampas en las toperas de su vecina y daba un repaso con herbicida por debajo del seto. Vera nunca se daba cuenta, y así debía seguir siendo, porque si no los hierbajos acabarían metiéndose otra vez en la propiedad de él..., y el topo tampoco respetaba los límites de los terrenos. Si a Vera le gustaba vivir en una selva salvaje, pues muy bien; a él, no.

Habían vuelto las gaviotas, las primeras se habían posado ya en la pequeña isla del Elba, donde pasarían todo el verano incubando y luego enseñando a volar a sus feos polluelos. Heinrich Lührs podía oírlas por las mañanas, cuando a las seis y media sacaba el periódico de su buzón.

Con la llegada de las gaviotas se acababa el invierno. Uno más.

Heinrich siempre dejaba las dos rebanadas preparadas ya por la noche, una con paté de hígado y otra con miel, tapaba el plato con film de cocina y lo metía en la nevera. Cargaba la máquina con tres cucharadas de café molido y agua, y colocaba la taza, el platito y el azúcar en la mesa para que así, por la mañana, solo tuviera que encender la cafetera antes de meterse en el cuarto de baño. Elisabeth siempre lo había hecho de esa forma, porque por las mañanas había que aligerar.

Desde que Heinrich Lührs le había arrendado sus frutales a Dirk zum Felde, tenía tiempo para leer el periódico ya de buena mañana. También se ponía la radio, porque así no había tanto silencio en la cocina.

Ya no había necesidad de aligerar tanto, y los inviernos se le hacían cada vez más largos.

Pero por fin habían brotado las campanillas blancas de debajo de la ventana de la cocina, y las primeras cinco las había cortado ese mismo día y las había colocado sobre la mesa, en ese jarroncito de cristal que no era mayor que una huevera. Elisabeth lo usaba siempre para las margaritas, los pensamientos y los dientes de león que los niños, de pequeños, recogían para ella en el dique. En su jardín nadie tenía permiso para arrancar ninguna otra flor, en eso no se andaba con bromas, pero esas cinco campanillas siempre acababan en el jarroncito: una por cada miembro de la familia.

Qué silencio...

Tampoco es que ellos dos charlaran mucho, pero Elisabeth siempre cantaba o tarareaba, nada más levantarse, en la cocina, en el jardín, en los frutales, el día entero. Ella no se daba cuenta, pero él siempre podía oír dónde estaba.

Si Elisabeth no tarareaba, Heinrich podía dar por sentado que estaba enfadada con él. Porque había sido demasiado severo con los chicos, o porque había cruzado toda la casa con las botas llenas de barro. Una vez se estuvo dos días sin tararear porque en la fiesta de las Flores él había bailado con Beke Matthes un par de veces demasiado seguidas. Y eso que ahí no había nada raro; puede que Beke Matthes le gustara, pero desde luego no de esa forma.

Desde que Elisabeth ya no tarareaba, porque un maestro pintor de Stade se había llevado por delante su bicicleta en la gran curva con cuarenta kilómetros por hora de más en el velocímetro, Heinrich Lührs vivía sin banda sonora. Veinte años de cine mudo, desde que ella falleció.

«Pues Él ordenó a sus ángeles...», cantaron las amigas que tenía Elisabeth en el coro de la iglesia durante el funeral —ese había sido el versículo que ella misma eligió para su confirmación–, «que te guarden en todos tus caminos...», y ya entonces supo Heinrich que él no volvería a ir a la iglesia. Al cementerio sí, allí iba todos los sábados. Cuidaba de que la tumba estuviera bien apañada, en primavera plantaba begonias rojas y blancas, siempre alternándolas, pues así lo había hecho siempre también Elisabeth en su jardín.

En cualquier caso, morir en el arcén de una carretera con treinta y cinco años, atropellada como un animal, era algo que su mujer no merecía.

Y tampoco él. Heinrich Lührs se había pasado días y noches revisando su vida, levantando piedra por piedra en busca del error, del gran crimen que debía de haber cometido. Pero no encontró nada. Había sido bueno con su mujer y sus hijos. Severo, sí, de vez en cuando también colérico, pero nunca malo. No fumaba, no bebía más que los demás, no tenía líos de faldas. Lo de Beke Matthes no podía contar. No había sido ninguna vergüenza para sus padres, siempre había tenido la granja y la casa absolutamente en orden, era trabajador y capaz, un vecino siempre dispuesto a echar una mano. Nunca había engañado a Hacienda, ni siquiera hacía trampas jugando a las cartas.

Los ángeles de Dios podían volar a otra parte. Tenían una idea muy extraña de lo que significaba guardar a alguien en todos sus caminos y llevarlo en sus manos. «No siempre podemos comprender los designios de Dios», había dicho la pastora, pero Heinrich Lührs los comprendía perfectamente: enseñar músculo alguna que otra vez, doblegar una espalda recta, obligar a un hombre a arrodillarse. Para que, así, acudiera corriendo a la iglesia y aprendiera a rezar. De eso se trataba, sin duda.

Pues con él no lo conseguiría. Aquello no estaba bien, y él no tenía ninguna intención de conformarse. Si cuidara de su granja igual que esos ángeles lo habían hecho de su mujer, seguro que a esas alturas estaría igual que la de Vera Eckhoff.

«Padre, tampoco yo», le había dicho Georg un par de días antes de que Elisabeth saliera de casa con la bicicleta, y eso que él era el mejor de los tres. Tres hijos tenía Heinrich Lührs, y ningún sucesor.

No recordaba si su mujer había tarareado alguna canción la última mañana que pasaron juntos.

6

Puntos sueltos

En el aula de los Escarabajos, las sillas ya estaban colocadas sobre las mesas y el suelo barrido, fregado e incluso seco. Marion estaba guardando todas las toallas en el cuartito donde cambiaban a los niños, lo cual no era trabajo suyo ni mucho menos. Ella no era la asistenta, era directora pedagógica del grupo de los Escarabajos, quizá por ello daba unos tirones algo más enérgicos de lo necesario a las inocentes toallas. Mientras lo hacía, no le quitaba los ojos de encima a Leon, que estaba sentado en el rincón de juegos como un pedido que nadie había ido a recoger. Él, en todo caso, seguía a lo suyo. Construía muy concentrado su torre, que ya había llegado a ser casi tan alta como él.

Siempre eran los mismos padres los que se presentaban tardísimo y con la lengua fuera, y a todos ellos les encantaba hacer el numerito del «¡Perdón, perdón!». Sin embargo, a esas alturas ella ya les había quitado esa mala costumbre.

Cuando Anne irrumpió en el aula, Leon le dio una patada a su torre y los bloques de construcción volaron con gran estrépito por toda la sala, lo cual a Marion no le hizo demasiada gracia, sobre todo teniendo en cuenta que pasaban ocho minutos de las tres.

Decidió apagar la luz mientras Anne recorría aún el aula recogiendo los bloques de construcción. El manojo de llaves tintineaba en su mano.

Anne arrastró a Leon, «¡Que pases una buena tarde, Marion!», agarró al vuelo las botas del niño en el pasillo y salió a toda velocidad con la gorra, la bufanda y los guantes todavía metidos en la capucha del traje de esquí infantil. En el vestíbulo exterior que había ante la entrada principal dejó a Leon junto al cochecito para acabar de vestirlo.

Las madres de Ottensen casi siempre iban con prisa. Empujaban sus cochecitos como si fuesen carritos portaequipaje y ellas viajeras en un aeropuerto apresurándose para llegar enseguida a la puerta de embarque y no perder el vuelo de conexión.

Anne veía marchar a las demás al paso de la oca, y durante una temporada incluso se les había unido para llegar corriendo a sesiones de grupo para padres e hijos, a clases de gateo o de natación para bebés, pero en esos entornos se sentía tan extraña y fuera de lugar como una atea en un círculo de oración.

Después de dos angustiosas horas en el curso de natación para bebés, había enviado allí a Christoph, a quien no le suponía ningún problema dar saltitos con una docena de padres y niños en una piscina infantil mientras cantaban, todos siempre de la mano. Él acudía a esas citas sin protestar, igual que iba a hacer gofres para la fiesta de la guardería o a comprar pañales a la farmacia.

Christoph vivía con ellos igual que un huésped de buen carácter. No parecía haber tenido nunca demasiado claro que era uno más, que en realidad esa vida familiar le incumbía a él también.

Cuando paseaban los tres por la ciudad, un hombre y una mujer con un niño pequeño en un cochecito, a veces Anne veía de reojo su reflejo en algún escaparate e intentaba comprender por qué eran diferentes a las demás familias.

No tenía nada que ver con la ropa ni con el peinado. Su imagen era correcta, quedaban muy bien en el escaparate, su hijo era una monada y Christoph le ponía una mano en el hombro a Anne si era ella quien empujaba el cochecito.

Sin embargo, cada vez que Leon escupía el chupete a la acera o se echaba a llorar porque ya no quería ir sentado, se producía un leve titubeo, les faltaba esa reacción automática que ella creía percibir en todas las demás familias. El reflejo de agacharse a por el chupete caído, la forma de seguir hablando como si nada mientras sacaban al niño del carrito para sostenerlo en brazos. El silencio compartido en una cafetería mientras se tomaban un café con leche descafeinado; la madre relajada hasta rayar en la apatía y, junto a ella, el padre con el portátil delante y el trapito de las babas en el hombro, la mano sobre la espalda de ella, acariciándola suave y lentamente de arriba abajo.

Los bodegones familiares de las cafeterías y los parques de Ottensen le mostraban a Anne lo que ellos no eran: unas hebras bien anudadas, padre-madre-niño, entrelazadas formando un estable tejido familiar.

Ellos eran dos personas con un niño, tres puntos sueltos en una aguja de tejer. Eso eran.

Entre todas las parejas que marchaban al compás y con desenvoltura por las calles de ese barrio de Hamburgo, ella y Christoph parecían andar siempre de puntillas.

A esas alturas Anne ya no estaba tan segura de que Christoph se hubiera abotonado mal la camisa aquel día por descuido; quizá lo hiciera a propósito. Una camisa blanca con las mangas arremangadas y los botones torcidos fue lo primero que le llamó la atención de él. Estaba sentado a una mesa junto al gran ventanal y tenía el portátil delante, era uno de los muchos clientes que trabajaban textos en la cafetería. Todo en ese hombre daba la sensación de ir un poco sin planchar, dos bonitas arrugas le bajaban desde la nariz hasta los labios, llevaba el pelo rubio sin peinar, sus dedos eran rápidos sobre el teclado..., hasta que se produjo el pequeño choque frontal con el coche de plástico. Un niño se había estrellado contra su mesa; el mobiliario de la cafetería siempre molestaba para jugar. «Aúpa, cariño –dijo la madre–. Ven, no te hagas daño.»

El refresco ecológico se había derramado, el bloc de notas había quedo cubierto de espuma, y Anne lanzó su chal de algodón sobre aquel charco.

Por el portátil ya no podía hacerse nada, pero la tarde acabó resultando muy agradable.

Y luego el verano.

Y luego, enseguida, embarazada.

Christoph escribía sus novelas policíacas ambientadas en Hamburgo igual que un ingeniero construía puentes: bien planificadas, sólidas, sin adornos superfluos. El martirio del síndrome de la página en blanco lo conocía solo de oídas y no era capaz de intuir siquiera los pequeños rencores de sus colegas de profesión, que apenas podían soñar con las cifras de ventas que alcanzaban sus libros. Ellos sufrían para crear esos exiguos volúmenes de narraciones que se arrancaban por las noches entre grandes torturas, y despreciaban al gigante editorial que publicaba a Christoph y que no dejaba de rechazar una y otra vez sus textos complicados y faltos de argumento, siempre dándoles las gracias, por supuesto. Lo llamaban «el autor del pueblo» y sonreían sin decir palabra mientras veían que a él lo jaleaban como a un héroe local en las lecturas que hacía en bares y centros culturales.

El público lector de Christoph era fiel y mayoritariamente femenino. Anne estudiaba los rostros de las mujeres que iban a escucharlo leer. Ladeaban la cabeza y sonreían, daban sorbitos de su copa de vino y veían lo que también ella había visto: a ese hombre guapo y algo desaliñado, con camisa blanca.

Desaliñado como debían serlo los escritores. A veces incluso se abotonaba mal la camisa, y a ellas eso les encantaba, ese aire juvenil y algo caótico. Anne se sentía desenmascarada al verlas.

La cremallera del traje de esquí de Leon volvió a engancharse, la había subido torcida y se había quedado atascada a la mitad. Ni subía ni bajaba.

—Deja que lo haga yo —dijo Marion, que acababa de cerrar la puerta de la escuela con llave y se disponía a irse a su casa, por fin. Se quitó los guantes, bajó un poco la cremallera con un buen tirón y la volvió a subir—. Bueno, hombrecito, hasta mañana.

Si no hacía mucho viento ni mucha humedad, Anne paseaba con Leon por los parques de la orilla del Elba y juntos contemplaban a los perros, esos tan grandotes de pelo largo que tropezaban como adolescentes por entre los arbustos, pero también los salchichas reposados de las viudas del distrito de Altona, que se tumbaban bajo los bancos del parque y esperaban a que sus dueñas acabasen de fumar.

A veces dejaba que Leon se montara por cincuenta céntimos en un burrito mecánico azul que había delante del supermercado ecológico de Ottenser Haupstrasse, pero el cacharro casi siempre estaba estropeado, y entonces el niño se sentaba un rato sobre el inmóvil animal de plástico y daba sacudidas hasta que comprendía que no servía de nada.

Anne se quedaba a su lado sin ningún plan, sin voluntad; los días se le hacían extralargos y parecía que casi siempre llovía.

Por las noches todo era diferente. Cuando Leon dormía, ella se tumbaba en el cuarto de él, ante su camita infantil, y le acariciaba el rostro soñador, los hombros delgados, las

manitas regordetas. Olía a leche, a arena cálida y a una felicidad inmerecida.

Después llegaba el día con todos sus pañales y sus biberones, sujetachupetes, guantes y gorros que nunca había quien
encontrara, citas con el pediatra, moldes de arena, pantalones
impermeables, bolsas portapañales... y, de repente, la dicha
maternal y la gratitud desaparecían del mapa, quedaban ente-
rradas bajo paquetes y paquetes de toallitas húmedas, hundidas
en el fondo de la piscina para bebés y la papilla de cereales.

En ocasiones, cuando se encontraba sentada entre desco-
nocidas en el parque infantil, veía las ojeras oscuras de las
demás y se preguntaba si habría otras como ella, madres nocturnas que durante el día deseaban tener otra vida. En caso de
que así fuera, ninguna habría estado dispuesta a admitirlo ni
bajo tortura. Sentarse agotada en un banco de Ottensen, es-
tresada y despeinada, incluso sin maquillar, sí que estaba permitido; lo único inaceptable era no sentir la dicha de la
maternidad.

Esos últimos días había helado un poco, el camino de arena
de Fischerspark estaba compacto y sin barro, una perfecta
pista de carreras. Anne sacó la bici sin pedales de la cesta del
cochecito y Leon se subió a ella. Montaba con el entusiasmo
exaltado de un niño que por fin era más rápido que sus padres
y demás obstáculos. Leon era un *easy rider* con casco de ma-
riquitas y no frenaba ante ninguna madre.

En el parque no podía ocurrir nada malo, los paseantes casi
siempre se apartaban a tiempo para ponerse a salvo y, si Leon
se caía, el relleno del traje de esquí amortiguaría los peores
rasguños. El problema era el trayecto de vuelta a casa, cuando
ya no estaban en la zona peatonal y tenían que atravesar el
túnel oscuro y apestoso de Lessing, donde había palomas
muertas y Leon avanzaba con su bici sin pedales por la acera

central que discurría entre los cuatro carriles de tráfico rodado, realizando un vertiginoso eslalon en el que esquivaba latas de refresco abolladas y viejos envoltorios de hamburguesas. Anne galopaba tras él, le gritaba «¡Alto!» y «¡Para!» como si estuviese persiguiendo a un ladrón que acabara de robarle el bolso. Esas órdenes no tenían ningún sentido, por supuesto, porque nada ni nadie podía contener el subidón que le daba la velocidad a un niño de cuatro años.

Hacía una tarde fría y azul, y también demasiado clara para principios de febrero.

Cuando por fin torció por su calle, a diez metros de Leon y sin aliento, Anne cayó en la cuenta de que se había olvidado de la cita con el pediatra.

Vio el Fiat blanco ante su puerta, otra vez, una vez más, y entonces finalmente lo comprendió. Cerró el portal, dejó a Leon abajo, en el vestíbulo del edificio, subió los cuatro escalones y entró como una ladrona en su propio vestíbulo, donde encontró unas botas negras que no eran de ella.

Cuando Christoph discutía sobre el proyecto de un nuevo libro con Carola, la mejor editora que había tenido nunca, siempre se sentaban en la cocina. También esa tarde estaban sentados a la mesa de la cocina tomando una copa de vino blanco y una taza de té. Todo como siempre, solo que esta vez no llevaban nada puesto. Lo primero que vio Anne fueron unos pies descalzos con las uñas pintadas de rojo. El cigarrillo de Carola cayó en la copa de vino cuando vio a Anne.

Abajo, en el vestíbulo, Leon empezó a gritar. Después de su tarde triunfal con la bici sin pedales tenía el ego crecido hasta niveles dictatoriales y quería que lo subieran en brazos.

—¡Ya voy! —exclamó Anne.

Christoph se dejó caer contra el respaldo de la silla con los ojos cerrados como si acabaran de ejecutarlo. Anne bajó la escalera y aupó a Leon, que detuvo sus gritos al instante y dejó que lo entrara en casa lleno de reproche.

Carola tenía una melena negra que le llegaba hasta las caderas. Estaba de pie en el pasillo y tenía dificultades con la cremallera. No conseguía abrocharse la falda. Hoy no es mi día con las cremalleras, pensó Anne. Apartó la mano que Carola pretendía ponerle en el brazo con supuesta fraternidad y entró en la cocina, donde Christoph todavía estaba medio desnudo, todavía pálido como un cadáver. Anne abrió de golpe la puerta del balcón, tiró por la barandilla las colillas de Carola, su paquete de tabaco a medias y el mechero plateado, y se dejó caer sobre una silla.

Leon, que se había puesto contento al ver que Carola había venido de visita, quiso ir a mirar libros de dibujos con ella. Era algo que hacían algunas veces, pero ese día por lo visto no podía ser, así que se marchó a su habitación dando zancadas, se quitó él solito el traje de esquí, encendió el reproductor de CD y bailó un poco con su música preferida. «La bruja Anne salió al balcón, voló montada en su escobón / sobre toda la ciudad, cuatro vueltas y una más...»

Anne, todavía sentada a la mesa de la cocina con el abrigo puesto, empezó a escarbar con una cucharilla en un tarro de crema de chocolate y avellanas Rapunzel del súper ecológico. No paró cuando Christoph se sentó a su lado, sino que siguió embutiéndose en la boca esa papilla de azúcar de caña no refinado a cucharadas hasta que él le quitó la cuchara de la mano y enroscó la tapa. Anne apoyó entonces la cabeza en la mesa y cerró los ojos como si quisiera escuchar la madera llena de marcas. No le hacía falta oír nada más de lo que decía él mientras la tomaba de la mano, porque ya había visto esos pies con las uñas pintadas de rojo y esa melena negra y larga hasta las caderas.

La otra era Blancanieves en su coche blanco, y allí estaba la bruja Anne.

7

Una palomilla

Para cuando consiguió tener las cajas de la ropa, las de los libros, su bicicleta, la bici sin pedales de Leon, el gran contenedor de los juguetes y su planta de interior metidos dentro de la furgoneta de alquiler, pasaba del mediodía.

Desde la calle se oyó un claxon, dos bocinazos cortos, y Christoph se levantó de un salto de la silla de la cocina y casi corrió por el pasillo. Al salir, cerró la puerta con cuidado para no despertar a Leon.

Anne no tenía ni idea de cómo sonaba el claxon de un Fiat, pero tampoco se acercó a la ventana. No le apetecía ver ni por un segundo cómo se montaba él en ese coche, y sobre todo no le apetecía que la vieran a ella. La mujer abandonada en la ventana..., qué imagen más lamentable.

Esos últimos días juntos, tan largos, los había vivido con la sensación de que ensayaban una obra de teatro nueva. La pareja a la que se le ha acabado el amor en su viejo apartamento. Los papeles estaban repartidos, pero el texto no estaba escrito todavía. Anne interpretaba con torpeza el viejo clásico de amor y abandono. El que engaña, la engañada, las maletas, las fotografías escondidas, los gritos, los susurros, el llanto, los ojos rojos, las caras pálidas.

Un drama prefabricado, pensó Anne, no lo sabemos hacer mejor.

Christoph la había seguido toda la mañana por las diferentes habitaciones mientras ella hacía las maletas. Los hombros encogidos, las manos en los bolsillos del pantalón; se mostraba abochornado, como el que se sabe culpable. «Anne, si necesitas algo...» Su interpretación era penosa, de aficionado deslomándose en la construcción de su personaje.

Había estado mirando a Leon un rato mientras dormía e incluso había llorado en silencio, sacudiendo la cabeza, le había puesto a ella las manos en los hombros y había apretado la frente contra la suya. «Joder, Anne.»

Ella había buscado un buen rato esa frase grandiosa que acabaría con él, que lo hundiría en la miseria y le abriría los ojos. Solo que Christoph estaba totalmente despierto, y Anne lo sabía. Su marido se había enamorado, ¿qué le iba a hacer?

De manera que no tenía motivo para maldecirlo con palabras estériles, lanzar su portátil por la ventana, arrancar de la pared la estantería de los CD, volcar la mesa de la cocina o por lo menos tirar del mantel solo por oír estrépito y estropicio, el ruido que hacían las cosas al romperse. No tendría ocasión de dejarse llevar por una ira poderosa para cabalgar esos últimos días juntos.

Anne estaba contenta de que por fin se acabaran. De salir de aquel apartamento, de la ciudad, de alejarse del apestoso túnel de las palomas, de no tener que sentarse más con esas madres nerviosas en el parque infantil, de no ver más a ese hombre con sus camisas blancas. Se iría al campo. Pondría tierra de por medio.

Leon despertó y ella lo sacó de su camita de barrotes y apretó contra su mejilla la carita de su hijo, cálida aún del sueño. En la nuca del niño se rizaban un par de mechones sudados.

Se quedaron así un rato, quietos, Leon cansado y suave en brazos de ella, con ese olor tan maravilloso a un mundo intacto.

Ante la ventana, el castaño del patio interior estiraba sus ramas hacia un cielo incoloro. Las corrientes de aire que se colaban como bandas de merodeadores las hacían temblar. En la ventana de la cocina, el molinillo de Leon tableteaba clavado en la dura tierra de las macetas.

Anne se llevó a su hijo a la cocina para prepararle el biberón. Aunque ya era mayor para tomar biberones, a menudo le apetecía uno por la tarde. Ella intentó hacerlo como si no fuera nada del otro mundo, sin pensarlo, igual que siempre, pero no lo consiguió. Se veía a sí misma mientras hacía cada cosa por última vez: encender el hervidor de agua azul, sacar la leche de esa nevera retro tan poco práctica que tenía Christoph, buscar en el lavavajillas el biberón con los dibujos de peces, rescatar la tetina de dentro del bote que había junto al fregadero. Y luego sentarse a la mesa de la cocina con Leon bebiendo ya en su regazo, a esa mesa que estaba toda mellada y repleta de manchas de grasa y vino tinto; una veterana con patas de madera que había sobrevivido a dos pisos compartidos, y ahora también a una pequeña familia.

Anne repasó sus cicatrices con el dedo índice, marcas quemadas de cazuelas calientes, muescas de cuchillos que se habían escapado, el pequeño agujero del sacacorchos que Christoph, completamente distraído, hizo girar sobre la superficie de la mesa nada más enterarse de que estaba embarazada. Los pinchazos del tenedor infantil de Leon, las manchas de plastilina y pinturas de cera.

Una mesa como un álbum familiar, una noción de hogar. Solo que a ella se le daba muy mal resistir, aguantar. Quien huye una vez, jamás regresa para quedarse del todo.

En casa de sus padres había acabado reinando un niño prodigio que se sentaba ante su piano de cola negro como si fuera un rey Sol. Anne no podía volver allí, se había convertido en un ser a la deriva, una criatura que se mecía en la corriente, un animal flotante, un punto de plancton en el mar.

Una trotamundos. Durante su período de oficial carpintera en prácticas había estado viajando tres años, la mayor parte del tiempo sola, y le había resultado muy sencillo, casi como estar en una gira sin final: cada dos o tres días, un nuevo escenario, un par de actuaciones y de vuelta a la carretera.

Llegar, deslumbrar, largarse. Igual que había hecho en los certámenes de *Jugend musiziert,* un juego de niños, e incluso en sus experiencias con los hombres..., nada más que un juego, facilísimo. El truco consistía en desaparecer antes de que las cosas se complicaran y al barniz le salieran los primeros rasguños.

Había llegado a ser muy buena, toda una maestra en el arte de poner punto final y seguir camino.

Con un niño pequeño en brazos, sin embargo, se le hacía mucho más difícil.

Anne le puso el traje de esquí a Leon y los dos juntos sacaron del apartamento la caja de transporte del conejo enano.

—El último apaga la luz, *Willy* —dijo antes de cerrar la puerta y meter la llave por la ranura del buzón.

Pero el conejo no estaba para bromas. En esa caja de transporte parecía un príncipe malhumorado en su litera.

Cuando por fin se montaron en la furgoneta blanca, había tantísimo tráfico que parecía que estuvieran evacuando la ciudad. Ya era media tarde, en las oficinas había comenzado el éxodo masivo y, antes de entrar en el túnel del Elba, los coches ya estaban parados en ambos sentidos. Anne, que había conducido muy pocas veces desde que se sacara el carnet hacía veinte años, sintió que las manos empezaban a sudarle sobre el volante.

A Leon le parecía una chulada ir montado en un camión. Estaba sentado la mar de satisfecho en su silla infantil mientras golpeaba el asiento con las botas de lluvia y, para tranquilizar al conejo, que iba nervioso a su lado, atado con el cinturón en su caja de transporte, le cantaba una canción de la escuela. El humor de *Willy* no mejoró una barbaridad por ello. Estaba agazapado en la caja con las orejas escondidas y de vez en cuando tamborileaba inquieto con las patas traseras.

Leon le pasó un trocito de zanahoria entre los barrotes. Como *Willy* se volvió hacia otro lado, se lo comió él mismo. Después mordisqueó una de las galletitas Vitakraft para conejos que habían comprado en su visita de despedida a la tienda de mascotas. Anne pensó brevemente si prohibirle a su hijo probar la comida para animales. Las madres de la liga profesional jamás habrían permitido que sus niños mordisquearan barritas para mascotas. Habrían contado con numerosos y buenos argumentos en contra, pero a Anne no se le ocurrió ninguno, así que dejó que Leon se comiera las galletitas de pienso mientras ella hacía avanzar el vehículo a velocidad de transeúnte por el túnel del Elba. Intentó ningunear al tipo que iba al lado y que se cortaba las uñas mientras conducía su Opel Astra con las rodillas. Al salir del túnel, lanzó el cortaúñas metálico al asiento del acompañante y pisó el acelerador.

Cuando el niño vio las grúas del puerto de contenedores, apretó la cara contra el cristal de la ventanilla y se olvidó del pienso para conejos. Los saurios gigantescos aguardaban erguidos junto al muelle y estiraban sus cuellos de acero hacia el cielo gris como si esperasen a sus presas. Mientras avanzaban en dirección a Finkenwerder, Anne recordó las excursiones que solía hacer con sus padres a Altes Land los domingos durante la época de las cerezas. Nunca se detenían a comprar fruta en las tiendas de las granjas ni en los pequeños puestos de carretera.

«No pienso comprar cerezas –decía Marlene–, ya tenemos de las nuestras.» Que los árboles de los Eckhoff no le pertenecieran ni mucho menos, que fuese Vera la que había heredado la granja y que ella no representara allí más que una huésped de la casona grande y vieja, era algo que, en época de cerezas, la madre de Anne no estaba dispuesta a admitir.

Todos los domingos del mes de julio se plantaban en la granja con cubos vacíos en el maletero «para jugar un poco a los recolectores», como les decía Vera con burla, aunque siempre les tenía preparada la escalera junto a los árboles y les sacaba las viejas chaquetas de trabajo de color azul.

Mientras sus padres desaparecían entre las ramas de los cerezos y Thomas se iba a casa de los vecinos, que criaban conejos gigantes, Anne se balanceaba en el viejo columpio de Vera, el del tilo, o se acercaba a acariciar con cuidado a las dos yeguas Trakehner, que pacían en la dehesa de la casa espantando las moscas del verano con la cola. Eran unos caballos hermosos e inquietos que nadie más que su tía se atrevía a montar.

Después de recolectar cerezas se sentaban todos en el banco de Vera, junto a la casa, a comer el pastel que la madre de Anne había traído de Hamburgo; cada pedazo era un reproche mudo hacia su hermana mayor, pero Vera siempre había hecho oídos sordos a esa clase de insinuaciones. Lo único que les ofrecía a sus invitados era zumo de manzana de Heinrich Lührs, en una jarra sobre la mesa..., y un café que sabía como si hubiese salido de una pavimentadora asfáltica. Casi parecía alquitrán servido en taza, con la superficie brillante y llena de manchas de gasolina. Los padres de Anne habían intentado tragar aquel brebaje muchas veces, lo habían rebajado con agua caliente en una proporción de uno a uno, le habían añadido leche, azúcar, habían probado a beberlo lo más caliente posible, porque tibio sabía peor sin lugar a dudas. Solo le gustaba a Vera... y al extraño abuelo Karl, que siempre se sentaba abatido en el banco. La madre de Anne había terminado por capitular y los domingos de julio, además del pastel, llevaba también un termo lleno de café; pero tampoco a ese reproche le hizo Vera ningún caso.

Durante el viaje de vuelta a Hamburgo, con el maletero lleno de cerezas y su padre –que con las gafas de sol ofrecía un aspecto extrañamente desenfadado– al volante, su madre fumaba en el asiento del acompañante y hablaba con rabia sobre esa hermana que estaba dejando que la casa se viniese abajo, sobre las malas hierbas, la valla sin pintar, los cerezos asilvestrados, los marcos podridos de las ventanas, las quemaduras y las manchas de café en los manteles bordados a mano de Ida Eckhoff, y sobre ese viejo desaseado al que más le valdría internar en un manicomio. Las manos de su madre surcaban el aire como si dirigiese una pieza de música atonal. ¡La extravagancia de Vera! ¡La arrogancia de Vera! ¡Los espantosos chuchos de Vera! A veces la ceniza de su cigarrillo volaba hasta sus hijos, que estaban en el asiento de atrás.

Por lo que Anne recordaba, todas las visitas a Altes Land habían terminado así: con cerezas en el maletero y peroratas en el asiento del acompañante. Y su padre, que encontraba divertida a su peculiar cuñada y estaba acostumbrado a los arrebatos temperamentales de su mujer, encendía otros dos cigarrillos con el mechero eléctrico, bajaba un poco la ventanilla y sonreía. «Déjalo ya, Marlene.»

Mientras conducía con Leon en dirección a Stade, Anne cayó en la cuenta de que solo había visto aquel paisaje en verano.

Por primera vez contemplaba Altes Land en su fría desnudez, con los frutales firmes como soldados plantados en la tierra dura, filas interminables de regimientos pelados y, entre ellos, el suelo pantanoso congelado. En los hondos surcos que los tractores habían dejado al pasar, el agua de la lluvia se había convertido en un hielo blanco. Grandes aves de presa cuyas denominaciones ella desconocía esperaban posadas en las ramas más gruesas, como si fuesen demasiado pesadas para volar. En el dique y en las acequias, la hierba estaba seca y deslavazada. Un paisaje sin colores. Solo en el sendero, junto a la carretera, vio relucir el amarillo neón de los chalecos de seguridad de un grupo de niños de guardería que trotaban con sus profesoras en fila de a dos. Un par de pequeños que iban algo rezagados se dedicaban a pisotear el hielo de un charco con sus botas de lluvia, y Anne intentó imaginarse a Leon en esa excursión escolar, dándole la mano a algún otro niño y con una manzana de la granja que acabasen de visitar en la otra.

Tenía que averiguar dónde vendían esos chalecos amarillos.

Leon despertó poco antes de llegar a Lühe y tenía hambre, pero entretanto *Willy* se había comido todas las zanahorias y las galletitas para conejos. Anne torció hacia el embarcadero y aparcó la furgoneta al lado de un puesto de comida rápida, una caravana que en algún momento debió de ser blanca. «¡Sonríe, estás en el distrito de Stade!», decía un cartel por encima de la pasarela que llevaba hasta el desierto embarcadero del ferri de Lühe, junto al Elba, y a derecha y a izquierda tenía banderitas heladas que rasguñaban sus propios postes.

Anne compró patatas fritas con kétchup y dejó el recipiente de cartón en el asiento, entre su hijo y ella. Un enorme portacontenedores remontaba el río deslizándose en dirección a Hamburgo. Leon lo miró mientras masticaba y lo manchaba todo. Anne limpió el kétchup del asiento y fue a buscar una segunda ración, y después un chupa-chups para Leon y, para ella, un café en vaso de plástico que sabía a grasa de freiduría. Aunque habría sido capaz de tragarse incluso el brebaje asfáltico de Vera con tal de poder quedarse un rato más allí sentada, en un vehículo que olía a puesto de patatas fritas, con su hijo, a quien le encantaban los barcos.

El cielo se teñía ya de rojo y el sol se ponía sobre el Elba cuando por fin llegaron al «minipueblo diminuto» del que Leon les había hablado a sus compañeros de escuela durante el desayuno de despedida en la clase de los Escarabajos.

Avanzaron despacio por la lisa carretera que pasaba frente a la granja impoluta de Heinrich Lührs. Su jardín delantero, con esos arriates limpios y bien apañados, el caminito adoquinado y los céspedes rectangulares, tenía un aspecto tan metódico como el de una plaza de armas. Detrás de la valla de madera se veían sus rosales en formación, los cuales había recubierto con sacos de arpillera para protegerlos de las heladas. Daban la impresión de ser prisioneros a punto de ser fusilados.

La granja de Vera, en cambio, apenas se distinguía detrás de su altísimo seto de alheña desgreñada. Aunque más valía así, porque su visión no era apta para los corazones de la región. A Heinrich Lührs y a los demás agricultores del pueblo, la simetría y el orden siempre les habían parecido los pilares de su dignidad. El que dejaba que su granja se hundiera estaba hundido él mismo..., o era una persona muy particular, como Vera Eckhoff.

Anne hizo pasar la furgoneta por el «portal de gala», una enorme estructura de madera en forma de gran puerta ornamentada que daba la bienvenida a la propiedad, aunque hacía décadas que había dejado de merecer su nombre. Desde que los perros de Vera se habían calmado un poco con la edad, casi siempre estaba abierto; los batientes colgaban podridos e inclinados de los goznes. Era un milagro que aún se tuviera en pie.

Acababa de sacar a Leon y a *Willy* del vehículo cuando oyó tras de sí unos crujidos en el adoquinado.

Un tractor John Deere infantil con pala frontal se les acercaba marcha atrás, maniobrando hacia la entrada. El conductor tenía más o menos la edad de Leon, llevaba un mono de aspecto muy profesional y una gorra de los almacenes Raiffeisen. Se apeó lentamente, caminó hacia ellos con un brazo extendido y abrió el puño, que contenía una gran mariposa muerta. Levantó la nariz, se limpió una vela de mocos con la manga y anunció:

—Palomilla invernal, un parásito.

Luego la tiró al suelo, la pisó bien fuerte con el pie por si las moscas, giró el talón sobre su propio eje hasta que destrozó el insecto, se tocó la visera de la gorra con los dedos y se alejó dando zancadas.

Leon, que había observado su actuación sin decir nada, fue hasta donde estaba la mariposa aplastada y murmuró «palomilla invernal» como si estuviera aprendiendo las primeras palabras de un idioma extranjero.

El enemigo de los parásitos había desaparecido ya tras el seto de alheña cuando un tractor rojo con remolque, esta vez de tamaño natural, cruzó la entrada a bastante velocidad. Frenó y se detuvo detrás de la furgoneta blanca. El hombre que lo conducía era fornido y llevaba un gorro con visera y orejeras. Sin apagar el motor, puso los brazos encima del volante de su tractor y bajó la mirada hacia Anne y Leon.

—Bueno. Esos de ahí delante son mis árboles, o sea que necesito paso libre en todo momento. Aparte ese cacharro de una vez.

Leon decidió poner a salvo a su conejo, que estaba en mitad del camino, y empezó a arrastrar la caja de transporte por los adoquines; a *Willy* no le entusiasmó la jugada. Anne se quedó allí de pie sin saber cómo reaccionar.

Le habría gustado soltarle a ese tipo un buen consejo sobre lo que podía hacer con su estúpido gorro, o un comentario sobre sus modales. Una de esas frases con las que se ponía en su sitio a esa clase de personas con aires de superioridad.

Se le ocurriría más adelante, cuando fuese demasiado tarde, como siempre.

Dio media vuelta sin decir palabra, se subió a la furgoneta, la apartó a un lado y, con la esperanza de que el tractor tuviese espejo retrovisor, le levantó el dedo corazón.

8

Teatro rural

Dirk zum Felde estaba hasta las narices. Y de qué manera. Tenía la sensación de que todos los días llegaba gente nueva. Urbanitas en busca del sentido de la vida que se dedicaban a recorrer la zona sin ton ni son y no dejaban de cruzarse en su camino.

La semana anterior, Burkhard Weisswerth se había presentado en su granja con dos tipos de no sé qué revista que lo seguían todo el rato solo para tomar un par de fotos. Había vociferado un «¡Muy buenas!», le había dado unas enérgicas palmadas en el hombro y había soltado algún disparate sobre el tiempo, porque eso era lo que se hacía «aquí en el campo», era lo que le gustaba «a la gente de campo».

«Dirk, amigo, no te sentará mal que vuelva a subirme un momento a tu tractor, ¿verdad?» En realidad Burkhard Weisswerth no era capaz de conducir aquella bestia, pero ofrecía una estampa magnífica montado en maquinaria agrícola, con los pantalones de pana de Manufactum metidos con aparente descuido por dentro de unas botas de lluvia de caucho natural, las mangas de la camisa arremangadas, los ojos ligeramente entrecerrados bajo el ala ancha de su sombrero flexible, la mirada en lontananza. La viva imagen de un labriego. Ese era el aspecto de un visionario.

Hacía dos años y medio que a Burkhard Weisswerth lo habían despedido de su trabajo como jefe de redacción con una indemnización decente, así que se había trasladado de Isestrasse, en Hamburgo, a una granja vacacional junto al dique del Elba, donde decidió que se dedicaría a escribir libros sobre la vida rural y columnas para una revista de *slow food*. A menudo lo entrevistaban antiguos compañeros de trabajo, y entonces se hacía retratar para las fotografías del reportaje con un cordero, un lechón o una gallina en brazos. Una horca o un manojo de zanahorias también eran buenas opciones, pero lo que más le gustaba era salir acompañado por alguno de sus vecinos, como Dirk zum Felde, ese «rudo agricultor» con su tractor rojo.

A Burkhard Weisswerth le encantaban los «tipos maravillosos y auténticos». ¡Hacía tiempo que él mismo era uno más! En las fotografías le gustaba aparecer bien cerca de ellos, hombro con hombro, las manos hundidas en los bolsillos del pantalón mientras se enzarzaban en una conversación sobre las heladas nocturnas o la rotación de cultivos. Como si no hubiese ninguna cámara en kilómetros a la redonda. En sus frases dejaba caer alguna que otra expresión en bajo alemán, decía «¡Atiende!» o «Por lo que *m'han contao*...», y para despedirse exclamaba un sucinto y contundente «¡Hala!».

Burkhard Weisswerth sabía cómo funcionaban esos «personajes magníficamente irreflexivos», todos esos agricultores de pura cepa, hombres testarudos y de pocas palabras sobre los que escribía en sus libros de una forma tan divertida y llena de complicidad. ¡Existían de verdad! Weisswerth conocía la vida rural muchísimo mejor que cualquiera de los redactores del barrio de Baumwall, que como mucho se acercaban con sus coches familiares hasta la granja ecológica más cercana para que sus niños pudieran acariciar a un ternerito criado en condiciones dignas.

Dirk zum Felde no tenía tiempo para posar sobre maquinaria agrícola. Ya había preparado el pulverizador, pero

Burkhard Weisswerth aún seguía montado en su tractor, mirando a lo lejos con intensidad. El fotógrafo debía de haber tomado ya cientos de instantáneas. La cámara no hacía más que chasquear sin descanso, como si estuvieran en la alfombra roja de Cannes y no en la granja de un agricultor de Altes Land que esperaba para ocuparse al fin de su trabajo.

«Bueno, Burkhard, baja ya del tractor, que tengo que fumigar.»

Clic-clic-clic. Clic-clic-clic. Clic-clic-clic. «Oye, que todavía no hemos terminado —dijo el fotógrafo sin apartar la cámara de delante de los ojos—. Burkhard, pensaba que este iba a subirse también contigo.»

«Este», Dirk zum Felde, empezó a ponerse algo tenso llegado ese punto. Apartó al fotógrafo de esa revista de *slow food* que él no conocía de una patada en el trasero y lanzó el trípode tras él. Burkhard Weisswerth bajó entonces voluntariamente del tractor, bastante deprisa, de hecho, y el tipo de las gafas negras que se había pasado todo el rato helado de frío allí al lado tuvo que salir corriendo a perseguir su sombrero.

Dirk zum Felde estaba hasta el gorro de esos idiotas con botas de lluvia caras que tenían la manía de irse a vivir al campo.

Los que llegaban allí no eran más que desechos, todos los que no habían conseguido triunfar en la gran ciudad. Académicos y creativos de segunda, con demasiadas taras para tener salida en el mercado urbano. Género invendible de la sociedad que buscaba una nueva oportunidad en el circuito rural.

Al principio, cuando solo eran unos pocos y él no sospechaba aún que a esos los seguiría toda una oleada invasiva, todavía se tomaba la molestia de dejarles bien claro que él había estudiado en la universidad y había vivido en pisos compartidos. Que no era el imbécil con diploma del vivero por el que parecían tomarlo tanto a él como a los demás vecinos del pueblo.

Había tardado una buena temporada en comprender por qué no querían escucharlo: porque con eso les estropeaba la escena. Un ingeniero agrónomo titulado que explotaba sus huertos frutales con técnicas modernas en Altes Land, que rociaba sus manzanos con productos fitofarmacéuticos y sencillamente los talaba cuando dejaban de producir... era como encontrarse con una autopista de cuatro carriles en mitad de una película de bucolismo campestre. Dirk no encajaba en la imagen. Les molestaba.

¡Pues a él le molestaban ellos! Esos creativos caóticos que huían de las ciudades para tomar los pueblos y «estar en contacto con la naturaleza», y que luego se paseaban por los frutales con sus golden retriever y holgazaneaban ante las granjas y las cabañas medio caídas y reconvertidas en casitas de vacaciones. Si encima era primavera y en algún rincón de su jardín asilvestrado encontraban por casualidad un manzano achacoso que sacaba sus últimas flores con gran esfuerzo, entonces ya no había vuelta atrás. Era como si hubieran probado la sangre, se aferraban a la tierra como si fueran garrapatas, igual que el tal Burkhard Weisswerth y su mujer.

Damas estresadas de gran ciudad con crisis existenciales que no dejaban de dar la lata hasta que conseguían una de esas casas desmoronadas con tejado de cañas, igual que había hecho su hija suplicándole un poni. ¡Era una monada! ¡Tenía que ser para ella! ¡De verdad que se ocuparía siempre de sus cuidados! Y entonces se ponían a amueblar esas ruinas de ladrillos por un dineral, arreglaban sus «jardines rurales» y montaban talleres de cerámica en los viejos establos.

Algunas, que ni siquiera así se sentían realizadas, compraban ovejas y empezaban a producir su propio queso, y todas esas neorrurales recién llegadas, todas ellas sin excepción, preparaban jaleas de viejas variedades de manzana como si una fuerza secreta las empujara a hacerlo.

Y justo entonces aparecía él, Dirk zum Felde, con su tractor y el remolque del pesticida lleno de Funguran para rociar sus manzanos de alto rendimiento contra el ataque de los hongos, y tenía el descaro de cruzar por en medio de su museo al aire libre.

Burkhard Weisswerth tardaría bastante en volver a subirse a su tractor con sus ridículos pantalones de pana. Dirk no pensaba participar como comparsa y encargado de escenografía en ese teatrillo rural.

Y lo último que le hacía falta ese día, ya para rematarlo, era esa tontaina que se había apalancado con su furgoneta blanca ante la granja de Vera Eckhoff, bloqueándole el paso a los frutales. Matrícula de Hamburgo, por supuesto. Jersey con capucha y calzado robusto, por supuesto también. A esas ya se las conocía. Una nueva incorporación más a la gran compañía de teatro rural.

Le daba tres semanas. Seguro que después le ofrecería algún mejunje de comercio justo en una taza de barro chapucera y sin asa mientras le preguntaba con ingenuidad: «¿Qué es eso que rocías todo el rato?». Lo cual en realidad no era ninguna pregunta, desde luego, sino el preludio de un pequeño sermón ecologista, y al cabo de como mucho diez minutos ya le estaría cantando las alabanzas de las antiguas variedades de frutas y verduras.

Y él, el agricultor bobo que no sabía ni hacer la o con un canuto e insistía en rociar con ese veneno maligno a sus pobres, pobrecitos árboles, se suponía que tenía que darse un golpe con la mano en la frente y exclamar: «¡Ahí va! ¡La primera vez que lo veo así! ¡Tienes razón! ¡He sido un idiota! ¡Me paso ahora mismo al cultivo ecológico!».

Esos misioneros de lo ecológico no sabían distinguir una manzana Boskoop de una Jonagold, y seguro que jamás habían tenido que comerse una Finkenwerder Herbstprinz llena de postillas y gusanos, porque si no sabrían que había muy buenos motivos para que todas esas viejas variedades apestosas se estuvieran perdiendo. Por él, ya podían empapuzar a sus mocosos con chirivías y acelgas y espelta y demás antiguallas, siempre que a él no lo obligaran a tragárselas y le dejaran hacer su trabajo en paz.

Dirk zum Felde pasó junto a la furgoneta blanca y encendió el rociador. Por el retrovisor vio que la mujer de la capucha desaparecía entre la neblina de fungicida.

9

Refugiados

Vera Eckhoff no sabía mucho de su sobrina, pero reconocía a un refugiado nada más verlo. Era evidente que la joven que estaba sacando sus pocas cajas de la furgoneta de alquiler con el rostro demudado buscaba algo más que una nueva experiencia y un poco de aire fresco para su hijo.

Allí fuera, sobre el adoquinado, tenía a dos personas sin hogar. Y un animal en una caja de plástico que el niño arrastraba hacia la puerta del vestíbulo.

Anne había abrigado a su hijo envolviéndolo como una larva. El chiquillo apenas podía moverse con su grueso traje de esquí, los brazos le quedaban separados del cuerpo a ambos lados y las piernas le rozaban entre sí al andar.

De pronto Vera recordó aquella sensación: verse empaquetada en cinco capas de ropa delante de esa casa a la que no le gustaban los extraños. Expulsados o huidos, en carretilla o en furgoneta..., no había demasiada diferencia.

Cuando atravesó el vestíbulo para abrir la gran puerta, vio a Ida Eckhoff ante sí. Su rostro furioso el día que llegaron los sucios polacos.

Vera se acercó a Anne, que aún estaba junto a la puerta

abierta del vehículo, y consiguieron darse un abrazo torpe. Pero ¿cómo se saludaba a un niño pequeño? ¿Lo alzaba en brazos y lo apretaba contra sí? ¿Se agachaba y estrechaba su manita regordeta? ¿Buscaba un trozo de mejilla sin envolver y le daba un beso?

—¡Este es *Willy!* —dijo Leon señalando la caja de transporte.

Vera se arrodilló delante de la caja, miró al conejo y luego al niño. Unos rizos rubios le caían por la frente y casi le llegaban a la nariz, que estaba roja y brillante, recubierta de mocos. Se parecía a todas las narices infantiles, por lo que Vera podía juzgar. En su familia nadie había tenido el pelo rubio, pero los ojos castaños y de pestañas espesas sí creyó reconocerlos. Un atisbo del este.

—*Willy,* ajá. ¿Y quién eres tú?

—Yo soy su dueño —contestó Leon, y siguió tirando de la caja por el adoquinado en dirección al vestíbulo.

—¡Dile a Vera cómo te llamas, Leon! —exclamó Anne desde la furgoneta.

El niño se volvió y se echó a reír.

—¡Ya se lo has dicho tú, Anne! No tengo que decirle nada.

Vera oyó que los perros aullaban en la cocina. No soportaban que los encerrara, pero dos perros de caza y un conejo no eran una combinación muy oportuna, por lo menos desde el punto de vista del conejo. Tendría que inculcarle al niño que no dejara corretear a su mascota por ahí y que cerrara siempre la puerta de su habitación. Los perros tampoco estaban tan viejos y cansados como para que se les escapara un conejo de ciudad sobrealimentado.

Vera alojó a los dos refugiados en la antigua vivienda para el retiro de Ida Eckhoff.

Sobre las nueve de la noche, cuando Leon se durmió por fin con la jaula del conejo en el suelo, a su lado, Anne cruzó el vestíbulo con una botella de vino tinto y llamó a la puerta de la cocina de Vera.

El olor que salía de allí la dejó sin respiración. Vera estaba en el fregadero con un delantal blanco de plástico, ocupada en trocear algún tipo de animal bastante grande.

—Pasa, las copas están ahí.

Anne respiró por la boca, sacó dos refinadas copas de vino del armario de la cocina y pasó con cuidado por encima de los dos perros que estaban tumbados en el suelo, royendo unos huesos azulados.

—Enseguida termino con esto.

La joven intentó no mirar dentro del cubo en el que Vera había tirado restos de pellejo, entrañas y tendones.

—El sacacorchos lo tienes en aquel cajón —informó, y señaló el viejo aparador con una mano ensangrentada.

Serró un hueso con un serrucho, se lo lanzó a los perros y echó un gran pedazo de carne a un barreño de plástico. Era un animal demasiado grande para tratarse de una liebre, debía de ser un corzo.

Anne, que tenía la sensación de que el estómago le estaba subiendo lentamente por la garganta, se concentró en su botella de vino y estuvo toqueteando el corcho hasta que Vera se volvió hacia ella.

Al ver la cara de su sobrina, abrió la ventana de golpe, escondió en la despensa el barreño de carne y el cubo con los despojos y se limpió la sangre de las manos. Después sacó una botella de aguardiente de cerezas del armario, le quitó a su sobrina la botella de vino y el sacacorchos de las manos y le sirvió un dedo de kirsch en la copa.

—De un trago.

Anne se lo echó al cuerpo y su tía le sirvió otro más.

Vera la arrastró hasta la ventana abierta y la obligó a inspirar y espirar hondo diez veces. La caza siempre despedía un olor muy fuerte, aunque ella ya no lo notaba.

Dejaron la botella de vino sin abrir y siguieron con el aguardiente. A Anne le pareció que el de pera estaba aún mejor que el kirsch de cerezas, aunque ni mucho menos era tan bueno como el de ciruela.

Brindaron con las copas refinadas. «¡Por el mal trago!», se animó a bromear Anne cuando los perros ya llevaban un buen rato roncando bajo la mesa de la cocina. Y, puesto que se le hacía tan raro, vació un par de copas más «por el mal trago», hasta que Vera la tomó del brazo y la llevó cruzando el vestíbulo hasta el salón de Ida. El reloj de pie del rincón dio entonces las dos.

Anne, entre risitas, se sentó en el sillón mientras Vera abría el sofá cama, pero se quedó dormida antes de que terminara de prepararlo.

Vera le quitó esos zapatos tan extraños y le subió las piernas al reposapiés. Llevaba el calcetín derecho remendado y parecía que se lo había zurcido el niño: un calcetín negro con un hilo de lana azul que se enredaba de aquí para allá sobre el dedo gordo. La tapó con un edredón sin funda. Después volvió un momento a la cocina, preparó una botella de agua, dos Alka-Seltzer y un barreño vacío, y esperó que no acabara todo encima de la preciosa alfombra antigua de Ida Eckhoff.

Dejó la puerta solo entornada, luego hizo café, volvió a atarse el delantal de plástico y siguió con el corzo.

Cuando Anne volvió en sí en el sillón, cuatro horas después, el recuerdo del animal descuartizado y sus huesos azulados regresó enseguida..., y luego también el olor.

Encontró el barreño en su regazo, acertó más o menos y se entregó a las arcadas hasta que llegaron las lágrimas. Vera había dejado la lámpara de pie encendida, pero aun así Anne tardó un rato en comprender dónde estaba. Dejó el barreño entre lamentos y quiso levantarse del sillón, pero su cabeza la clavó de nuevo en el tapizado.

Buscó a tientas las pastillas y la botella de agua de la mesa, sacó los dos Alka-Seltzer de su envoltorio, los metió en la botella, la agitó e intentó beberse aquello sin vomitar otra vez. Los primeros tragos acabaron en el barreño al cabo de nada, pero después la cosa mejoró. Se quedó sentada, inmóvil, hasta que las punzadas palpitantes que notaba en la cabeza empezaron a remitir un poco.

Cuando ya solo sentía un leve latido, se levantó del sillón, agarró el barreño y buscó el cuarto de baño.

¿Dónde estaba Leon? Dejó el barreño en la bañera y, de vuelta al salón, tropezó con sus zapatos y encontró la puerta del dormitorio, que estaba entornada. El conejo no hacía ningún ruido, pero levantó las orejas cuando Anne alborotó por la habitación y se inclinó sobre la cama. Se arrodilló al lado de su hijo dormido y lo escuchó respirar.

La casa protestaba. Anne podía sentir cómo se colaba el viento frío por sus ventanas podridas.

Estoy hecha una mierda, pensó, y regresó al salón tambaleándose. Metió el edredón en la funda como buenamente pudo y dejó los botones desabrochados, pero aún tuvo fuerzas para medio desvestirse y enjuagarse la boca en el baño con la intención de deshacerse de aquel sabor asqueroso.

Después se metió entre las sábanas retorcidas e intentó, sin conseguirlo, ahuyentar esos pensamientos que la perseguían como un enjambre de avispas en el interior de su cabeza ebria:

Estoy con un pedal de campeonato en una casa de labranza que se viene abajo. He traído a mi hijo de cuatro años a vivir con una loca que descuartiza animales con una sierra en la cocina. Hace casi cinco años que no tengo un cepillo de carpintero en las manos. No tengo ni la menor idea de cómo reparar las ventanas y las vigas enmohecidas de Vera. Christoph quiere a Carola.

¿Por qué no le había plantado sus pesadas botas Camper sobre las uñas pintadas de rojo? ¿Por qué no había pisado con fuerza sobre ese pie mientras le crujían los huesos y luego había girado sobre su propio eje, igual que había hecho por la tarde el niño con la palomilla muerta? «¡Un parásito!»

Una mujer con las uñas de los pies rojo sangre había entrado en su vida, se había acostado con su marido, en su cama, había bebido vino en sus copas y, en el pasillo, le había puesto la mano en el brazo como si eso le estuviera permitido, como si fuesen hermanas.

Y ella, la pobre infeliz de Anne, se había quedado sin palabras y sin fuerzas y había regresado trotando a la cocina. No había sido capaz de decir nada y, un par de días después, colgó con dedos temblorosos cuando Carola tuvo la poca vergüenza de llamarla para «hablar las cosas» con ella.

Mujeres que mataban de un tiro a sus rivales llevadas por una ira irrefrenable, hombres que liquidaban a sus contrincantes con un cuchillo o que los atropellaban con el coche, todo eso existía..., pero no en las relaciones civilizadas y consideradas de Ottensen, Hamburgo. Esas se desmantelaban con profesionalidad cuando de pronto se entrometía en ellas el destello de un sentimiento al que se le daba el nombre de amor. A fin de cuentas, contra el amor nadie podía hacer nada. ¡Eh, esas cosas pasan! A él, puesto que se había enamorado, todo le estaba permitido, podía «profundizar en su relación» con esa lectora que era como Blancanieves.

Carola la del coche blanco tenía permiso para arrollar la vida de Anne, arrebatarle a su marido, reír, estar guapa... y hacerse amar todavía un poco más porque había intentado «arreglar las cosas» con Anne, explicarle que ella «nunca había deseado» aquello, que esperaba que Anne y ella pudieran relacionarse algún día «de una forma tranquila», porque Anne era «una mujer maravillosa de verdad».

Christoph podía dejar de querer a Anne sin más. Podía dejar de verla aun teniéndola delante, hablando con él, y sencillamente salir de su vida como quien se va de paseo. Esas cosas pasaban. No contravenían ninguna ley.

Anne, sin embargo, que había perdido a su marido y no tenía derecho a llorar su duelo porque Christoph estaba sanísimo y feliz, porque siempre lo tendría «a su disposición» para Leon y para ella, Anne, que debía empezar a desenamorarse y se sentía herida y estafada, o como si hubiera enviudado, sería la única culpable si le hacía saltar un diente a Carola de un puñetazo o le destrozaba el Fiat blanco. Y lo que era aún peor: se expondría al ridículo.

Cuando una de esas relaciones civilizadas y consideradas de Ottensen terminaba, nadie llegaba jamás a las manos. Podías recurrir a un poco de histerismo, llamar a una amiga, una hermana o una madre con quien dar largos y lacrimógenos paseos y luego, de noche, lamentarte al teléfono. Apuntarte a un taller de escritura en Liguria o reservar un fin de semana de *wellness* en Sylt, ir a un curso de percusión en La Gomera, practicar yoga en Andalucía, pasar un par de noches intensas con algún amante pasajero, cortarte el pelo, comprarte un vestido corto. Y, si nada de todo eso daba resultado, pedirle cita a alguna terapeuta con un sillón de mimbre que no hacía más que chirriar e intentar recomponer tu alma afligida por ochenta euros la hora.

O largarte, huir al campo, donde el mundo todavía era bueno y bonito, tumbarte borracha contra una pared de ladrillos fríos y húmedos y compadecerte de ti misma.

10

Embutido de corzo

Al principio se tambaleaba bastante, pero por fin le había pillado el tranquillo.

¡Menos mal que se había comprado también el casco y las coderas! A la velocidad que llevaba no podían descartarse caídas ni colisiones, y él de ninguna manera podía permitirse una contusión grave. ¡No siendo autónomo! Seis semanas sin encargos y Eva ya podía olvidarse de su caseta para el jardín.

La indemnización había desaparecido mucho antes de que la excavadora terminara de cavar las zanjas para los tubos de drenaje alrededor de toda la casa. Las dos jóvenes familias que habían comprado los terrenos a su derecha y a su izquierda habían construido las casas sin sótano. Ahora ya sabía por qué.

Pero los Weisswerth por fin tenían un sótano sin humedades para los vinos... y para las patatas que Eva y él habían sacado con sus propias manos de la densa tierra pantanosa. Su granja remodelada podía presumir de un tejado de cañas nuevo, ventanas de madera nuevas y un camino de entrada con auténticos adoquines tradicionales de Altes Land que Burkhard había encontrado en un proveedor de materiales para la construcción por Internet con recogida a cargo del comprador. ¡Menudo chollo!

Un volquete lleno de piedras que Klaus y Erich Jarck colocaron a una indescriptible velocidad de caracol después de conseguir retirar las placas de hormigón de los propietarios anteriores. Cuatro semanas se pasaron llegando todas las mañanas a las siete con su estruendosa motocicleta. No tenían carnet de conducir y la moto solo podía llevarla Erich, porque Klaus tenía aún menos seso en la mollera que su hermano. Pero qué más daba... Fue el primer gran reportaje de Burkhard Weisswerth para la revista *Patrimonio y paisaje:* los gemelos Klaus y Erich Jarck, adoquinadores, últimos representantes de un gremio en vías de extinción. ¡Solo con ver esas fotografías...! Klaus con las gafas de culo de botella y la boca siempre medio abierta —la bragueta casi siempre también—, y el pelirrojo Erich con un cigarrillo detrás de cada oreja y otro en los labios. En la hora del desayuno, ambos bebiendo una Fanta y comiendo gruesas rodajas de fiambre en gelatina sin pan. ¡Con esos dedos sucísimos!

Florian había entrado en éxtasis mientras los fotografiaba. «¡Esto es una pasada!» La redacción quedó seducida por esos personajes «extraordinariamente grotescos» y quiso más, así que Burkhard Weisswerth pudo volver a aprovechar a Klaus y a Erich para su libro *Gentes del Elba: Rostros curtidos por un paisaje.* Tal como debía ser.

El adoquinado había quedado irregular, pero valía hasta el último céntimo, sin lugar a dudas; le confería a la casa un toque tosco, auténtico. Aquel no era lugar para la vida urbana, neurótica, estresante y de tacón alto.

«Bienvenidos al mundo de las botas de lluvia», había escrito Eva en el cartel que colgó sobre la puerta del jardín para su fiesta de inauguración. Compraron veinte pares de números y colores diferentes, y así las mujeres pudieron dejar sus taconazos y calzarse las botas antes de pisar los adoquines del pavimento. Había sido un detalle divertido para la fiesta, todos se habían reído mucho con ello.

Burkhard también tituló así su segundo libro: *Bienvenidos al mundo de las botas de lluvia,* y se vendió bien, pero Burkhard Weisswerth podía llegar más alto aún. Era un creador de contenidos, deseaba tener su propia revista, quería tiradas y éxito, y todo ello viviendo perfectamente relajado y en total tranquilidad, igual que un trabajador del campo, calmado, sereno. Eso sí que sacaría de quicio a los listillos acelerados de Baumwall, con sus estómagos destrozados por el estrés y sus hernias discales.

Los mismos que lo habían echado de una patada porque creían que ya no daba más de sí.

No podrían haberle hecho mayor favor.

Hacía tiempo que tenía pensado el título para su revista: *Campo y cocina,* una publicación para personas satisfechas con lo que tenían, personas que, como él, habían frenado el ritmo, habían comprendido que menos era más y querían desprenderse del lastre que arrastraban.

Él había vendido su Audi y no le había importado en absoluto. Solo conservaban el Jeep, porque Eva lo necesitaba para acercarse al almacén de materiales de la construcción o al vivero. A él le resultaba más práctico desplazarse en bicicleta. Desde que vivían allí en el campo, por fin había comprendido lo que era importante en la vida.

Las primeras patatas que sacabas de la tierra con tus propias manos no se olvidaban jamás. Fue como una iniciación; él, Burkhard Weisswerth, había sido introducido en el gran secreto de la siembra y la recolección, el crecimiento y el renacer, el florecer y el marchitar, y sí, eso le había vuelto humilde y sensible para con las personas maravillosas y sencillas que vivían del trabajo de sus manos. ¡Respeto! Sentía por ellos un profundo respeto. Burkhard no rehuía el contacto, y ellos lo notaban. Por eso era capaz de acercarse a ellos mucho más que esos escritorzuelos ñoños e ignorantes, esos de las revistas femeninas y de estilos de vida a los que últimamente soltaban en manada entre la pobre población rural. No se enteraban de nada.

Allí estaba él, Burkhard Weisswerth, con sus 52 años, una mañana de viernes poco antes de las ocho, en el sillín de su bicicleta reclinada hecha a medida, recorriendo la orilla del Elba a una velocidad más que respetable para un hombre de su edad.

Pensó en sus excompañeros de trabajo de Hamburgo, que a esas horas debían de estar levantándose aún de la cama con un esfuerzo enorme para conseguir salir a correr un rato por el Alster antes de tener que acompañar a sus estresadas mujeres al mercadillo ecológico semanal de Isemarkt. «Sin mí, amigos.»

Burkhard redujo dos marchas y subió por la estrecha calle asfaltada que pasaba sobre el dique y desembocaba en Hauptstrasse. Desde allí ya era todo el rato cuesta abajo y había que tener cuidado de no acelerarse mucho. Se agarró un momento a una farola para dejar pasar a un camión de frutas del Elba, después cruzó la calle y torció por Dorfstrasse.

Se detuvo delante de una gran casa muy cuidada, con paredes de entramado, y admiró un momento su entrada adoquinada. Era como la de él, solo que esos adoquines debían de estar allí desde hacía doscientos años por lo menos y, al parecer, los adoquinadores de aquel entonces eran un poco más hábiles que Klaus y Erich Jarck. Era evidente que los suyos no los habían colocado con la misma uniformidad que aquellos. Tal vez era eso lo que pasaba con los gremios amenazados de extinción: que sus últimos representantes solo sabían hacer las cosas a medias. Por lo menos le había salido a buen precio. «¡No más de diez euros la hora! –había insistido Eva–. Esos dos fijo que se lo ventilan en aguardiente en menos de nada.» Y justamente así había sido. «En realidad cobramos quince...», pero no habían rechazado la oferta, ya que tampoco recibían demasiados encargos. Además, les habían pagado en dinero «contante y sonante», ¡y seguro que no lo habían declarado!

Burkhard Weisswerth no pudo evitar sonreír al imaginar a Klaus Jarck rellenando un formulario de Hacienda. ¡Si ni siquiera sabía cuál era la parte de arriba y la de abajo de un lápiz!

Debía de ser la siguiente casa. Burkhard agachó la cabeza al cruzar el portal de gala podrido, después bajó de la bici y la dejó apoyada en la vieja pared de la casa. El gigantesco tejado de cañas estaba cubierto de un musgo que lanzaba destellos al sol y del que se veían unos trozos oscuros en el patio; por lo visto se estaba cayendo a pedazos. Caray. Él sabía lo que costaba un tejado pequeño como el suyo, y solo en esa casona seguro que cabían tres como la suya. ¡Una catedral campesina! ¡Un pabellón bajo alemán, del siglo XVIII por lo menos! Burkhard dio un par de pasos por el jardín delantero y contempló la fachada. Nueve ventanas, carpintería pintada y, allí arriba, ¡tallas en forma de medios soles! La larga inscripción del enorme travesaño ya no se distinguía bien. ¿Era latín?

Se volvió y dejó pasear la mirada por esa selva que en algún momento debió de ser un clásico jardín de boj. Entre la maleza todavía se veían los restos de los antiguos setos. Estaba en un estado deplorable, pero eso tenía arreglo.

Eva no podía ver algo así. Enseguida saldría en busca de un arquitecto y correría al banco. De todas formas, aquel era un proyecto demasiado grande; si querías apechugar con una casa como esa necesitabas acertar los seis números de la lotería. Y con bote. O tener una editorial de revistas que marchara de maravilla. ¡Quién sabía...!

De manera que allí vivía la doctora Vera Eckhoff, dentista y presidenta de honor de la Sociedad de Caza del distrito. Hasta ese día Burkhard solo la había visto al galope por la orilla del Elba. «Yo no me metería con ella –le había comentado Dirk zum Felde–, tiene una puntería que para qué.» Burkhard la había llamado por primera vez hacía poco.

Vera Eckhoff parecía ser un personaje auténtico de verdad, había estado «pegando la hebra» un rato con ella y había conseguido que le dejara estar presente mientras preparaba embutido de corzo.

¡Embutido de corzo! ¡A quien se lo explique no se lo va a creer! Primero sin cámara, solo él y nadie más; así lo hacía siempre. No podía entrar en la casa echando la puerta abajo. A la gente del campo primero había que ablandarla un poco y eso llevaba su tiempo, pero, si tenías mano izquierda, tarde o temprano te ganabas su confianza y los tenías comiendo de tu mano. A él, al menos, siempre le daba resultado. Simpatizaba con aquellas gentes de manera natural.

Primer contacto sin cámara, esa era la regla número uno.

Además, de todas formas Florian seguía picado por el asunto de la semana anterior con el tractor. Burkhard había conseguido quitarle de la cabeza que denunciara a Dirk zum Felde por agresión. Le había costado dos cajas de burdeos, pero con eso tendría que bastarle como indemnización por un pequeño hematoma en el trasero.

–¡Muy buenas! –Burkhard Weisswerth entró de puntillas por la gran puerta del vestíbulo y siguió los ruidos.

Oyó dos voces y algo que molía y crujía y que parecía proceder de la cocina. Burkhard llamó a la puerta entornada y vio a Vera Eckhoff, que estaba junto a la mesa con una bata blanca de dentista. Casi parecía que alguien acabara de estallar por los aires junto a ella unos momentos antes. Llevaba la bata llena de salpicaduras de sangre oscura, las tenía por todas partes, en la tripa, en las mangas, en el cuello, incluso la cara la tenía manchada de rojo.

–¡Vaya, buenos días, me había olvidado completamente de usted! Bueno, no se ha perdido nada, acabamos de empezar.

–Vera Eckhoff señaló al hombre alto de cierta edad con delantal de plástico y camisa arremangada que estaba a su lado y le iba dando vueltas a una manivela–. Mi vecino, Heinrich Lührs.

Crujidos y chirridos.

–Este es el de *ciudá q'ha comprao* la casita de la Mimi.

–Pues bien *q'ha* hecho –opinó Heinrich Lührs, saludó con una cabezada y siguió dando vueltas a la manivela.

A su lado estaba sentado un niño pequeño con toda la boca embadurnada de chocolate. Masticaba unos Smarties y observaba fascinado cómo iban desapareciendo en la picadora un trozo de carne tras otro para, después, salir convertidos en gusanitos rojos que se iban amontonando en un gran barreño.

Heinrich Lührs no era capaz de matar a ningún animal, ni siquiera cuando criaba conejos los había sacrificado él mismo, siempre había tenido que hacerlo su padre. En cambio, era un hacha con la máquina de picar carne.

Burkhard Weisswerth se apoyó en la pared con las manos metidas en los bolsillos de su pantalón de pana. Intentó no mirar directamente hacia la picadora, sino un poco a un lado, pero todo lo demás también impresionaba lo suyo: ese ruido chirriante y asqueroso, el olor a carne cruda y grasa...

No pudo evitar pensar en esa escena de *Fargo* en la que el secuestrador loco del pelo teñido de rubio metía a su víctima en la trituradora de ramas del jardín. Ay, Dios mío, aquello era una bomba. Burkhard pensó en las fotos que haría Florian de esa masacre. No recordaba haber visto jamás una escena semejante en ningún reportaje fotográfico de revista. ¡Sería el no va más! ¡Encargaría unas fotos crudas y naturalistas! ¡Lo que tenía ahí delante no era arte, era la naturaleza tal cual! ¡Así es la vida rural, gente, algo muy distinto a comprar un par de lonchas de salami de caza en el mercadillo de Isemarkt!

Vera Eckhoff tenía una vieja balanza de cocina e iba pesando la sal y las especias. Burkhard tomó nota de la lista de ingredientes en su iPhone. Pimienta, enebrinas, mejorana.

Heinrich Lührs empezó a meter en la picadora grandes pedazos de grasa blanca. De los agujeros salieron entonces unos gusanillos pálidos que cayeron en el barreño de plástico y, cuando se acabó la grasa, Vera añadió las especias, sacó una batidora de mano y lo mezcló todo convirtiéndolo en una masa rosada, grasienta, brillante.

Los carraspeos de Burkhard quedaron silenciados por el ruido del aparato; un par de gotas de sudor minúsculas aparecieron en su frente.

Vera apagó la batidora y la dejó al lado del barreño; de los ganchos de amasar colgaban restos de pálida masa de embutido. Desmontó los ganchos del aparato, le dio uno a Heinrich Lührs y el otro se lo quedó ella. Ambos recogieron con el dedo índice lo que había quedado allí pegado y lo probaron.

–Una *miaja* más de sal –dijo Heinrich Lührs, y echó una cucharada de sal al barreño–. *¿Quiés* darle vueltas tú? –preguntó mientras le ponía un cucharón de madera al niño en la mano.

El pequeño removió con semblante serio. Su mano infantil se hundía en la masa pringosa; ambas eran exactamente del mismo color. Vera Eckhoff fue a la despensa y sacó un fardo de algo transparente que parecían preservativos extralargos. Heinrich Lührs metió la masa del embutido en una especie de jeringa de silicona y empezó a introducirla despacio en los intestinos.

Burkhard Weisswerth abandonó la cocina sin decir palabra.

–¿Y ahora *q'aire l'ha dao?* –comentó Heinrich Lührs, y dejó la rellenadora de embutidos un momento.

–O problemas de corazón o vegetariano –masculló Vera, que se encogió de hombros.

11

Apañao

Hacía mucho tiempo que Heinrich Lührs había dejado de extrañarse por nada de lo que hiciera Vera Eckhoff, de modo que no le asombró demasiado que de repente diera cobijo a una sobrina con niño y conejo incluidos. Sería una especie de jornalera, así se lo había explicado Vera. Alojamiento y manutención, cuatrocientos euros al mes y uso libre de su viejo Mercedes Benz. Como contraprestación, «ella me va a dejar la casa bien *apañá*».

Eso, en cambio, sí dejó a Heinrich Lührs de piedra; el verbo «apañar» saliendo de la boca de Vera sin ninguna ironía. «Apañada» era justamente lo que la granja de Vera no había vuelto a estar desde que Ida Eckhoff se colgó y su nuera de la Prusia Oriental abandonó a Karl y a la niña. «Apañado» era el adjetivo con el que Vera le tomaba a él el pelo desde que eran adultos. «¿Qué, Hinni? ¿Ya lo tienes *tó* bien *apañao?*»

Cuando Heinrich podaba los arbustos y los árboles, recortaba el seto, arrancaba las malas hierbas, cortaba el césped, pintaba la valla, cuidaba de la granja, tapaba las toperas, cuando dejaba sus arriates perfectamente alineados, los cerezos más jóvenes bien apañados y los viejos, los que ya no producían, talados, serrados y apilados para leña, siempre que Heinrich Lührs hacía lo que debía hacer todo el que quisiera seguir siendo amo y señor de su casa y de su granja, sin dejar que nada se deteriorase, se embruteciese o se asilvestrase, Vera se sentaba en su banco desvencijado con un cigarrillo o se colocaba con una taza de café debajo de ese cerezo contrahecho que le afeaba todo el jardín delantero, rodeada de hierbas y nabos hasta la altura de las rodillas, lo saludaba con la mano y se echaba a reír. «¿Qué, Hinni? ¿Ya lo tienes *tó* bien *apañao?*»

Él nunca había entendido qué le veía de divertido a que alguien pusiera orden en su mundo.

Detrás de la valla de su vecina, de todas formas, el mundo hacía lo que le venía en gana. Su jardín era el fin de todo orden, lo contrario de «apañado», era caos y ruina. Solo había que ver la casa de Vera para comprender qué se sacaba de dejar que la naturaleza siguiera libremente su camino.

Y más allá de los ciruelos de Heinrich Lührs, al otro lado de la acequia, tampoco podía hablarse ya de orden, porque Peter Niebuhr había decidido tener sus árboles asilvestrados desde que se dedicaba al cultivo ecológico. Le vendía esas cerezas enclenques a un mayorista bio de Hamburgo cuando ni siquiera estaban maduras aún. A Heinrich le habría dado vergüenza, él no habría tenido el valor de endilgarles esa desgracia ni a los turistas de la carretera, pero los forofos de lo ecológico de la ciudad le quitaban de las manos esas cerezas a Peter Niebuhr, que se embolsaba una tercera parte más que antes.

El porcentaje de mundo que seguía estando en orden parecía disminuir cada día que pasaba.

Tres hijos, ningún sucesor. Heinrich tenía una nuera japonesa y otra de ciudad, chicas simpáticas, por lo que podía juzgar, pero para él eran tan extrañas que bien podrían ser de Marte.

Una vez fue a visitar a Heini y a Sakura a Berlín, a su restaurante; su primogénito con un gorro alto y blanco de cocinero junto a una mesa reluciente, haciendo rollos de pescado crudo que luego colocaba en una especie de cinta transportadora de donde los clientes se servían lo que querían.

Sakura le había enseñado cómo iba lo de los palillos y lo de esa salsa negra. El mejunje verde era demasiado picante para él, pero lo demás no estaba tan malo.

Heini con su largo cuchillo al otro lado del mostrador, el pelo rubio heredado de Elisabeth, su rostro alegre, afable, juvenil. Había llegado a dominar el japonés. «Tampoco es que sea *mu* diferente del bajo alemán, padre», le dijo, y todos se echaron a reír.

Había sido el preferido de Elisabeth, aunque ella jamás habría admitido algo así, y siempre tarareaba cuando estaba en su cocina, cortando pescado en trocitos pequeños. Con el tiempo, Heini había acabado en Japón. Tenían una niña, le enviaban fotos, pero a Heinrich Lührs siempre se le olvidaba el nombre de la ciudad donde vivían.

Jochen iba a verlo un sábado o un domingo cada pocas semanas. Casi siempre se presentaba con Steffi y los gemelos, pero a veces llegaba solo y vestido con ropa vieja, y entonces se metían en la nave a preparar el tractor y el remolque para la primavera, o revisaban las grandes redes con las que cubrían los cerezos en verano, antes de que llegaran los estorninos. Para la cosecha de las manzanas, Jochen siempre se tomaba un par de días libres y conducía la carretilla elevadora cuando había que meter las grandes cajas en el almacén frigorífico. En esas ocasiones se quedaba a pasar la noche en su vieja habitación. Al acabar la jornada se bebía un par de cervezas con Heinrich en la cocina, los dos se preparaban unos huevos fritos y pan con jamón, se repartían el periódico y luego veían juntos el telediario. A veces Jochen se quedaba dormido en el sofá antes de que dieran la previsión del tiempo; ya no estaba acostumbrado a trabajar al aire libre. En Hannover se pasaba el día entero sentado en su despacho de ingeniero y nunca veía el sol.

A Steffi no le hacía mucha gracia que Jochen se fuera a visitar a su padre a Altes Land, porque entonces todo recaía sobre ella en casa, y ya tenía suficiente que hacer. Steffi era representante de productos farmacéuticos y ganaba una barbaridad de dinero. Heinrich no se atrevía a preguntar, pero suponía que Jochen, con su salario, ni se le acercaba.

El chico a veces le daba pena, siempre se lo veía bastante agobiado, y eso no era nada en comparación con su mujer. Cuando los cuatro iban a visitarlo desde Hannover, Steffi parecía estar helada de frío todo el tiempo. Casi nunca salía fuera, a la orilla del Elba o a los frutales, y tampoco llevaba calzado adecuado para hacerlo.

Heinrich siempre daba una vuelta en tractor con los niños. Suponía que les gustaba, por lo menos a Ben, que siempre quería sentarse en su regazo y conducir. Noah casi a todas horas iba pegado a un cacharrito electrónico que hacía ruiditos cuando lo toqueteaba, pero aun así salía con ellos hasta que Steffi les sacaba a los tres una foto con su teléfono móvil. El abuelo la recibía después como regalo por su cumpleaños, en un marco metálico.

Georg era el pequeño, su cruz. «Padre, tampoco yo.»

Cuando se lo dijo ya había terminado sus estudios de ingeniero agrónomo. Elisabeth se lo había olido, solo que no era de esas mujeres que comparten su opinión con el marido. Y él no era de esos hombres que dejan que sus mujeres les digan mucho.

El viejo decidía, el joven se avenía, y en algún momento, cuando el joven reunía fuerza y rabia suficientes, se volvían las tornas. Así eran las reglas. No funcionaba de otro modo.

Su padre, además, les pegaba, cosa que Heinrich nunca había hecho con sus hijos.

Georg había recibido una única vez, una ocasión en que, después de una noche de fiesta, se había subido a la escalera de mano medio borracho todavía y había cortado uno de los mejores cerezos. Por lo demás, como mucho un par de empujones, o algún tortazo suave si se lo encontraba estorbando por en medio, lo cual no solía pasar porque Georg sabía a lo que se exponía. Era un buen fruticultor, Heinrich lo sabía.

Pero padre e hijo no jugaban un partido amistoso; libraban una guerra. El viejo, cabezota; el joven, furioso. Ataque y defensa, una contienda tras otra, peleas encarnizadas sobre nuevas variedades de cerezas y manzanas, menos pesticidas, almacenes frigoríficos mayores, maquinaria cara, más jornaleros. Heinrich se oía gritar frases que conocía de su padre y a veces hasta se estremecía él mismo.

«Lo que heredaste de tus padres, gánatelo para poder poseerlo», había hecho tallar su bisabuelo en el travesaño del frontón de la fachada. A él no le habían legado alabanzas, no sabía cómo transmitirlas. Georg, en cambio, parecía esperarlas.

«Una palabra de vez en cuando, Heinrich, ¿tanto te cuesta?», le gritó Elisabeth, con una voz que él no le conocía, después de que Georg le lanzara la podadera a los pies sin decirle nada, aunque Heinrich había visto que estaba llorando. Lloriqueaba como un niño.

Casi se avergonzó de ese hijo que no podía o no quería subyugarlo, que no entendía que él, el viejo, lo que deseaba era que lo venciera el joven. No la edad, no los dolores en las piernas y la espalda anquilosada, sino un hijo fuerte que lo expulsara con ira del campo de batalla.

«Padre, tampoco yo.»

Si Elisabeth no hubiera muerto un par de días después, tal vez Heinrich habría podido arreglar una vez más ese asunto con Georg, pero tras la muerte de ella no era capaz de ver ni su propia mano ante sus ojos, daba bandazos a ciegas en una niebla densa, y tampoco a sus hijos volvió a encontrarlos.

Georg se casó con Frauke, la única hija de Klaus y Beke Matthes, y se fue a vivir dos pueblos más allá. Heinrich siempre pasaba por delante de su granja cuando tenía que ir a por abono o pesticidas a la cooperativa. Se habían deshecho del viejo tejado de cañas, cosa que hacía falta, pero por lo visto no les había llegado para cañas nuevas, así que dejaron el tejado cubierto de tejas rojas e instalaron placas solares en toda la vertiente sur. No era bonito, pero seguramente sí rentable.

Al menos Heinrich ya no tenía que limitarse a mirar desde la calle con tozudez cuando pasaba por allí. Hacía un par de años que podía entrar y tomarse una taza de café con Frauke en la cocina, o una cerveza con Georg en la nave de clasificación de fruta, si le iba bien. Las dos niñas que tenían incluso iban a verlo, visitaban a su abuelito con sus pequeñas bicicletas relucientes. Frauke las acompañaba y luego las pasaba a recoger.

Georg no se acercaba nunca. Siempre daba un rodeo, parecía evitar la casa de sus padres como un vampiro evita la cruz. Solo cuando Heinrich cumplió los setenta acudieron todos, incluso Heini con su familia desde Japón.

Cuando los demás ya se habían acostado, los tres hermanos se quedaron un buen rato aún en el jardín, con las mangas de las camisas blancas arremangadas, sentados hombro con hombro en el banco, bebiendo cerveza, riendo; volvían a ser los chicos de siempre. Heinrich los vio desde la ventana de la cocina pero no encendió la luz, miró a sus hijos, vio cómo eran sin su padre, despreocupados, libres. De repente Georg se levantó y se puso a marchar como un comandante por el césped y a señalar con movimientos bruscos el seto, el arriate de rosas, la vegetación. «¡Quiero *tó* eso *apañao!* −vociferó−. ¡*Tó* bien *apañao!»* Y sus hermanos se desternillaron de risa. Jochen se cayó del banco y rodó por el césped entre carcajadas.

Todo apuntaba a que Georg no volvería a poner un pie en la casa su padre. Klaus y Beke Matthes le habían traspasado su granja a Frauke un par de semanas antes y se habían marchado a recorrer Sudamérica en caravana.

Heinrich Lührs seguía detrás de su valla blanca, con la espalda más derecha que una vela, como si los árboles y las plantas tuvieran que tomar ejemplo de él.

12

Un accidente de caza

El hamburgués del casco de bicicleta regresó cuando Vera ya estaba limpiando la cocina. Heinrich le enseñó entonces la cámara de ahumar y luego lo dejó plantado en el vestíbulo y se marchó a su casa.

El visitante no parecía tener ninguna prisa y curioseó un rato por allí. Vera se estaba quitando la bata manchada de sangre cuando lo oyó soltar un fuerte suspiro en el vestíbulo, como un grito de admiración. Burkhard Weisswerth había descubierto el viejo arcón del ajuar que estaba contra la pared de la puerta de la cocina. En esos momentos se arrodillaba ante el frontal de roble tallado y deslizaba los dedos por la marquetería, aves, zarcillos vegetales, un barroco delicado. «¡Madre del amor hermoso!» Inspeccionó los herrajes de forja, las patas torneadas, luego sacó un par de fotos con el móvil. Su mirada prosiguió su excursión por el aparador que contenía las copas de cristal de Ida Eckhoff y cayó después sobre el suelo de terrazo, que tenía un par de grietas, pero ¡qué superficie! Burkhard Weisswerth sabía lo que costaba un suelo como ese, Eva soñaba con algo así desde hacía tiempo, pero esas cosas ya no podían pagarse en la actualidad. Se habían informado.

Vera vio a aquel hombre sacando instantáneas en su vestíbulo como un turista; ya tenía suficiente.

Se acercó a él con pasos rápidos y exclamó:

—¡Bueno...!

Le dio la mano, breve y vehementemente, con todo el brazo extendido. Así lo hacía en la consulta cuando los pacientes se quedaban allí sentados una eternidad después del tratamiento y empezaban que si los hijos y que si los nietos; siempre funcionaba.

Burkhard Weisswerth guardó el móvil y le dio las gracias por esa mañana «tan absolutamente emocionante», levantó su casco de bici del viejo arcón y dejó allí su tarjeta de visita.

Vera quería preguntarle qué clase de revista era esa en la que publicaban artículos sobre el embutido de corzo, pero él ya estaba pedaleando en su bicicleta. Por lo visto en Hamburgo ahora se montaba en bici tumbado.

El niño de Anne había aparecido de repente en la cocina a las siete menos algo y, nada más entrar, había pisado la sangre con los pies descalzos, pero luego se tranquilizó enseguida, «un niño grande como tú seguro que no llora por estas cosas». Heinrich le dio un caramelo de la cajita que llevaba siempre encima. «Puedes quedarte aquí sentado a mirar. ¡Pero nada de lloriquear otra vez!»

Leon no volvió a abrir boca, se limpió los mocos de la cara con la manga del pijama y se subió al banco de la cocina. Vera le dio una bolsa de Smarties que todavía tenía en un cajón desde Nochevieja. Ese año los niños del pueblo no habían llamado a su puerta para cantar canciones de Año Nuevo, ni siquiera los hijos de los vecinos. Tampoco los últimos años, la verdad. A lo mejor le tenían miedo a la vieja bruja de la casa inclinada.

Cuando dejó la bolsa delante del niño, Leon se arremangó con cuidado, le lanzó una mirada rápida a Heinrich, que le

daba vueltas a la manivela de la picadora de carne, y susurró
«¿Qué hacéis?».

Delante de él estaba el cuchillo enorme en la tabla de cortar, a su lado los barreños con carne roja y grasa blanca. El niño acababa de pisar descalzo un charco de sangre de corzo y había visto a Heinrich Lührs meter algo sangriento en la máquina. No era de extrañar que estuviera un poco turbado.

«Verás –explicó Vera–, hacemos embutido. Para eso necesitamos carne y grasa, y hay que picarlo todo muy bien, por eso lo hacemos pasar por este aparato, que es una picadora de carne. Este es Heinrich, vive aquí al lado y no va a hacerte nada. A menos que le hagas enfadar.»

«¡Entonces haré embutido de niño!», exclamó Heinrich sin dejar de darle a la manivela.

Vera no estaba segura de cómo encajaría un niño pequeño el sentido del humor de Heinrich Lührs. Leon no se rio, pero se quedó sentado en el banco de la cocina y más tarde ayudó incluso a dar vueltas a la mezcla.

«*Espabilao,* el chiquillo», comentó Heinrich, y le dio unas palmadas en el hombro antes de irse.

De Anne no había señales de vida; la mañana después de una borrachera con aguardiente de frutas era terrible, y Vera, que lo sabía, la dejó dormir. Preparó café e hizo el desayuno mientras Leon dibujaba en su libreta de la lista de la compra. «Es un tractor.» Era evidente que no había visto mucha maquinaria agrícola, porque su tractor echaba humo y se parecía más a una locomotora de vapor.

Como Vera no tenía crema de avellanas, el niño se comió una rebanada de pan con miel. «Tu madre va a tener que ducharte luego», dijo Vera al ver que todo él iba embadurnado.

Fueron al establo a buscar heno para el conejo, pero *Willy* no quiso saber nada de aquello que Leon le metió en la jaula. En Hamburgo siempre había tenido zanahorias y pienso Nagerglück. Agachó las orejas, molesto, y se volvió hacia otro lado. Primero tenía que asimilar aquel cambio de situación.

«Pruébalo, *Willy,* está muy rico», dijo Leon, y masticó él mismo un poco de heno como demostración, pero tampoco eso sirvió de nada. El conejo volvió a agazaparse en un rincón de la jaula y se entregó a su choque cultural.

De repente Vera sintió que casi no podía tenerse en pie. Estaba agotada de la noche que había pasado en la cocina y del repentino ajetreo que de pronto reinaba en su casa. Y, por si fuera poco, esa mañana también había tenido la visita del tipo ese del casco de bicicleta. *Willy* no era el único que tenía que acostumbrarse a los cambios.

Echó un vistazo al salón de Ida Eckhoff y comprobó que Anne todavía no estaba lista.

La vio toda torcida en el sofá cama, con las piernas enredadas en el edredón. Vera abrió la ventana apenas un resquicio, pero, como en el sofá no se movió nada, regresó a la cocina. Leon se había vestido solo, llevaba los tirantes del peto retorcidos y se había olvidado de los calcetines. Se le acercó con sus libros infantiles Pixi y alargó los brazos hacia ella: «Aúpa». Vera retiró su silla y se lo subió al regazo. No pesaba más que un cervatillo.

El niño se sacó el chupete del bolsillo con disimulo y se lo metió en la boca. Después se inclinó hacia atrás y apoyó la cabeza en el hombro de la mujer, que sintió su piel suave contra la mejilla, y también su pelo. Era como abrazar a un polluelo.

Las letras desaparecieron ante los ojos de Vera, que se apretó unos segundos los párpados con los dedos y luego empezó a leer. «Llovía desde hacía días...»

¿Cuánto tiempo había pasado desde la última vez que había acariciado algo que no fuese el pelaje de un animal?

Sus manos conocían la crin de las yeguas y el pelo de los perros, liebres y corzos muertos, el pellejo aterciopelado de los topos acribillados a mordiscos que a veces le traía el gato de Heinrich. Habían conocido los hombros huesudos de Karl bajo la camisa de franela y los cañones de barba de sus mejillas, que de vez en cuando ella había acariciado cuando se quedaba dormido en el banco con la cabeza colgando. Casi se sobresaltaron al tocar a ese chiquillo tan cálido.

Vera Eckhoff solo conocía a los niños cuando estaban muertos de miedo, sentados en su sillón de dentista con los ojos fuera de las órbitas y las bocas muy abiertas…, y casi siempre les hacía daño.

En alguna que otra ocasión habría podido acariciarlos, deslizar un momentito la mano por su mejilla antes del tratamiento y también después. Y se te ocurre ahora, pensó.

A su consulta ya no iban niños. Los padres se los llevaban a Stade, a un joven matrimonio de dentistas que se había especializado en pacientes jóvenes. A saber qué querría decir eso; probablemente que había juguetes en la sala de espera y que los doctores llevaban camiseta.

Ella solo pasaba consulta dos días, y sus pacientes seguían acudiendo aunque solo fuera por la vieja costumbre, o porque no tenían coche para trasladarse hasta Stade. A veces la llamaba algún propietario de huertos frutales y le llevaba a un jornalero kurdo con una caries muy fea o una muela infectada. La doctora Eckhoff, en esos casos, no preguntaba por aseguradoras ni papeles, se había corrido la voz.

Vera siguió leyendo, el libro iba de un oso, un pelícano y un pingüino. La historia no tenía ni pies ni cabeza, pero Leon se había quedado muy quieto, con una rodilla doblada. Vera puso la mano sobre su piececillo desnudo, recorrió los dedos redondos con el pulgar y tuvo que contenerse para no estrechar al niño contra sí y hundir la cara en ese pelo tan suave.

¡Eres una vieja solterona, Vera Eckhoff! Pero aun así dejó la mejilla pegada a la del pequeño y siguió leyendo las tonterías que hacían esos animales mientras buscaban el sol.

De todas formas era mejor que las historias que tuvo que leerle en voz alta a Karl durante su último año, cuando ya nunca podía dejarlo solo.

A Karl, que jamás había visto los Alpes, le encantaba el mundo intacto de las novelas de montaña desde que encontró uno de esos folletines en la sala de espera de Vera, olvidado por alguna paciente en una silla.

A partir de entonces, Vera se las compraba en el súper Edeka, una nueva todas las semanas. La vieja dentista con novelas de doctores de montaña en el carrito de la compra; seguro que la gente se había reído a su costa, pero ¿quién se extrañaba aún por nada de lo que hiciera Vera Eckhoff?

Por entonces Karl ya no podía sentarse bien, de noche siempre se escurría del banco de la cocina, y su espalda tampoco aguantaba mucho rato en el sillón ni en el sofá del salón. Así que, demasiado cansado para leer y demasiado asustado para dormir, tenía que irse a la cama y quedarse allí tumbado mientras Vera le hacía compañía y le iba leyendo las historias del doctor de las montañas.

El doctor Martin Burger, con sus ojos castaños y su torneada figura de alpinista, se convirtió en el médico de cabecera de Karl Eckhoff. Todas las noches tenía que salvarlo.

Vera leía casi siempre desde la medianoche hasta eso de la una, cuando Karl por fin se abandonaba a un sueño sin ensoñaciones, pero a menudo los remedios del doctor Burger no duraban hasta la mañana siguiente, y Vera oía a Karl, que volvía a gritar.

Primero como un niño, después como un animal.

Ella lo despertaba, se sentaba en el borde de la cama y lo sostenía hasta que volvía a tranquilizarse, pero a veces solo las gotas le ayudaban. Psychopax: diez horas de paz interior, aunque a la mañana siguiente tenía que pagar por ello. El diazepam lo dejaba aturdido y resacoso hasta la tarde. A menudo, la noche siguiente volvía a ser mala.

Lo que soñaba esas noches no podía describirse con palabras. Vera ya había dejado de preguntarle, y tampoco le decía que, dormido, había llamado gimoteando a su madre.

«Auxilio –lloraba Karl Eckhoff–. Madre...»

Pero Ida ya no podía ayudar a su chico, así que lo hacía Vera.

Había reflexionado durante mucho tiempo cuál sería la mejor manera. Alguna noche, cuando a Karl se le cerraban los ojos, había dejado a un lado al doctor Martin Burger sin hacer ruido, había ido a por uno de los cojines bordados a mano del sofá de Ida Eckhoff y lo había levantado con ambas manos, porque era grande y lo bastante pesado para un hombre anciano. Pero siempre lo dejaba caer, porque Karl, que se desangraba una noche tras otra en sus sábanas húmedas, no merecía morir en esa cama tan odiada.

Karl Eckhoff debía caer como un soldado valiente, alcanzado de lleno por un tiro que llegara cuando menos lo esperase, entre las acequias de un huerto de manzanos, una muerte digna de un héroe. Merecía condecoraciones por su valentía, porque había perseverado un día tras otro en su campo de batalla, durante todas esas noches no había subido al granero, no había saltado del taburete. No había dejado sola a Vera.

Ella tenía la sensación de haber practicado para ese único tiro toda su vida, cada vez que habían salido los dos juntos a los frutales, al acecho, al rayar el alba de una mañana de otoño o invierno. Karl, que hacía ya mucho que no disparaba, seguía disfrutando de salir a cazar, ese silencio sin ningún humano cerca, el mundo a través de los prismáticos, las horas de espera en el puesto elevado. Le gustaba beber el café áspero del termo de Vera; fumar no podía hasta que ella disparase, porque los animales olfateaban el humo.

Cuando Vera levantaba la escopeta, despacio y sin hacer ningún ruido, apuntaba a una liebre o un corzo, guiñaba el ojo izquierdo y colocaba el índice en el gatillo, Karl se metía los dedos en los oídos y se miraba los pies.

Vera no disparaba hasta no estar del todo segura, así que casi siempre daba en el blanco. Karl se apoyaba en un árbol y se ponía entonces a fumar mientras ella iba a por el coche. Aún ayudaba a cargar la presa, juntos levantaban el animal muerto y lo metían en el maletero de Vera, pero después regresaba a casa solo, a pie, un cazador sin escopeta.

Sería muy sencillo: el viejo Karl Eckhoff, abatido de un tiro durante una cacería, un accidente, esas cosas pasan.

Lo vio cojear con su pierna rígida en la luz mate de una mañana de noviembre, lo vio clara y nítidamente a través de sus prismáticos, lo siguió sin hacer ruido por la hierba húmeda, apenas quedaban ya hojas en las ramas de los manzanos. Vera oyó los cisnes cantores que avanzaban en dirección al Elba, oyó su canto desafinado y desconsolado; Karl se quedó quieto y levantó la mirada hacia las aves, del todo inmóvil, no sospechaba nada. Ella puso el dedo en el gatillo.

Y entonces no fue capaz y se avergonzó de su cobardía.

Ese invierno apenas consiguieron dormir una noche.

En primavera fue algo mejor.

En verano ya no se podía aguantar.

Mientras había luz, Karl se sentaba medio dormido en el columpio, a veces incluso silbaba un poco, pero un instante después podía levantarse sobresaltado y saludar a un superior invisible.

Empezó a gritar también de día. En un par de ocasiones Heinrich Lührs llegó corriendo desde su jardín, y eso que ya sabía lo que eran esos gritos, los había oído antes porque la ventana de Karl se quedaba abierta las noches de verano.

Heinrich también veía las sábanas colgadas de la cuerda de la ropa, todos los días. «No mires tanto *p'allá»,* pero sabía lo que sucedía por las noches en casa de los Eckhoff.

Y lo que no podía saber, Vera se lo contaba cuando él iba a su consulta, una vez cada medio año para hacerse la revisión.

Cuando Heinrich Lührs estaba en su sillón con dos rollos de algodón en la parte interior del carrillo, la ayudante se había ido y la sala de espera estaba vacía, cuando él no podía hablar pero sí lo oía todo, Vera le contaba cosas que no eran de la incumbencia de nadie más.

Con la boca abierta a más no poder, Heinrich Lührs escuchó lo del «accidente de caza» de Karl, lo de su muerte heroica y la cobardía de ella. Solo se estremeció un poco cuando Vera se lo relató, pero, en cuanto le quitó los algodones y él se enjuagó la boca, salió de la consulta deprisa. A veces Vera le daba un poco de miedo.

Un día de julio, cuando las cerezas todavía colgaban de los árboles, Heinrich y Vera estaban sentados en el viejo banco nupcial de Ida, y entre ellos Karl, que ya no gritaba porque Vera le había dado diez gotas de Psychopax y dormía apoyado en el hombro de su vecino.

Karl Eckhoff era un caso de manicomio desde hacía mucho, Heinrich veía la cosa muy clara, pero de nada servía irle con esas a Vera. Y a menudo los locos eran quienes vivían vidas más largas; Karl debía de pasar ya de los noventa años, hacía tiempo que parecía un cadáver.

Vera lo apartó del hombro de Heinrich y lo inclinó hacia sí sin despertarlo, colocando la cabeza de Karl en su regazo. Y como ella nunca solía llorar, y además no hacía ningún ruido, Heinrich tardó un rato en darse cuenta.

Al principio Heinrich Lührs no se atrevió, se estuvo un rato muy callado, sentado con ella en ese banco podrido, pero después sí se lo preguntó, en voz muy baja para que Karl no lo oyera: «¿No *pués* darle algo, Vera?».

Ella no contestó, Heinrich se levantó y se marchó, pero un par de días después la doctora Vera Eckhoff fue a ver a su viejo veterinario y le pidió cien mililitros de Narcoren, la cantidad adecuada para anestesiar a una yegua Trakehner de peso medio. «No es nada agradable», le advirtió él, y le puso la botellita marrón en la mano. Después le metió también una jeringuilla grande y un par de cánulas en una bolsa de plástico antes de mirarla con actitud interrogante. «Llama si prefieres que lo haga yo por ti.» Ella dijo que no con la cabeza.

El domingo siguiente, que fue un día cálido y sin viento, Karl estaba sentado bajo el tilo. Sus anillos de humo blanco flotaban hacia la copa del árbol y él los seguía con la mirada hasta que desaparecían, y entonces hacía otros nuevos. Vera lo observaba desde la ventana de la cocina, el pelo canoso todo enredado, la espalda flaca como la de un niño, solo que más torcida. Salió y se sentó a su lado. Tenía la sensación de haber pasado toda su vida allí, en ese banco blanco, mientras Karl fumaba.

«No se le *pué* hacer *ná, Vera»*, murmuró él de repente, y se puso a silbar en voz baja. Ella lo miró un rato desde un lado, tenía las mejillas tan chupadas, los ojos tan rojos de cansancio...

«Karl —le dijo—, ¿*quiés* que te dé algo pa' dormir?»

Él cambió un poco de postura la pierna, la rígida. Después miró a la hierba que tenía delante, donde pululaban las hormigas, y buscó sus cigarrillos. «No *quiés* decir las gotas», repuso.

Ella dijo que no con la cabeza.

Por la noche tuvo que visitarlo una vez más el doctor de las montañas, y después hicieron falta las gotas también. Karl estaba tumbado en su cama, pequeño y tembloroso como un pajarillo, y su voz era tan débil que Vera al principio no lo oyó.

Después, cuando entendió lo que decía, lo ayudó a vestirse, lo sostuvo para caminar y salieron por el vestíbulo, despacio como una pareja de novios, al jardín.

En el banco, ella le echó una manta por los hombros y le dio sus cigarrillos, después entró en la casa y volvió a salir con un vaso de zumo de manzana de Heinrich Lührs en una mano y, en la otra, otro vaso más pequeño. Karl Eckhoff era apenas un saco de huesos, no necesitaría mucho.

Estaba muy oscuro, solo una luna delgada brillaba en el cielo. En la isla del Elba gimoteaban las gaviotas jóvenes, que, siempre hambrientas, no sabían lo que era el sueño ni el descanso. Las hojas de los álamos blancos siseaban en el viento nocturno como si quisieran pedirles silencio. «Shhh...»

Él tomó el vaso. Vera le puso la mano bajo el codo, sostuvo su brazo con mucha suavidad, porque temblaba, y entonces Karl se lo bebió como si fuera aguardiente, «de golpe *pa'dentro*», se sacudió y Vera le dio enseguida el zumo de manzana.

No pudo evitar pensar en Ida, en su traje regional negro colgando de la viga del desván. Le dio la mano a Karl y apretó con fuerza. Él ya no la soltó hasta que cayó hacia un lado. Vera se quedó sentada junto a él, en el banco nupcial de Ida, hasta que oyó a los mirlos.

La última Eckhoff, una refugiada. No hizo ningún ruido.

Después Heinrich tuvo que ayudarla a llevar a Karl a su cama, y lo hizo sin preguntar. El viejo Eckhoff se había quedado dormido en paz, lo demás no le importaba a nadie. Se sentaron en la cocina hasta que el doctor Schütt hubo terminado con el certificado de defunción, y Heinrich se quedó también hasta que Otto Suhr llegó con el coche fúnebre.

Por una vez Vera hizo lo correcto. Karl Eckhoff recibió un entierro «como está *mandao*», Otto Suhr sabía cómo iba eso. Esquela y recordatorios, libro de condolencias y una recepción con café y bizcochos. Acudieron todos los vecinos y también un par de viejos pacientes de Vera del pueblo, dos compañeros de escuela de Karl, los últimos que quedaban vivos.

El pastor Herwig no lo alargó, «así que toma mis manos y guíame», y después enterraron a Karl Eckhoff junto a sus padres. Los compañeros de la Sociedad de Caza se colocaron con sus chaquetones verdes frente a la tumba, sudando bajo el calor de julio, y tocaron un último halalí para Karl que, aunque desafinado como siempre, Vera supo apreciar.

En los funerales, Otto Suhr siempre reservaba las tres primeras filas de la iglesia para los familiares del difunto; en el de Karl Eckhoff bastó con la primera.

Heinrich Lührs, que estaba sentado más atrás, se levantó de pronto cuando el órgano ya estaba sonando y se sentó con Vera delante del todo, aunque aquel no fuese su lugar. Ya se figuraba que a sus espaldas la gente murmuraba.

Pero dejar a una persona sola en el banco de los familiares era algo que no podía permitir.

Él no podía saber que la hermana de Vera también estaba en la iglesia.

Tampoco Vera se fijó en Marlene hasta que estuvieron fuera, junto a la tumba, y entonces vio también a su hija pequeña y, aunque hasta entonces había logrado contenerse, se echó a llorar.

Heinrich Lührs nunca había sido ningún héroe en los entierros, y lo peor era la recepción de después. Y los chismorreos. Como ya estaba la hermana de Vera para sostenerla del brazo, como no la dejaba sola, no se vio obligado a asistir.

Después del entierro, Marlene y Anne se quedaron con Vera, que parecía un fantasma. La enviaron a la cama y luego abrieron las ventanas de toda la casa, limpiaron los cristales sucísimos, fregaron todos los suelos y los azulejos de las paredes. Quitaron el polvo de los muebles, llevaron la ropa de Karl Eckhoff al contenedor, tiraron toda la comida pasada que encontraron en la nevera.

Anne regresó a Hamburgo al día siguiente, pero Marlene se quedó y preparó sopa, llenó fiambreras de plástico con ella y las congeló. Despertó a Vera para comer, la puerta de su habitación siempre estaba entornada. Cuidó de ella como una hermana durante tres días y tres noches, hasta que Vera volvió a estar en forma y arisca como un perro guardián.

La sopa de Marlene tenía un precio y Vera no quería pagarlo.

No quería ofrecerle un «nosotras» a su hermanastra, no quería verla cruzar el vestíbulo de Ida Eckhoff ni dejar que bebiera en las viejas tazas de ribetes dorados.

No quería enseñarle el pequeño álbum negro en el que tenía las fotografías que a Marlene le faltaban: Hildegard von Kamcke con sus vestidos claros y sus cabellos hermosos. Hildegard Eckhoff andando con zancos bajo los frutales.

Vera no quería compartir con ella esas imágenes.

Le había tendido una mano a Marlene y le había ofrecido los domingos de julio para que fuera con sus cubos vacíos a cosechar, le había preparado las escaleras, había sacado café y zumo de manzana a la mesa del jardín.

A su casa nunca la había invitado a entrar, y Marlene, a pesar de ello, se había metido dentro como si fuera su hogar, como si Vera y ella tuvieran algo más en común que esa nariz estrecha y recta y los ojos castaños.

Vera había enterrado a Karl y se había sentado sola en el banco de los familiares. De eso no hacía más que ocho meses.

De pronto se encontraba sentada en su cocina con el nieto de Marlene en su regazo, y en el salón de Ida Eckhoff dormía la hija de Marlene.

Ya no sabía quién mandaba en su vida en esos momentos.

13

Ranitas del Elba

El traje de esquí de Leon estaba asqueroso, y sus uñas también. Anne prefería no mirar siquiera las botas, porque sabía cómo debía de llevarlas.

Las ranitas del Elba no iban con esas pintas. Poco antes de las nueve, bajaban saltarinas de los grandes coches familiares en el aparcamiento de delante de la escuela y les daban la mano a sus mamás. En los asientos traseros de esos coches iban sus hermanos pequeños en sus sillitas, renacuajitos del Elba para el año siguiente. Los monovolúmenes y las combis que transportaban a las ranitas del Elba de entre tres y seis años para que llegaran a tiempo a formar el círculo todas las mañanas en la escuela del pueblo eran testimonios rodantes de la familia numerosa. En las lunas traseras llevaban pegatinas rosas o azules: «Lasse & Lena a bordo», «Vivienne & Ben & Pol viajan con nosotros», distintivos de inspección técnica de una planificación familiar en pleno funcionamiento.

Anne dejó bajar a Leon de su cochecito y le dio la mano. Estaba serio y pálido mientras se acercaban a la puerta de entrada entre todos aquellos niños saltarines. Los anoraks y los pantalones de nieve de las ranitas del Elba relucían en numerosos colores. Llevaban gorros, bufandas y guantes combinados cromáticamente; el pelo largo de las chicas caía en bonitas y bien apañadas trenzas sobre sus hombros y, cuando se quitaban los gorros, se veía que hasta las horquillas les hacían juego.

Anne pensó en los nidos de pájaro que lucían en el pelo las niñas de la escuela de Leon en Hamburgo. Si por las mañanas no tenían ganas de que sus padres les dieran tirones para desenredarles la melena, se presentaban despeinadas sin problema alguno. En Ottensen, los niños vestían muchas veces ropa extraña, faldas por encima de los pantalones, de topos, de rayas, de cuadros, daba igual, y un calcetín o un guante diferente a derecha e izquierda, cualquier bufanda combinada con cualquier gorro, echados ambos por encima de la cabeza y alrededor del cuello. A menudo se consideraba el resultado de una «decisión infantil autónoma» frente al armario ropero, que por supuesto había que respetar aunque al final el niño pareciera recién salido de una catástrofe natural y vestido gracias a donativos. «Oye, si a ti te parece bonito, pues póntelo, cielo.»

El *look* de vagabundo ligeramente desaliñado de sus hijos, que podía conseguirse incluso con prendas muy caras, era para los padres académicos del barrio hamburgués de Ottensen una expresión de su estilo de crianza. Inconformistas y creativos, salvajes y rebeldes, así les encantaba ver a sus hijas e hijos. Una recia costra de suciedad sobre las botas de lluvia y en las uñas conseguía que el estilismo fuese casi perfecto. Lo último que querían era un niño acicalado y obediente.

A Leon lo asignaron al grupo de los Abejorros. La directora de la escuela, en la charla de presentación, le había preguntado cuál era su animal preferido, así que ahora el niño tenía en su casillero la foto de un conejo y también su nombre escrito en letras de madera de color azul.

Sigrid Pape se había reservado un rato para el alumno nuevo y su madre. Anne veía cómo la mujer iba registrando en su cabeza los datos orientativos: trasladados desde Hamburgo, hijo único, familia monoparental (madre con un bolso raro hecho

132

de lona plastificada), sobrina de la doctora Vera Eckhoff. Profesora de música/carpintera; esa sí que era toda una combinación. La ceja derecha se le levantó ligeramente un par de veces, pero fue la única reacción visible ante las preguntas y las respuestas de Anne. Sigrid Pape estaba sentada frente a los dos recién llegados, sonriente, con su pelo rubio corto y «algo marchoso», con esa chaqueta de punto de color beis a la que le había dado «un toque» con un chal de seda pintado por ella misma, los ojos bien maquillados tras los cristales de unas gafas de montura al aire. Sigrid Pape dirigía las Ranitas del Elba desde hacía más de veinte años, había visto muchas cosas y no tenía el menor problema con ese par de urbanitas algo cohibidos.

Era probable que el niño tuviera falta de aire fresco, pero eso cambiaría enseguida. Por lo demás: un pequeño sin nada reseñable, muy mono, algo desarreglado. «HC4S», escribió por si las moscas en la carpeta de Leon, una de las abreviaturas que conocían todas sus maestras. Durante las primeras cuatro semanas realizarían un seguimiento de la higiene corporal del niño. Tal vez la madre se había sentido desbordada por lo de de la mudanza, sucedía a veces y eran situaciones que casi siempre se solucionaban por sí solas.

En caso de no ser así, Sigrid Pape mantenía una pequeña charla con los padres, cosa que por regla general obraba maravillas.

Ya solo le quedaba solucionar aquella ridiculez de las comidas.

—Señora Hove, me había preguntado si ofrecemos una opción vegetariana para la comida de los niños.

¡Lo que les faltaba! Sigrid Pape y sus compañeras ya tenían suficiente con todo ese rollo de las alergias a la avellana, el tomate, la leche de vaca y el gluten que se había propagado también entre los niños del campo. Además tenían a dos pequeños diabéticos y, por supuesto, el clásico que si esto no me gusta y que si aquello tampoco de todas las escuelas infantiles.

Pescado una vez a la semana, por ahí sí pasaban, pero en las Ranitas del Elba no pensaban empezar a servir de pronto también albóndigas de espelta y papilla de escanda.

Sigrid Pape creía tan poco en la alimentación vegetariana como en ese estilo de crianza basado en la camaradería que últimamente amenazaba con generalizarse entre los padres.

Personas que comían salchichitas de tofu y hacían que sus hijos se dirigieran a ellas por su nombre de pila. ¡No podían decirlo en serio! De vez en cuando, también había que saber imponerse un poco como madre o como padre. Esa era su opinión.

—Lo que podemos hacer es que Leon se coma solo la guarnición. Si usted quiere.

Anne pensó en los agotadores y emocionales debates ovolacto-integral-*kosher-halal* de la escuela de Leon en Hamburgo e intentó imaginarse a las madres del Fischi estudiando el plan de comidas de las Ranitas del Elba: las caras que pondrían cuando leyeran palabras como «*gulasch* de bratwurst» o «asado de carne picada».

—Está bien, no hay problema —dijo.

Leon se quitó las botas y las guardó en su casillero, después colgaron su traje de esquí en su gancho. En el casillero de la derecha del conejo de Leon había pegado un pez martillo, del gancho colgaba un mono verde y las letras de madera azules que había encima formaban el nombre de «Theis».

Anne miró dentro del aula y vio al pequeño enemigo de los parásitos sentado en la alfombra de juegos. Estaba construyendo con otros dos niños un complicado cruce de calles con piezas de Duplo. Theis zum Felde daba la sensación de haber arrancado ya toda una hectárea de frutales antes de ir a la escuela. Tenía la cara rosada, el pelo rubio casi blanco cortado muy corto, y llevaba una camisa de cuadros con las mangas arremangadas.

—Mira, Leon, ese es el niño que estuvo en nuestra casa con el tractor. Ya lo conoces.

Leon no pareció alegrarse mucho, tal vez recordara la mariposa aplastada, y miró primero a los constructores del cruce de la alfombra y luego a su madre.

—Anne, tú quédate.

—Claro, yo también entraré un ratito.

La maestra Wiebke Quast observó con desagrado cómo Anne se quitaba los zapatos, entraba en el aula y se sentaba en el suelo con su hijo. Madres en la alfombra de juegos, la cosa se ponía cada vez más interesante...

Su compañera Elke llegó con la vajilla para el desayuno, vio a Anne, miró a Wiebke y levantó los hombros con un interrogante en su rostro. Wiebke Quast, tutora del grupo de los Abejorros, puso un momento los ojos en blanco y luego se acercó a Anne y lo intentó primero con un poco de humor.

—¡Vaya, buenos días, no sabía que tuviéramos una compañera nueva! —Le dio la mano a Anne con un firme apretón.

Esta sonrió, se levantó, se presentó... y volvió a sentarse. Leon se subió a su regazo, apoyó la cabeza en su pecho, se metió el dedo índice en la boca y miró desde una distancia segura a los tres niños que jugaban a accidentes de tráfico en su cruce de Duplo. Los coches de Matchbox se estrellaban con gran estrépito, provocando dramáticos ruidos de colisión.

La mujer de la alfombra de juegos seguía sin dar muestras de querer irse. Aquello empezaba a complicarse un poco. Wiebke Quast se plantó en el centro de su aula, dio una fuerte palmada y exclamó:

—¡Buenos días, queridos abejorros! ¡Ahora vamos a desayunar y TODOS nos despediremos de nuestras mamás!

Bueno, por fin parecía que empezaba a pillarlo. Anne alzó la mirada y poco a poco se dio cuenta de que, por lo visto, el concepto de adaptación en las Ranitas del Elba era algo diferente al de la escuela de Leon en Hamburgo, donde los niños se separaban de sus padres «con mucha precaución», paso a paso. A Leon le había costado diez días quedarse toda la mañana en su grupo él solo, sin Anne ni Christoph. Aunque, claro, en aquel momento solo tenía dos años, no cuatro.

En las Ranitas del Elba no parecían apreciar mucho el método de la adaptación paso a paso. Anne intentó bajar a su hijo de su regazo con cuidado, pero él enseguida se giró y se aferró a ella.

—Leon, ahora tengo que irme. Esto no es un «jardín de madres», es un «jardín de infancia», ¿a que sí?

En cuanto se puso de pie, el niño le echó los dos brazos alrededor de la pierna derecha y la obligó a arrastrarlo por toda el aula como un peso muerto.

—¡NO TE VAYAS!

Anne lo llevó hasta la puerta del aula tirando de él, luego llegó Wiebke Quast y arrancó al nuevo abejorro de la pierna de su madre con mano de maestra experta y lo sostuvo en brazos.

—Bueno, Leon, tú te quedas conmigo. Ahora tu mamá tiene que irse MUY DEPRISA, y así podremos empezar ENSEGUIDA a formar nuestro círculo de las mañanas. Ya verás que todos los niños de los Abejorros están muy contentos de tenerte aquí, Leon, venga, dile adiós a mamá. ¡Adiós, mamá! —Y cerró la puerta a toda velocidad.

Anne se encontró de pronto en el pasillo, en calcetines, rodeada de trajes de esquí y botas mojadas, mientras una señora de la limpieza se encargaba de hacer desaparecer los charcos de agua y barro del suelo. Pero ella ya había pisado uno. Con los pies mojados, tras la puerta del aula oyó los gritos de Leon:

—¡ANNE, VUELVE! ¡ANNE! ¡¡¡ANNE!!!

También Sigrid Pape oyó desde su despacho cómo el niño nuevo de ciudad hacía un poco de teatro. Bah, todos los principios son difíciles, pensó, y justo entonces la madre del pequeño pasó por delante de su ventana con una cara larguísima, ese bolso tan raro colgado en bandolera, toda la ropa tan oscura, hasta el gorro era negro, y unos pantalones que también eran demasiado anchos. ¿Es que ahora vestían así las mujeres de Hamburgo?

Tampoco a la propia señora Hove le resultaría sencillo el período de adaptación. A esas personas que hacían que sus hijos las llamasen por el nombre de pila nunca les resultaba sencillo. Sigrid Pape solo podía desaconsejarlo.

En un primer momento, Anne no supo dónde meterse. Reprimió la tentación de buscar la ventana de los Abejorros y volvió a comprobar si llevaba el móvil encendido. «Si hay algún problema, nos pondremos en contacto con usted –había dicho Wiebke Quast–. No tiene que preocuparse de nada.»

Pero ¿cuál era la definición de «problema» en el mundo de Wiebke Quast? Un niño de cuatro años que se aferraba llorando a la pierna de su madre no parecía contar como tal.

Los árboles del jardín delantero todavía estaban pelados. En los limpios arriates de las viejas casas con tejado de cañas que había en el centro del pueblo florecían las primeras rosas del azafrán, y Anne pensó que querría un vestido de esos colores, amarillo y blanco y violeta, colores bandera de esa primavera que debía resultar diferente a las anteriores.

Le compraría a Leon un par de herramientas de jardín, regadera, pala, semillas de flores, y así podría demostrarle lo que era un rastrillo al pequeño Theis con su mono verde. Y tarde o temprano quizá necesitara también uno de esos tractores a pedales. Una bici sin pedales era algo que aún no se había visto nunca por allí.

El barrio nuevo en el que se encontraba la escuela terminaba en un camino vecinal, y Anne siguió por la estrecha pista de grava.

A izquierda y derecha ya solo se veían frutales, interminables y peladas hileras de manzanos o cerezos, ella no tenía ni idea, aunque también podrían ser ciruelos o perales. Algunos eran grandes y nudosos y alargaban sus extremidades retorcidas como seres encantados en un bosque mágico, pero la mayoría tenían un aspecto grácil. Arbolillos de aspecto quebradizo, sostenidos por rodrigones y atados con cable metálico, como galeotes, pensó Anne. No eran árboles a los que trepar y agitar sus ramas; por lo visto no entregaban libremente sus frutos a las personas.

Vio a un hombre con una parka gruesa cortando ramas con una podadera eléctrica. Debía de haberse puesto hacía un momento, solo tenía cinco o seis árboles tras de sí y todavía le quedaba una infinidad por delante. El hombre levantó un momento la mano cuando ella pasó junto a él, y Anne le devolvió el saludo sin decir nada. Solo unos pasos más allá cayó en la cuenta de que lo conocía.

Se volvió y regresó sobre sus pasos, pero Dirk zum Felde no pareció verla y siguió podando con rutina las ramas de sus manzanos hasta que ella se detuvo justo a su lado. Entonces la miró y levantó las cejas con gesto interrogante. Anne alargó una mano y él tardó un poco en comprender lo que quería. Colgó la podadera de un mosquetón que llevaba enganchado en el cinturón y se quitó el guante de trabajo de la mano derecha para hacer las presentaciones.

—Anne Hove. —Apretó con bastante fuerza—. He venido a vivir a casa de Vera Eckhoff, ya tuvimos el placer.

Dirk zum Felde estuvo a punto de soltar una carcajada. Tenía la sensación de estar viendo una película mal doblada, la mujer y su voz no encajaban en absoluto. Medía un metro sesenta como mucho y tenía todo el aspecto de Bambi, pero su voz sonaba como si se hubiese pasado los últimos veinte años tras la barra de una taberna portuaria.

—Dirk zum Felde —dijo—. El otro día tuvo la gentileza de enseñarme el dedo corazón. ¿Hay algún problema? —Volvía a llevar aquel gorro con orejeras, y sus ojos eran tan claros que casi parecían transparentes.

—No sé con qué rocía sus árboles —contestó ella con su voz ronca—, y además me da igual, pero no tiene por qué embadurnarnos con ello ni a mí ni, sobre todo, a mi hijo. —Se metió las manos en los bolsillos de la cazadora y estiró la espalda—. La próxima vez que necesite marcar territorio, limítese a mear en la rueda de mi coche. Con eso ya lo entenderé.

Dirk zum Felde volvió a ponerse el guante. Descolgó la podadera del mosquetón y cortó la siguiente rama.

—Con mucho gusto.

Anne se volvió y regresó dando zancadas al camino de grava. Tardó un par de minutos en conseguir calmar su ritmo cardíaco. Así debían de sentirse los participantes de esos cursos para dominar la fobia social, esos tímidos patológicos a los que el terapeuta enviaba a la charcutería a comprar una sola loncha de salami.

A uno y otro lado del camino se veían aún las últimas islas de nieve, como restos de espuma de un baño. Oyó un tractor y, lejos, en algún lugar, el chirrido agresivo de una motosierra. Sacó el móvil del bolsillo; ninguna llamada entrante. ¿Había dejado el número correcto en la escuela? Tal vez Leon siguiera gritando.

—Todo va bien, señora Hove —le aseguró Sigrid Pape con ese tono de desactivación de alarma que empleaban en todas las profesiones asistenciales y que tan buen resultado daba con duros de oído, enfermos mentales y madres.

Y Anne comprendió muy bien lo que en realidad le estaba diciendo Sigrid Pape: como madre, también había que saberse controlarse un poco.

Se fue a casa, sacó un destornillador de su caja de herramientas y empezó a inspeccionar las treinta y dos ventanas podridas de la casa de Vera Eckhoff.

14

Diploma en manzanas

Dirk zum Felde tuvo que dar un frenazo cuando Burkhard Weisswerth apareció a toda velocidad por el camino con su bicicleta.

Ver a Weisswerth bajo su tractor, lo que le habría faltado. Montado sobre él ya le había resultado suficientemente desagradable, con sus posturitas de campesino postizo, su sombrero y sus tirantes.

De todas formas, aquel asunto parecía estar resuelto. No había vuelto a presentarse con la cámara, probablemente el fotógrafo no se atrevería a pisar otra vez su granja, el muy cobarde.

Britta opinaba que la patada había estado de más, pero detestaba a esa gentuza tanto como él. Solo que ella tardaba más en cabrearse.

En cualquier caso, a Dirk le habría gustado tener el mismo aguante que su mujer, el que mostraba con sus hijos, con los animales, con los padres de él, que cada vez estaban más pirados, y con todos esos niños aquejados de tartamudeo y ceceo a los que les corregía el habla. Britta era la calma personificada.

«Vete con el tractor, Dirk», le decía cuando los críos lo sacaban de quicio, y al volver todo iba como la seda. Incluso los niños lo sabían. Si por Britta fuera, ya haría tiempo que tendrían el quinto.

Gimme five!, le había escrito con un dedo en la capa de suciedad del parabrisas hacía poco.

«¡Antes lava ese coche, señora Zum Felde!»

Ella solo le sonrió, y luego le dibujó incluso un cinco en el capó, con signo de exclamación incluido.

Dirk acababa de encargar las entradas por Internet para el partido Werder-Hannover, palco VIP platino. Le habían costado un dineral, pero era su décimo aniversario de boda.

Otros hombres hacían regalos muy diferentes para la ocasión. A Kerstin Düwer, Kai le había regalado una cocina nueva, marca Bulthaup y con placa de inducción. «Ya que te pones, hay que hacerlo bien», había dicho el muy fantasma, y ahora en su casa estaba prohibido salpicar.

«Es como comer en un quirófano –decía Britta–, pero chic a rabiar.»

A ella le importaba un rábano qué aspecto tuviera su cocina. Todavía conservaban los armarios empotrados de la madre de él, roble marca SieMatic. No había forma de estropearlos, ni siquiera los niños lo conseguían.

En la tienda para los hinchas del Werder, Dirk había encargado también un gorro de lana del equipo con la borla verde hierba. «Verdiblancos toda la vida.» Britta se lo pondría, estaba seguro. No había muchas mujeres que estuvieran guapas con gorros de lana. Él no conocía a ninguna, aparte de la suya. Zum Felde toda la vida.

Burkhard Weisswerth gritó un «¡Muy buenas!» y saludó con la mano al ver a Dirk zum Felde. No se había dado ni cuenta de la maniobra de frenado y siguió pedaleando en dirección al dique con toda tranquilidad.

Dirk torció por la entrada de Vera Eckhoff, cruzó su patio y encendió la máquina para abonar. Conseguiría tener listos los manzanos antes de mediodía.

Tenía que hablar con Vera urgentemente por los contratos de arrendamiento, que volvían a vencer el siguiente mes de febrero. Otros quince años más, esperaba.

Sin embargo, Karl Eckhoff había muerto y ella ya no tenía que mostrar consideración para con nadie. Si quería vender la granja, Peter Niebuhr aprovecharía la oportunidad. Y entonces él iría listo...

Pero, si esa señoritinga de Hamburgo tenía pensado adecentar la casa, tal como le había comentado Heinrich Lührs, sería que a Vera tampoco le corría demasiada prisa vender.

Aunque tal vez solo era uno de esos rollos terapéuticos. Ocuparse de algún proyecto, trastear un poco en las ruinas de Vera para «encontrar paz interior» o «sincerarse con uno mismo». Esos eran los que más le gustaban a él, los que acariciaban árboles y buscaban «puntos energéticos» junto al Elba. ¡Y qué más!

Bueno, si Vera montaba un albergue para carpinteras, seguro que no estaba pensando en levantar el campamento.

El contrato de arrendamiento que Dirk había firmado con Heinrich Lührs tenía una validez de cinco años más; después, también eso estaba en el aire. Tal vez Heinrich conservaba aún la esperanza de que Georg regresara, pero ya podía irse olvidando. Dirk se encontraba de vez en cuando al hijo, que solo tenía un año menos que él. «Mientras el viejo viva, no pienso tocar ni una de esas manzanas.» La cuestión era cuánto tiempo le quedaba a Heinrich, que había cumplido ya los setenta y tantos.

«O expandirse o morir», solía decirse, y, aunque él no quería ni oírlo, era cierto. Necesitaba más extensión. Si no podía seguir arrendando las tierras de los Lührs y los Eckhoff, tendría que ver dónde encontrar otras. Con sus doce hectáreas ya no iba a ninguna parte, por mucho que su padre siguiera sin querer entenderlo.

Tal vez habría tenido que hacer lo que Georg: casarse con Frauke Matthes. Eso sí que le había valido la pena. «La belleza pasa, la tierra perdura.»

No tenía nada en contra de Frauke, pero no se reía ni que la mataran. Además, no era de las que podía llevar un gorro de lana. De ninguna manera.

Un corzo salió corriendo de la acequia a toda velocidad y saltó al camino en dirección al Elba justo delante de su tractor. De algún modo los animales parecían notar cuándo empezaba la época de veda, o en cualquier caso siempre se envalentonaban bastante en primavera.

Lo último que quería Dirk era un accidente con el tractor por culpa de la fauna. Con la carnicería de hacía unos días conduciendo el Passat ya le había bastado, y, por si fuera poco, el animal sobrevivió y no dejaba de gritar.

No sabía que los corzos gritasen. «Solo lo hacen cuando están muy mal», le explicó Vera, que se presentó enseguida y lo sacrificó de un tiro. «¿Queréis que os lo desuelle?» Pero a él ya se le habían quitado las ganas de comer asado de corzo y, como a Vera le daba igual, se lo llevó ella y seguramente ya lo había descuartizado con el serrucho.

Dio media vuelta para abonar la siguiente hilera y entonces vio a Peter Niebuhr saludándolo desde sus cerezos, podadera en mano. Niebuhr, que desde hacía poco se había pasado al cultivo ecológico. Dos veces por semana se acercaba al barrio de Ottensen y se plantaba con sus manzanas y sus cerezas en el mercadillo bio de Spritzenplatz, los viernes también en Isemarkt; por lo visto en Hamburgo le quitaban el género de las manos.

Él había discutido con Britta si esa podría ser una alternativa para ellos: menos superficie pero dedicada a mercados ecológicos y de venta directa. Sin embargo, enseguida se habían hecho una composición de lugar: Dirk zum Felde en el mercadillo bio semanal, con clientes como Burkhard Weisswerth y su desquiciante mujer arrastrándolo a interminables discusiones sobre ingeniería genética y viejas variedades de manzanas. «Tarde o temprano matarías a alguien –dijo Britta–. Olvídate, Dirk, tú eres agricultor y punto.»

Probablemente ese era el problema. Solo con ver lo que hacían los demás cuando se cansaban de ser agricultores y atender sus frutales... le daban arcadas.

Hajo Dührkopp había convertido su granja en «Abramanzabra», donde se dedicaba a pasear a los turistas en el viejo remolque de su tractor para las cajas de la cosecha. Jubilados con impermeables, familias del cámping o clases de colegio, a todos les explicaba cómo crece una manzana. Después podían hacerse con un diploma en manzanas y comer bizcocho de mantequilla en la cafetería de la granja y, antes de volver a subirse a los autobuses o las caravanas, aún se pasaban por la tienda de regalos y compraban aguardiente de frutas y mermelada de cerezas o jalea de saúco, todo ello hecho por su mujer.

Sí, claro... ¡Seguro que Susi Dührkopp se plantaba frente a la licuadora y cocinaba toneladas de bayas de saúco! La jalea la compraba en el súper Rewe. Fuera etiqueta, un trocito de tela de cuadros sobre la tapa, una pegatina escrita a mano y, zas, dos euros de beneficio por tarro. Las etiquetas en bajo alemán seguramente les aportaban veinte céntimos extra: «*Mermelá* de saúco Dührkopp».

Pero ¿por qué le enfurecía tanto? Una vez en casa, los turistas se untaban tan contentos su «*Mermelá* de saúco Dührkopp» en las tostadas y les sabía como la que hacía su abuela, se jugaba lo que fuera. Y Hajo Dührkopp, que ya no tenía que pasarse días enteros arando, se iba de vacaciones dos veces al año con su mujer. Aún conservaba una hectárea y media, justo detrás de la casa, para seguir jugando a los agricultores con los visitantes.

El género que vendía en la tienda de su granja se lo suministraban otros compañeros, como por ejemplo él, Dirk zum Felde, o sea que más le valía calmarse un poco.

Y aun así, se ponía de los nervios cuando veía a Hajo Dührkopp traspasar sus manzanas y sus cerezas, vaciar las cajas Zum Felde y llenar las cajas Dührkopp antes de llevarlas a la tienda. Hajo, el mago en su gran circo rural. Él hacía su abracadabra y Dirk zum Felde era el ayudante tonto que tenía que meter el conejo en el sombrero sin que nadie se diera cuenta.

Lo gracioso del caso era que nadie salía perjudicado.

Cuando los turistas regresaban a sus pisos y adosados, su hermosa visión de la vida rural no se había llevado ni un rasguño. Una vida hecha a base de fotografías de calendario, y todo tan sano que siempre regresaban.

El año próximo Hajo quería probar suerte con los apadrinamientos de manzanos, cosa que Werner Harms había puesto en marcha hacía tiempo. Cuarenta euros al año y, a cambio, le colgaba a esa gente un cartelito con su nombre en el árbol y ellos podían ir a verlo de vez en cuando y recolectar veinte kilos de manzanas en septiembre.

«Te apuesto a que todas esas pequeñas manzanitas acaban teniendo su propio nombre», dijo Britta. Pensaba que Dirk se estaba quedando con ella cuando se lo contó.

A Hajo le iba de maravilla como animador frutal. Cuando se metía de verdad en su papel, hasta sacaba el acordeón y se paseaba por la cafetería de la granja tocando canciones tradicionales.

Y él, Dirk zum Felde, tenía en Hajo Dührkopp un cliente seguro.

Así pues, ¿dónde estaba el problema?

Torció con el tractor y vio a Heinrich Lührs, que salía de su nave con la escalera de los cerezos. Hacía poco que una tormenta casi lo había tirado de un árbol, Dirk había visto esa escalera tambalearse. Sin embargo, antes tendría que derrumbarse el árbol para que Heinrich Lührs se cayera.

Heinrich era un tipo de la vieja escuela. Todavía sacudía la cabeza cuando veía a esos agricultores que montaban sus puestos de fruta al borde de la carretera para venderles manzanas, peras o ciruelas a los viajeros, y eso que casi todo el mundo había acabado haciéndolo. Heinrich no pensaba ponerse allí ni en sueños, le parecía indigno de él.

Tengo que preguntarle si sus manzanos también tienen padrinos, pensó Dirk, y se divirtió imaginando la cara de Hinni Lührs.

Al mundo de Heinrich todavía no habían llegado las dudas sobre los abonos químicos y los pesticidas, su creencia en los árboles de alto rendimiento y la fruta *premium* era inquebrantable. Antiguamente había rociado incluso con mercurio y arsénico; aquellos eran unos tiempos muy diferentes a los de ahora, todo valía para acabar con los topos y demás bichos que se arrastraban o correteaban por ahí. A su entender, las cosas bien podrían haberse quedado como estaban, porque ¿a quién le apetecía sufrir esos animalejos? De pronto estaban protegidos, pero eso no les servía de nada en el jardín de Heinrich. El viejo no era tan idiota como para dejar que lo pillaran cuando atrapaba a un topo.

Sus árboles crecían en perfecta formación, su fruta era perfecta, se horrorizaba solo con ver un frutal asilvestrado, y los que se dedicaban a la agricultura ecológica le parecían unos chiflados.

La visión del mundo que tenía Heinrich era tan apañada como su césped.

Que esos pomólogos de barbas descuidadas se anunciaran de pronto a los cuatro vientos como salvadores del mundo porque habían rescatado del olvido la Finkenwerder Herbstprinz o la antigua manzana para bizcocho era algo que a Heinrich Lührs le había pasado por alto, y eso había que envidiárselo. Sencillamente no se daba por enterado de todos los cambios sucedidos desde hacía unos años, y Dirk zum Felde tampoco sería quien se lo dijera.

Quien le dijera que los agricultores tradicionales como ellos se habían convertido en idiotas codiciosos que con sus monocultivos empapados de pesticidas ya solo producían género para las masas embrutecidas que seguían comprando en grandes superficies, mientras que los agricultores ecológicos como Niebuhr y sus amigos pomólogos mejoraban el mundo con sus variedades frutales para académicos. O que siendo un agricultor estándar era mejor pasearse por las plantaciones de noche, para que así ni los turistas ni los «consumidores críticos» te pillaran haciendo el trabajo sucio.

«Podríamos arrendar», decía Britta cuando él volvía a estar más que harto.

Kai y Kerstin Düwer lo habían hecho, habían reconvertido el almacén frigorífico en residencia vacacional, habían alquilado las tierras y Kai había encontrado un trabajo estupendo en los almacenes Raiffeisen. Cinco días a la semana, vacaciones pagadas y seguro médico, y todavía le sobraba para pagar una cocina Bulthaup.

«Nosotros también podríamos –decía Britta–, no es nada del otro mundo.»

Solo que no podían y ella lo sabía, desde luego. Porque él era agricultor y ninguna otra cosa. Ese era el problema.

Pero Dirk no era el único. Aún quedaban compañeros a quienes no tenía que explicarles lo que se sentía al ver los remolques con las cajas de la cosecha recorriendo la granja en otoño, y en cada caja ver su nombre, Dirk zum Felde. Las cajas más viejas llevaban todavía el nombre de su padre, y el viejo aún echaba una mano para cosechar.

Incluso el trabajo de ese mismo día, abonar los cerezos una mañana de marzo, cuando todavía no había una hoja en los árboles pero el ratonero común ya sobrevolaba en círculos y las liebres en celo se perseguían, cuando la naturaleza estaba en efervescencia, era un trabajo siempre nuevo, pese a que se repitiera a cada primavera.

¿Cómo podía nadie soportar estar metido en una tienda de Raiffeisen y vender botas de lluvia cuando fuera el suelo despertaba y todo olía a nuevo comienzo?

Un autocar se detuvo en la carretera, delante de la casa de Heinrich. Se acercaba la Semana Santa, así que empezaban a llegar los cargamentos de turistas. Siempre se paraban delante de la granja Lührs, pero por suerte nadie se apeaba, porque eso ya habría sido lo que le faltaba a Heinrich, unos extraños pisándole la arena rastrillada... Se quedaban sentados y dejaban que los guías de viaje les explicaran por el micrófono la impresionante mampostería de colores de la fachada Lührs y las decoraciones formadas por los ladrillos mismos: escobas, molinos, cisnes. Algunos sacaban fotos a través de los cristales tintados del autocar, luego seguían ruta hacia la cata de zumo de manzana.

En la granja de los Eckhoff el autocar volvía a acelerar. Más le valía a Vera que esa sobrina suya no resultara tan caótica como parecía. La casa necesitaba ayuda de verdad.

Aunque en realidad tampoco importaba demasiado.

Detrás de su esplendorosa fachada, Heinrich estaba igual de solo que Vera detrás de sus ventanas con agujeros.

Dos viejos en dos enormes casas vacías.

Ser el último agricultor de una granja, como Heinrich, debía de ser una auténtica porquería. Su casa acabaría siendo una residencia vacacional; solo con oír esas palabras se quedaba uno hecho polvo. «Residencia vacacional», como quien dice «premio de consolación». Y entonces unos urbanitas emocionados se trasladaban a la pobre granja y acababan de darle el golpe de gracia. La mayoría ni siquiera sabían tener a sus hijos controlados, ni a sus perros, por no hablar de su vida, y encima estaban convencidos de que podían meterle mano al antiguo tejado de cañas y dejarlo otra vez «la mar de cuco».

Solo había que ver cómo acababan esas cosas. Del sótano con humedades de los Weisswerth ya se había partido de risa el pueblo entero —«¡Bodega de vinos!»—, y de esa pista de obstáculos que les había quedado en lugar de adoquinado más aún. Aunque al menos los hermanos Jarck habían sacado algo. Weisswerth había obtenido exactamente el adoquinado que se merecía pagando diez euros a la hora, y eso que los Jarck se habían moderado lo suyo, «siempre con cabeza», y solo habían tardado el doble de lo que solían tardar.

Bueno, la última hilera. Dirk zum Felde se volvió y vio que los gemelos se le acercaban con el perro. Erik primero, como siempre, Hannes detrás de él, inclinándose a mirar algo, un escarabajo, un gusano, un caracol, cualquier bicho podía servirle para el zoo de animalejos que había montado en el cobertizo de la maquinaria.

Dirk se detuvo y dejó que los dos se subieran al tractor. Dos sonrisas con algún que otro diente de menos, medio año más y ya irían a la escuela.

Pauline cumpliría pronto los diez, Theis tenía cinco.

Puede que uno más.

Aforo completo.

15

Instinto del nido

La naturaleza despertaba a la vida lentamente, igual que un paciente que sale de un coma profundo, todavía estaba pálida, la hierba crecía del suelo sin fuerza, greñuda. Los campos estaban llorosos, los árboles goteaban, temblaban, pero en sus ramas peladas se henchían ya las yemas nuevas.

Si pegabas la oreja a los troncos, oías susurrar el agua, «la corriente de savia», como decía Theis zum Felde. Anne lo había intentado y no había oído nada. Aunque ella solo creía a medias al pequeño enemigo de los parásitos, Leon se tomaba a pies juntillas todo lo que decía.

Los niños estaban cruzando el jardín de Vera, habían sacado el estetoscopio de plástico amarillo del maletín médico de Leon y se disponían a auscultar los árboles con él. Anne los vio junto al tilo con sus botas de lluvia, escuchando y asintiendo con la cabeza.

Theis zum Felde iba casi todos los días a la granja con su tractor verde desde que Leon y él jugaron juntos a chocar coches por primera vez en la clase de los Abejorros.

El niño se había presentado de repente en el vestíbulo de Vera con su mono verde; las botas de lluvia llenas de barro las había dejado fuera, junto a la puerta. Se quedó allí quieto, con las manos en las caderas y sus calcetines de *Bob y sus amigos,* sin decir nada. Cuando Anne lo saludó, él solo asintió con la cabeza. Leon salió entonces y tampoco dijo ni mu hasta que Theis zum Felde pronunció una frase casi completa: «Puedo hasta las cinco».

Esa noche, después de lavarse los dientes, leer el cuento y cantar una canción, cuando Leon ya se había hecho un ovillo en su cama y estaba con los ojos cerrados, Anne oyó que murmuraba algo a través del chupete. «Theis es mi mejor amigo del mundo.»

Hiciera el tiempo que hiciese, los dos se recorrían los frutales y los caminos, Leon y su mejor amigo, que le explicaba el mundo en palabras clave.

«Manzana borde. No comestible», advirtió señalando un pequeño árbol que había detrás del granero de Heinrich.

«¡Giro de volante!», exclamó mientras le enseñaba a Leon a conducir marcha atrás en su tractor John Deere. Y, la primera vez que vio la jaula del conejo en la habitación de Leon, Theis zum Felde cruzó los brazos ante el pecho y sentenció: «Cría en solitario, mala para la especie».

Leon se quedó mirando a *Willy,* luego a su madre, y después asintió con reproche.

Y así, de pronto, Theis zum Felde estaba junto al tilo de Vera sosteniendo el estetoscopio como si fuera el médico jefe y Leon su fiel ayudante.

Anne vio a Heinrich Lührs en su jardín, enderezando un matorral indefenso que había osado crecer en la dirección equivocada.

Le había pedido prestada la escalera de los cerezos más alta que tuviera para llegar a la pequeña ventana que había en lo alto del frontón de Vera y que colgaba torcida de sus bisagras.

Debían de haber pasado décadas desde la última vez que alguien mirara a través de ese cristal resquebrajado. Tenía una capa tan gruesa de telarañas que apenas podía verse nada por él. Anne solo logró distinguir un par de tablones del suelo. Allí donde el tejado de cañas estaba más raído, se veía destellar el cielo. Cuando sus ojos se acostumbraron a la oscuridad, descubrió unos cuantos huesos tirados en el suelo; un ratón, una rata, una marta, algún animal debía de haber acabado sus días allí, hacía tiempo. Vio también la escalera, los peldaños estrechos que subían hasta el desván y, a un lado, una bolsa cubierta de polvo y un par de botas grandes.

Hacía mucho que Vera no dejaba subir a nadie a ese piso porque tanto la escalera como los tablones del suelo estaban muy quebradizos.

Anne clavó sin ningún esfuerzo el destornillador en la madera podrida del marco de la ventana, en algunos puntos incluso podía atravesarla del todo. La madera estaba pelada salvo por algún resto de pintura verde que había aguantado en las esquinas. La masilla de cristalero se había agrietado y amarilleaba.

Se sacó del bolsillo el cincel fino y empezó a desencajar la pequeña ventana del intradós haciendo palanca. Después la bajó con cuidado por la escalera de mano, fue al cobertizo de las herramientas y cortó con la sierra de calar un trozo de chapa de madera del tamaño del hueco que había quedado.

Heinrich Lührs quitó los sacos de arpillera de los brotes de sus rosales, un indulto tras un invierno largo y temeroso, y se puso a rastrillar el arriate.

No habría tenido que dejarle a esa chica la escalera de los cerezos. Si ocurría algo, sería culpa suya. Heinrich lanzó severas miradas por encima de su seto de boj cuando Anne sacó el martillo, se puso un par de clavos entre los labios, se encajó la chapa de madera bajo el brazo y volvió a subir por la escalera bamboleante.

Era para no mirar. Esa mujer no se había subido en la vida a una escalera tan alta y de pronto estaba trasteando con herramientas a diez metros del suelo. No tenía dos dedos de frente.

Soltó el rastrillo.

Anne vio a Heinrich Lührs acercarse hasta el pie de la escalera y sostenerla con ambas manos mientras ella clavaba la chapa de madera para tapar el agujero de la ventana. Luego le saludó con la mano y esperó a que regresara con sus rosas. Dejó caer el martillo al césped, bajó un par de peldaños e intentó descifrar la inscripción deteriorada del gran travesaño.

«Bah, algo en bajo alemán», había dicho Vera nada más.

No era fácil hablar con ella sobre la granja.

Poner la casa en orden, ese era el acuerdo. Sin embargo, en cuanto Anne sacaba una herramienta, Vera ya estaba detrás de ella dispuesta a discutir y no le dejaba ni mover un dedo.

Que si de verdad las ventanas estaban tan estropeadas como para que hubiera que sustituirlas. Que si no se podía parchear el tejado, en lugar de desmontar todas las cañas y las viejas vigas.

Anne tardó en darse cuenta de que no se trataba de dinero. Vera tenía dinero para parar un tren.

−No voy a estropear nada −dijo Anne−. Puedes confiar en mí.

Pero tampoco se trataba de eso.

Vera Eckhoff se quedó blanca cuando Leon le dio con su pelotita de goma al jarrón que estaba en la mesa del vestíbulo. Un sonido de cristal, hermoso y vibrante. El gran jarrón se tambaleó un momento y luego quedó en pie, pero Vera enseguida atrapó la pelota y la lanzó al exterior como si fuese una granada de mano.

El niño se puso a lloriquear. Buscó la pelota por toda la granja con Theis zum Felde, pero no encontraron nada. «En la acequia, seguro −dijo Theis, y se encogió de hombros−. Buen tiro.»

Leon gritó hasta quedarse afónico, Anne se lo subió al regazo y envió a Theis a su casa. «Te compraré otra nueva, Leon.»

Tras la puerta de la cocina de Vera se oían ruidos de cazuelas.

«Dos mujeres, un solo fogón; eso no puede terminar bien.» Vera lo había dejado bien claro en cuanto Anne llegó a la casa. No cocinaban juntas, rara vez comían a la vez, pero Leon se había acostumbrado a ir y venir entre ambas.

Por las mañanas ya nunca despertaba a Anne, sino que se vestía él solo y cruzaba corriendo el frío vestíbulo con sus calcetines de suela antideslizante para llegar a la cocina.

Vera no lo enviaba de vuelta a la cama con la excusa de que fuera todavía estaba oscuro. Ella no quería «dormir tranquila un poco más» ni que la dejara en paz «de una puñetera vez». A Vera siempre la encontraba despierta.

A primera hora le colocaba bien los tirantes retorcidos y las mangas del jersey, le preparaba un panecillo con miel y hasta acabó comprándole su propia taza. Se volvía loca viéndolo trajinar por toda la cocina con las viejas tazas finas de ribetes dorados.

Vera encontró en el súper Edeka un tazón infantil con un topo dibujado, y la siguiente vez que Heinrich Lührs fue a tomarse el café con ellos, se divirtieron un poco a su costa.

«Mira, Hinni, tu amigo», dijo Leon señalando el topo, y Heinrich hizo como si quisiera lanzar el tazón con el «*condenao* animalejo» por la ventana.

Cuando Anne oía reírse a Leon en la cocina por las mañanas, sabía que habían vuelto a hacer el grandioso chiste del topo.

La mañana siguiente al incidente de la pelota de goma, Vera se montó en su viejo Mercedes Benz y se acercó a los almacenes agrarios con el motor revolucionado porque necesitaba grasa para la silla de montar y también avena. Junto a la caja registradora había figuritas de animales, caprichos para los hijos de los agricultores, y compró dos, una yegua Trakehner y su potrillo. Theis zum Felde tenía decenas de esos animales y los transportaba de aquí para allá en su remolque; para Leon serían los primeros.

«Se acabaron las pelotas de goma en esta casa», le dijo al niño. Leon asintió, aceptó los caballos y entró con ella en la cocina, donde Vera preparó el desayuno.

En esa cocina colgaban todavía los viejos armarios de Ida Eckhoff. «Tapioca, cebada, café de malta», seguía leyéndose en los contenedores de cerámica, y Vera cortaba el pan con una rebanadora manual de hierro colado.

Todo lo que había en esa casa era viejo y pesado. Vera no parecía haber comprado ninguna silla, ningún mantel, ningún armario.

Había heredado todo aquello, pero vivía como si esas cosas no le pertenecieran.

Ella solo guardaba la casa, apenas parecía atreverse a cambiar de sitio las macetas de flores que su madre había colocado en los pretiles de las ventanas hacía décadas.

Cuando Anne descolgó las barras de las cortinas del salón para llegar mejor a los marcos de las ventanas, Vera empezó a moverse de un lado para otro alrededor de la escalera de mano, nerviosa y sin propósito aparente, hasta que por fin se puso a vaciar los pretiles.

Retiró las macetas de una en una y las transportó con ambas manos como si fueran las urnas de sus familiares. Las llevó a su dormitorio y cerró la puerta, porque últimamente había niños correteando por todas las habitaciones, con o sin pelotas de goma, y luego desapareció en la cocina, donde se oyeron abrirse y cerrarse cajones y puertas de armarios.

Anne, al oírla enredar en la cocina, no pudo evitar pensar en su madre, que también hacía lo mismo: borrar toda expresión de

156

su rostro, no decir palabra y, en cambio, dejar que fueran las cosas las que gritaran por ella.

Marlene era capaz de cocinar una sopa de verduras y conseguir que sonara igual que una matanza: picaba repollo, partía judías, pelaba zanahorias con sonidos espantosos.

Igual que la noche en que su hija volvió a subir la flauta al desván y tiró las partituras a la basura.

Anne suponía que había otra forma de hacerlo. Que, en lugar de torturar un repollo con un cuchillo de cocina, su madre también habría podido ir al salón y tumbarse con su hija en el suelo de parquet. Tal vez habría podido acercarla hacia sí, abrazarla y estrecharla con fuerza. Habría podido zarandearla un poco, o llorar con ella. Habría podido decirle «Lo siento mucho».

Pero ella no podía soportar a una hija decaída, solo tenía fuerzas suficientes para un hijo luminoso y sano.

A la otra, por desgracia, tuvo que dejarla tirada en el suelo.

Marlene no lloraba, rabiaba, y Vera hacía igual que ella. Cuando no sabían cómo reaccionar, declaraban una guerra; hijas de Hildegard von Kamcke con sus corazas de ira.

Vera parecía no dormir jamás.

Cuando Anne se despertaba a la una de la madrugada porque Leon buscaba el chupete o su animal de peluche, Vera estaba en la cocina con los perros.

Cuando a las tres o a las cuatro de la mañana Anne se sobresaltaba por algún sueño o la desvelaba una tormenta, Vera seguía sentada en el banco de su cocina.

Anne veía luz por debajo de la puerta y oía la radio de Vera. Cuartetos de cuerda y conciertos para piano hasta las seis de la mañana: *Clásicos para amantes de la noche*. Pero Vera no sentía amor en sus noches, se quedaba clavada en el asiento de la cocina y esperaba hasta que hubiera pasado una más.

La casa no parecía pertenecerle, era más bien al revés. Ella pertenecía a la casa.

«Esta casa es mía...»

Había que ir palpando cada letra de ese travesaño gris y deslavazado. Anne necesitaría un andamio, con la inestable escalera de mano no le bastaba. Y Heinrich Lührs, que daba toda la impresión de querer ir a bajarla de allí con su rastrillo en cualquier momento, no hacía más que sacudir la cabeza. De hecho, ya se le acercaba otra vez.

Desde lo alto, Anne veía el Elba. Un primer velero se había atrevido a salir a navegar; pequeña como un barquito de papel, la embarcación se balanceaba en la estela que había levantado un portacontenedores gigantesco. En el dique aparecieron también las primeras ovejas llamando a sus corderos a balidos. El pastor iba todos los días, contaba los animales nuevos, reunía los muertos y, en cuanto la hierba del dique estaba ya lo bastante corta, cambiaba de sitio la valla electrificada y trasladaba al rebaño.

Unos jirones de nubes, densos y de color gris pellejo, recorrían el cielo como si alguien, de un soplido, las hubiese hecho despegar y enviado allí arriba.

Las nubes se desplazaban hacia el este como si allí tuviesen una cita.

Las gaviotas sobrevolaban en círculos la isla del Elba, visitaban las zonas de cría, buscaban pareja, ahuyentaban a sus rivales, construían nidos, todo según lo establecido, todo siguiendo el plan.

Por el camino de grava, Dirk zum Felde llevaba en su carretilla elevadora dos sacos de plástico altos como un hombre porque sabía que ya era momento de esparcir el abono potásico bajo sus manzanos. Sabía cuánto y sabía por qué. «En marzo el agricultor...», como rezaba la canción infantil.

Incluso el retorcido cerezo de Vera todavía comprendía que había llegado el momento de echar flores.

Allí, hasta los personajes secundarios se sabían su papel. Nadie se saltaba una frase, nadie se quedaba en blanco, todos habían ensayado bien.

Solo Anne Hove se encontraba en lo alto de una escalera de mano sin saberse su texto.

Ni siquiera conocía la obra. Y tampoco *Willy,* que en la tercera primavera de su vida de conejo enano de repente empezó a mudar el pelo del peritoneo y se puso a apilar paja en la jaula porque esperaba tener descendencia.

Heinrich Lührs había contemplado al animal trastornado y había sacudido la cabeza. «Si eso es macho, yo soy una chiquilla.»

Theis zum Felde acabó con las últimas dudas poco después; se sacó un par de guantes de trabajo de los bolsillos del mono, agarró al conejo, que pataleaba y arañaba, lo examinó y asintió con la cabeza: «Hembra».

Leon se quedó mirando a *Willy* confuso. Primero tenía que digerir la noticia.

«Instinto del nido», informó Theis, y entonces también Leon asintió con la cabeza, como si lo sospechara desde hacía tiempo.

Anne bajó de la escalera y se la devolvió a Heinrich Lührs. Una mirada capaz de atravesar paredes.

—La escalera vuelca y, entonces, ¿qué? ¡*To'l* mundo a correr, gritos por todas partes!

Otro más que al hablar casi tumbaba de espaldas. Otro más con tendencia a regañar al personal.

«¡Baja de la escalera, aparta del paso, un parásito!»

Anne se preguntó qué volvía así a la gente. Si sería cosa del paisaje; los árboles, el Elba. Si podía deberse a que los padres de sus padres habían sometido a un río y le habían parado los pies, conteniéndolo con diques, cavando acequias y canales en la blanda tierra de sus márgenes. La tierra en la que vivían no la habían encontrado tal cual, sino que habían tenido que crearla con sus propias manos.

Y luego habían construido esas casas gigantescas, casas como naves de una catedral, a mayor gloria de sí mismos, creadores de ese terreno pantanoso, ni dioses ni agricultores, sino algo a medio camino entre ambos.

Tal vez por eso los hombres como Heinrich Lührs y Dirk zum Felde se plantaban así delante de los demás, como semidioses con rastrillo y podadera, y los niños de cinco años de Altes Land aplastaban parásitos en el suelo con sus botas de lluvia del número 29.

Quizá era algo que se heredaba cuando nacías en el seno de una de esas familias de la tierra pantanosa, cuando formabas parte de ese entramado desde el principio. En ese paisaje, cada cual conocía su lugar y su rango, y siempre era cuestión de edad: primero iba el río, después la tierra, después los ladrillos y las vigas de roble, y luego las personas con apellidos antiguos a quienes pertenecían los terrenos y las viejas casas.

Todos los que habían llegado después, los que huyeron de las bombas, los que se vieron expulsados, los que se cansaron de la gran ciudad, los que no tenían adónde ir, los que buscaban un hogar, no eran más que arena traída por el viento y espuma arrastrada por la marea. Viajeros que tenían prohibido desviarse de los caminos.

«Baja de la escalera, aparta del paso, un parásito.»

Anne se preguntó cuánto tiempo había que quedarse allí para dejar de ser forastero. Probablemente con una vida no bastaba.

—Gracias por la escalera —dijo—. ¡La próxima vez no mire y ya está!

16

Témpanos flotantes

Vera había dormido como una niña tres noches seguidas. Sin sueños, sin el doctor Martin Burger, sin ningún anciano que llorase. Paz interior sin Psychopax. Esperaba que Karl también hubiese encontrado esa paz; lo echaba de menos.

El pastor Herwig dijo que Karl Eckhoff había «regresado a su hogar», y por fin yacía junto a la pequeña iglesia de entramado. Cuando no hacía viento y tenía las ventanas abiertas, Vera oía sus campanas. No eran toques festivos, sino más bien un estruendo, como si alguien golpeara una cazuela con un cucharón de madera, y entonces pensaba en Karl, que había regresado a su hogar con la pierna rígida.

Ella había mandado grabar su nombre en la lápida de los Eckhoff y había preguntado si quedaba sitio todavía para otro más. «De sobra —opinó Otto Suhr—. Aprovecharemos para hacerlo al mismo tiempo.» Así que debajo de «Karl Eckhoff» también grabó «Vera Eckhoff. ★1940- ».

«Eso que tenemos adelantado.» Otto Suhr era un hombre de pensamiento práctico. De lo contrario, no se metía uno en el negocio funerario.

No existía palabra para describir lo que había sido Karl. No había sido su padre, ni su hermano, ni su hijo. Su camarada, tal vez. Su semejante.

Vera llevó a Marlene a la estación en coche sin decir palabra, durante esos tres días y esas tres noches se habían arrancado mutuamente la piel como si fueran hermanas. O como si fingieran serlo.

Las hijas de Hildegard von Kamcke, su hija de la guerra y su hija de la posguerra, catorce años entre ambas... y el Elba. Vera había impulsado a la pequeña Marlene en su columpio del gran jardín del barrio de Blankenese y había jugado con ella al parchís en la mesa redonda del salón de Hildegard, tres o cuatro veces al año, siempre en domingo, cuando el señor de la casa no estaba presente, porque Hildegard mantenía su vida en orden.

En esa casa Vera era una huésped, la invitaban a comer, y a media tarde también había merienda. Hildegard se apellidaba ahora Jacobi.

Enviaba a su chofer a buscar a Vera al ferri, y luego el hombre la llevaba de vuelta al embarcadero por la tarde.

El marido de su madre, al que Vera nunca veía, se había hecho rico construyendo bloques de pisos y casas adosadas en Hamburgo. Paredes finas y ventanas pequeñas para personas que no habían conseguido levantar cabeza después de la guerra.

A él personalmente le encantaba el Modernismo, las fachadas de estuco, las ventanas de medio punto, los suelos de madera de roble. Su domicilio tenía de todo ello en abundancia, y Hildegard sabía cómo vivir en esas grandes casas. La villa no era una casa señorial, Jacobi no tenía alcurnia, nada de aquello era del todo *comme il faut,* pero casi.

Hildegard nunca volvió a poner un pie en la casa de Karl Eckhoff, ni en el pueblo junto al dique, ni en Altes Land. Se olvidó de todo, como si aquella tierra hubiera quedado devastada y quemada.

También a su hija de la guerra la dejó allí, como si la hubiera perdido por el camino.

Igual que al otro, al pequeño, el que se había congelado en sus pañales. Al que había dejado dentro de su cochecito en el borde del camino.

Lo arropó una última vez, le alisó bien la manta. La mayoría de las madres lo hacían antes de abandonar a sus hijos muertos y seguir camino, pasando de largo frente a todos los demás cochecitos inmóviles que encontraban varados en las acumulaciones de nieve.

Aquel enero hizo demasiado frío. Los más pequeños eran los primeros en morir.

Algunas mujeres se habían sentado en la nieve mucho antes de llegar a la laguna del Vístula, se apoyaron en su cochecito infantil y se abandonaron a la helada.

Algunas saltaron de puentes con sus hijos de la mano.

Algunas se adentraron en los bosques, colgaron a sus hijos de los árboles y luego a sí mismas.

Algunas, algo más tarde, buscaron una navaja, una cuerda o un veneno porque ya no eran capaces de reconocerse en aquellas figuras miserables en las que se habían convertido.

La mayoría, sin embargo, no se permitieron morir y continuaron siendo nómadas con nostalgia de su hogar durante toda la vida.

Partieron siendo prusianas y llegaron siendo purria; era imposible acostumbrarse a eso. En los bloques de ladrillo y en las urbanizaciones modestas pudieron vivir con poca cosa, y estuvieron agradecidas de no tener que seguir ocupando cobertizos ni barracones provisionales.

Plantaron judías, también patatas, y no miraron atrás, no recordaron el Este. Solo en sueños y en los días señalados, y entonces lloraban y no les decían a sus hijos por qué. Y esos hijos e hijas se acostumbraron a que sus padres fuesen témpanos flotantes.

Hildegard von Kamcke había puesto a salvo a su hija mayor, que se había convertido en una chiquilla de campo, pero ella no era ninguna campesina.

No tenía la menor intención de acostumbrarse a ello. De conformarse con un par de hectáreas de cerezos y manzanos y un herido de bala en un banco, con una casa en la que había dormido sobre paja y había tenido que robar la leche. A cuyo portal de gala había llegado con agujeros en las medias y una niña aterida de frío y con mocos en las mangas, «chusma *refugiá*», «*comíos* a piojos».

En aquel pueblo siempre habría sido la refugiada, una cualquiera a ojos de esos agricultores ufanos con sus granjas de paredes de entramado, que se tenían por nobleza cuando jamás habían visto un campo de trigo como los de la Prusia Oriental ni las majestuosas avenidas que llevaban a las casas señoriales.

Ella quería volver a ser lo que había sido una vez, recuperar su antigua vida, recuperarlo todo.

También a su hijo pequeño.

Pero cuando tuvo un bebé con Fritz Jacobi fue una niña, y ya no hubo ocasión de volver a ser madre de un varón.

Vera siempre se limpiaba los zapatos y se cortaba las uñas antes de ir a ver a los Jacobi, se ponía sus mejores galas y, aun así, veía cómo su madre arrugaba la frente cada vez que la saludaba. Se daban la mano, pero Vera no le dedicaba una reverencia. Ya al subirse al ferri se hacía el firme propósito de no inclinarse, y casi siempre lo conseguía.

Marlene era como un cachorrito cuando Vera iba a verlas. Saltaba entusiasmada a su alrededor con muñecas o pelotas, la arrastraba a su habitación infantil, le enseñaba su tiendita, sacaba juegos y libros ilustrados del armario, y así hasta que Hildegard las llamaba para comer.

Cada comida era un examen: el mantel blanco, las servilletas almidonadas, la cuchara de plata demasiado grande. La pequeña Marlene aprobaba y Vera suspendía. La última vez, casi con veinte años, dejó caer sopa de tomate sobre el damasco de seda.

«Dime, ¿es que en tu casa comes en el establo?»

Hildegard no vio cómo se estremecía Vera, Marlene dejó caer la cuchara y acabaron de comer en silencio.

Vera ya no regresó a la casa de los Jacobi. No acudía cuando Hildegard la citaba, pero todavía leía sus cartas. Su madre le escribía desde que había abandonado la granja de Ida Eckhoff.

En sus cartas le hablaba de robledales y de nidos de cigüeña, de flores de aciano, martines pescadores, grullas, de ir a nadar a los lagos de Masuria y a patinar sobre su hielo negro.

Le escribía los nombres de sus caballos, los nombres de sus perros, los nombres de sus tres hermanos, ninguno de los cuales vivía ya. Le escribía las canciones de su hogar, *Tierra de oscuros bosques,* incluso sus notas, y *Ännchen von Tharau* con sus diecisiete estrofas, le dibujaba malvas, calderones, águilas marinas y la finca de los Von Kamcke.

Metía en los sobres recetas: sopa de remolacha, albóndigas de sémola con salsa de nata, tortitas *plinsen.*

«Mi querida Vera», le escribía Hildegard Jacobi a esa chiquilla de campo a la que no podía soportar ni medio día en su casa de Blankenese. A la que, cuando la tenía delante, solo le miraba los zapatos y las uñas, y le daba la mano estirando el brazo desde lejos.

Hildegard le escribía sobre la pequeña Vera, que ya cantaba cuando apenas había aprendido a hablar y que siempre quería dormir en el gran cesto de la cocina, entre los cachorros de perro.

Le enviaba fotografías, como la de un hombre con una gran sonrisa, montado a caballo con una niña sentada delante. «Friedrich y Vera von Kamcke sobre *Excelsior.*»

Hildegard escribía como si quisiera salvar del hundimiento una Atlántida prusiana.

«Mi querida Vera.» Era capaz de mostrarse cariñosa siempre que entre su hija y ella corriera el Elba.

Vera había archivado las cartas en una carpeta y la había guardado en el arcón de roble. No eran de la incumbencia de nadie, ni siquiera de su hermanastra.

Pero acababa de perder a Karl y se encontró sola en el banco familiar. Demasiada soledad, incluso para Vera Eckhoff.

El segundo día después del entierro sacó las cartas del arcón, las dejó en la mesa de la cocina y se fue a dormir.

Las cartas seguían allí a la mañana siguiente, en la carpeta cerrada, pero alguien las había leído, los ojos de Marlene estaban rojos e hinchados. Se bebieron el café sin decir nada, y una segunda taza incluso, hasta que Marlene agarró el cesto del pan y lo lanzó contra la pared. Luego siguieron los cubiertos. «¡NI LO INTENTES!», gritó Vera al verla levantar una taza. Marlene salió hecha una furia, cruzó el jardín, corrió por entre los cerezos gritando. Los últimos estorninos, que buscaban las cerezas olvidadas, levantaron el vuelo espantados.

Hojas y hasta ramas enteras arrancadas, troncos zarandeados, dientes de león aplastados, decapitados por unos pies que ya no podían patear a Hildegard von Kamcke porque había muerto sin decir palabra. Un témpano flotante, siempre fría, siempre huidiza. Marlene no conocía ninguna canción infantil de Prusia, no había visto fotografías de la casa señorial, nunca había oído hablar de ningún hijo muerto en el borde de la carretera, no sabía nada de nada.

Una madre como un continente desconocido, la hija abandonada sin brújula, sin mapa, en un paisaje con grietas profundas donde la tierra temblaba y acechaban animales salvajes.

No se podía atravesar ese territorio y salir ileso, Marlene se había caído en cada garganta, había chocado contra sus paredes lisas y frías una y otra vez. No había sido bonito ser la hija de Hildegard Jacobi.

Su madre le había dejado en herencia la música, la voz, el oído. Le había pagado horas de canto y clases de piano, y Marlene tocaba muy bien.

Solo que no lo bastante para Hildegard Jacobi, que levantaba las cejas hasta bien arriba cuando se equivocaba interpretando un *impromtu,* sonreía con los labios apretados y soltaba brevemente el aire por la nariz o por la boca, como si ya hubiese sabido que pasaría.

Y cuando Marlene no se equivocaba, cuando había llegado a dominar el fragmento más difícil y lo interpretaba sin errores, al bajar las manos contenta al acabar, satisfecha por un breve instante, a Hildegard le gustaba citar *La rana voladora,* el poema de Wilhelm Busch.

«El que con gran trabajo / a un gran árbol ha subido / y ya se cree cuervo o grajo / está muy confundido.»

El padre, siempre animado, rara vez sin una copita de coñac, se sentaba entonces junto a su hija en el taburete del piano, reía y la estrechaba contra sí.

«Ay, no le des ninguna importancia, Marlenita. Venga, toca algo bonito para mí...»

Una rana en un árbol, eso era ella para Hildegard Jacobi.

La hija mayor en la distancia, con graduado escolar de sobresaliente, carrera, consulta de dentista y yeguas Trakehner, «mi querida Vera», sí era un pájaro.

Y nunca le había dicho nada de esas cartas a su hermana, en todos aquellos veranos que Marlene había ido a Altes Land con sus trenzas y su mochila a pasar unas vacaciones junto a su hermana mayor, tal como suplicaba que le dejaran hacer todos los años, solamente una semana. Adoraba tanto a Vera... e incluso su casa tenebrosa y también al viejo que cojeaba y silbaba canciones en voz baja sentado en su banco blanco.

Ni una palabra sobre esas cartas, ni siquiera más adelante, ninguno de los domingos de julio que se presentaba en la granja para recoger cerezas con su marido y sus hijos; Vera la había mantenido a distancia.

Las patadas de Marlene aplastaron caracoles y derrumbaron toperas, hicieron huir a las liebres.

Vera se quedó junto a la ventana de la cocina con los prismáticos y la vio rabiar y montarles una escena a los árboles, como una mujer a la que habían engañado.

Ahora se arrepentía. Ojalá no hubiera sacado las cartas de su arcón. Un día, más adelante, debería quemarlas.

Eso era lo que se obtenía de ofrecer un «nosotras» solo por estar blanda y empequeñecida por la soledad.

Ya no veía a Marlene por ningún lado, debía de estar en la acequia grande. Vera llamó a los perros y salió a buscarla.

La encontró en uno de los pequeños puentes de madera, abatida, lo cual no era extraño después del berrinche. «Hazme sitio», le dijo. Los perros se tumbaron en la hierba y ella se sentó junto a Marlene en el puente, a un brazo de distancia. Pero ya no se trataba solo de las cartas.

Marlene estaba sentada a pleno sol y lloraba porque no había forma de derretir el hielo.

Porque la hija de la gélida Hildegard Jacobi estaba dejando que su propia hija se congelara también.

«¡Yo hago exactamente lo mismo con Anne! Todo vuelve a repetirse.»

No tenía pañuelo, así que usó las mangas, su rostro se desdibujó en un llanto infantil, los ojos apretados, la boca muy abierta, «yo no quería esto».

Lloriqueó como una niña que sin querer le había roto el brazo o le había arrancado la cabeza a su muñeca.

Vera no entendía nada de esas cosas, pero vio el pelo empapado en sudor de Marlene, la cara como una fotografía emborronada, la blusa que le colgaba como si fuera un trapo mojado, manchado de tierra, hierba y lágrimas.

La ayudó a levantarse y regresaron las dos a la casa, tropezando, dos soldados cansados después del combate.

Marlene se tumbó en el banco, bajo el tilo, y Vera entró en la casa y le sacó un poco de agua, pero ya la encontró dormida.

Se la bebió ella, miró a su hermana en el banco y no supo dónde ir a sentarse.

Por la noche bebieron demasiado. Marlene se envalentonó a causa del vino y del aguardiente de manzana y le hizo unas preguntas que a Vera Eckhoff no se le hacían estando sobrio.

«¿Por qué te dejó aquí sola?»

«¿Por qué no has tenido hijos? ¿Y marido?»

«¿Por qué no tienes a nadie?»

Vera se levantó, recogió las botellas y los vasos. «Tenía a Karl.» Después se fue a dormir. A la mañana siguiente acompañó a Marlene a su tren.

En el camino de vuelta se detuvo en el cementerio. Todavía hacía calor y el arreglo floral de gerberas de la Sociedad de Caza ya estaba bastante mustio.

Oyó chirriar la puerta de la valla y vio que Heinrich Lührs avanzaba por el camino de tierra. Cuando hacía buen tiempo iba al cementerio todos los días para regar la tumba de Elisabeth. También él la vio, salió del camino y se acercó a ella. Dejó el cubo y la regadera en el suelo. «Qué hay, Vera.»

Ambos se quedaron un rato de pie bajo el sol. «Ya ha *dejao* de sufrir —dijo Heinrich, y vertió un poco de agua en las gerberas de la tumba de Karl—. No llores.»

Regó también la corona de acianos de Vera y el centro de rosas amarillas de los vecinos. El resto del agua, solo un par de gotas, se las tiró a ella por la cabeza y luego abrió mucho los ojos fingiendo espanto, le dio unos golpecitos en el hombro y se fue.

Vera se secó el agua del pelo y vio a Hinni Lührs regresar al grifo con su regadera y marchar luego hacia la tumba de su mujer.

El hombre se acuclilló con dificultad por la torpeza de sus piernas y se puso a buscar las flores marchitas de los dos matorrales de margaritas que crecían a izquierda y derecha de la tumba. Las fue cortando y echando al cubo, y luego siguió por las seis rosas que crecían en dos hileras paralelas al meticuloso caminito de losas. Las flores estaban cortadas para que crecieran exactamente a la altura de la lápida. Floridos soldados en posición de firmes.

Heinrich tampoco aceptaba medias tintas en el cuidado de la tumba.

«¿Por qué tan pronto?» Tras un repentino accidente mortal, la funeraria Suhr siempre aconsejaba esa inscripción, y casi siempre sugería añadir también un ángel encima.

Pero Heinrich Lührs no quiso saber nada de ángeles, y la pregunta de la lápida no la entendía como un susurro devoto, sino más bien como un alarido: ¡POR QUÉ TAN PRONTO!

Vera lo vio arrodillado en el cementerio, arrancando las flores con mano severa; él mismo había llevado a su mujer hasta allí con sus tres hijos.

Juntos habían cargado con el ataúd sobre los hombros; Heinrich y su hijo mayor delante, Jochen y Georg detrás, con sus trajes negros nuevos. Ellos cuatro habían llevado el pesado féretro de roble por todo el cementerio. Calados hasta los huesos, con las corbatas negras y los pantalones planchados con raya como banderas fúnebres al viento. Fue un día de lluvia y tormenta, por lo menos el tiempo acompañó la expresión furiosa con la que Heinrich se quedó junto a la tumba cuando ya no tuvo que cargar más, cuando ya no tuvo que hacer más que quedarse con las manos vacías junto a sus hijos. Nadie se atrevió a llorar.

Ninguno de los asistentes estuvo tan loco como para acercarse a Heinrich en la tumba y estrecharle la mano. Todos se volvieron para irse.

Entonces Karl cojeó hasta él y le sostuvo el paraguas sobre la cabeza hasta que Vera hubo acompañado a casa a sus hijos empapados.

Cuando regresó al cementerio, los dos seguían allí de pie, bajo el paraguas combado, los dos temblando de frío, y Heinrich siguió obstinado en no marcharse en el coche con ellos.

Todo pasaba, incluso para un hombre como Heinrich Lührs, que se tomaba absolutamente todo tan a pecho, que en su vida jamás volvería a pronunciar un padrenuestro porque había aprendido lo que podía significar ese «hágase tu voluntad». Que no se dejaba pisotear por nadie y que no quería saber nada de los ángeles.

Vera lo vio echar agua con cuidado sobre las rosas y las margaritas con su regadera. Por lo menos las flores y las matas se sometían a él. Crecían tal como él deseaba. En esa tumba solo se hacía la voluntad de Heinrich Lührs, por mucho que estuviera en terreno de Dios.

17

Plagas

El artículo de portada ya estaba decidido. «Del monte al plato», con una serie fotográfica abundante, pero nada de imágenes amables. Burkhard Weisswerth quería que fuesen crudas, honestas, sangrientas, duras. Solo le faltaba preguntarle a Vera Eckhoff cuándo podría salir de caza con ella, y por el momento no le diría nada de ningún fotógrafo. Tampoco estaba demasiado seguro de que Florian fuese el más adecuado para ese reportaje; después de que Dirk zum Felde los echara a patadas, se había tomado dos semanas de baja por enfermedad y aseguraba que también le había dejado «secuelas psicológicas». El hombre tenía treinta y tantos, pero se comportaba como una niña pequeña.

Su revista, *Campo y cocina,* no se convertiría en una de esas publicaciones ñoñas de *kitsch* rural, y tampoco en una de esas revistas con pajaritos cantores, corderitos y florecitas en la portada, llenas de recetas de sopitas de remolacha e instrucciones para proyectos absurdos con madera, calientaplatos, nidales y porquerías por el estilo. Y, sobre todo, NADA con fieltro. Por el amor de Dios. El fieltro ya había quedado muy atrás.

Burkhard Weisswerth redujo una marcha, torció por la estrecha pista y tomó la curva un poco forzada. La rueda trasera derrapó un momento y poco faltó para que acabara mal. No le habría hecho ninguna gracia, llevando como llevaba una botella de whisky puro de malta en una alforja y un bote del *chutney* de calabacín y manzana de Eva en la otra, así que moderó la velocidad. La iluminación de la carretera terminaba allí, después la oscuridad era total y la pista estaba resbaladiza y embarrada.

Desde el incidente de la patada solo había visto a Dirk zum Felde un par de veces, montado en su coche, y solo se habían saludado desde lejos. En realidad Dirk habría podido detenerse y decirle algo, porque era evidente que quien había exagerado con su reacción era él. Aunque había que reconocer que el tono de Florian tampoco era siempre el óptimo. En fin, pelillos a la mar.

Burkhard Weisswerth no era un hombre quisquilloso, así que había sacado cincuenta euros y se había ido a comprar un Glenfiddich de dieciocho años. Seguro que Dirk zum Felde sabría apreciarlo, era agricultor, pero no idiota. Eva le había dado el *chutney* para Britta... y una invitación a la fiesta de primavera de su «fábrica de mermeladas». Ya era la tercera vez que la organizaba, siempre el lunes de Pentecostés. Si el tiempo acompañaba y venía gente de Hamburgo con intención de hacer una excursión, ese día el negocio funcionaba muy bien.

Lo que mejor se vendía eran sus jaleas monovarietales. Eva encargaba las viejas variedades de manzanas a un pomólogo, un tipo genial que se había metido en la fruticultura pero que en realidad venía del campo de los Estudios Orientales. Enseguida se notaba que un hombre como él tenía un horizonte diferente al del agricultor típico de Altes Land. Haría falta mucha campaña informativa aún antes de que alguien como Dirk zum Felde por fin se diera cuenta de que la fruticultura moderna, con su explotación intensiva, su fertilización excesiva, sus monocultivos y toda esa historia de la ingeniería genética era una locura. ¡Una auténtica locura!

Burkhard Weisswerth, como periodista que era, también tenía su parte de responsabilidad, así que había pensado publicar un retrato del pomólogo en el número de otoño de *Campo y cocina*. Eva, el año anterior, ya había plantado en el jardín algunas variedades antiguas, la reineta ananás, la manzana para bizcocho de Horneburg y la joya de Kirchwerder, solo tres árboles de cada por el momento, pero por algo se empezaba.

Cuando llegó al patio de la granja tuvo que hacer un eslalon para esquivar un coche de plástico, un tractor infantil, un cochecito a pedales y un triciclo. Daba la impresión de que los niños hubiesen abandonado sus vehículos a toda prisa. El coche de plástico estaba volcado, el de pedales y el triciclo parecían haberse trabado entre sí después de una colisión, el tractor estaba cruzado delante de la puerta de entrada.

De un gran castaño colgaba una escalera de cuerda, y en la copa habían empezado a construir una casita de árbol. Alguien había clavado un par de tablones a diestro y siniestro y ya había enarbolado una bandera de John Deere.

En una pequeña carretilla se veía un cargamento de animales de granja —vacas, cerdos, ovejas— tirados unos sobre otros, como sacrificados después de una epidemia. Había una espada de madera clavada en un macetero. Pero ¿cuántos hijos tenía Dirk zum Felde?

Burkhard Weisswerth buscó un rincón libre donde dejar su bicicleta, se quitó el casco, sacó la botella de whisky de malta y el bote de *chutney* de las alforjas y se acercó a la puerta.

Disfrutaría con Dirk zum Felde de un destilado escocés bastante bueno, *no hard feelings,* «pegarían la hebra», hablarían de hombre a hombre, abrirían un poco sus corazones. Acercarse a las personas no era algo baladí si querías arreglártelas en el campo. Él estaba muy contento de tener buena mano para eso; no le daba miedo el contacto.

De hecho, siempre recibías muchísimo a cambio.

El timbre de la puerta era una manualidad de barro: un gran huevo con el cascarón roto. En el huevo decía «Zum Felde», y a su alrededor se enroscaban lagartijas de colores chillones. O dragones. ¿Saurios, quizá? Cada uno llevaba un nombre en la barriga: «Dirk», «Britta», «Pauline», «Hannes», «Erik», «Theis».

Burkhard Weisswerth dejó la botella, buscó el móvil en el bolsillo de su cazadora y sacó deprisa una foto de aquel timbre. ¡Eva tenía que verlo! Sentía verdadera pasión por las monstruosidades de cerámica, pasta de sal o terracota con las que la gente de aquel pueblo «decoraba» sus casas y sus jardines delanteros.

El faro de hormigón de Gesine Holst, con su dispositivo de luz intermitente, era difícil de superar, pero aquello de allí podía merecer un digno segundo puesto. Ya casi veía la cara que pondría Eva. Guardó otra vez el móvil y llamó a la puerta.

Unos ladridos nerviosos al otro lado, luego el correteo amortiguado de unos piececillos sobre el suelo de piedra. Un niño pequeño en pijama abrió, miró un momento las botas de trabajo de cuero de Rusia de Burkhard y exclamó:

–¡Fuera zapatos! –Luego desapareció otra vez en el interior de la casa.

–¿Quién está en la puerta, Theis?

–¡No lo sé!

Burkhard intentó deshacerse del enorme perro que trotaba a su alrededor, que meneaba la larga cola a su alrededor, que lo babeaba todo alrededor de sus pantalones, que olisqueaba alrededor del bote de *chutney*. Cómo lo detestaba...

–¡Muy buenas!

Britta zum Felde se acercó a la entrada. Llevaba una camiseta de Los Simpson que le llegaba hasta las rodillas, unos calcetines verde neón y un pañuelo puesto en la cabeza como si fuera un turbante.

—Ay, hola, Burkhard. ¡*Schnuppi*, déjalo tranquilo, venga, vete a la cocina! —Le dio un cachete al perro, y el animal se alejó sin rechistar, como si lo hubieran relevado de su tarea—. ¿Quieres pasar?

—Espero no molestar —dijo Burkhard.

—Acabamos de cenar, pasa. Puedes dejar las botas ahí mismo, en la esterilla.

De camino a la cocina, Burkhard Weisswerth pisó algo mojado y deseó que no fuera nada procedente del perro, que estaba tirado en el suelo como si fuera una alfombra de lana al lado del niño en pijama. El pequeño llenaba un carro de forraje con granos de maíz. Había desplegado en mitad de la cocina toda una granja con un gran parque móvil, lo cual no parecía molestarle a nadie, porque la cocina de los Zum Felde era gigantesca.

Al ver aquella mesa y el largo banco para sentarse, a Burkhard le vinieron a la mente albergues juveniles y granjas escuela. Los platos contenían todavía los restos de la cena, cáscaras de huevo, cortezas de queso, pieles de embutido, una rebanada mordida de pan con mantequilla. Encima de la mesa había un rollo de papel de cocina, a su lado una botella de kétchup enorme y un cazo con restos de chocolate a la taza sobre el que se había formado una telilla.

En el banco de la esquina estaba sentada una niña con largas trenzas rubias. Tenía la barbilla apoyada en las manos y leía un libro gordo. Levantó un momento la cabeza al ver a Burkhard, murmuró un «Hola» y siguió con su lectura. Junto a ella, dos niños que parecían exactamente iguales intentaban explicarle a su padre un truco de magia complicado. Hablaban los dos a la vez, hacían girar en el aire un trapo de cocina y un salero que en teoría debía desaparecer pero que, por lo visto, no había manera de que desapareciera.

—Buenas, Burkhard —dijo Dirk zum Felde, y le tendió la mano sin perder de vista el salero—. Un momento, que tengo que concentrarme en esto.

Estaba sentado a la mesa en camiseta interior térmica y, por lo que pudo ver Burkhard, también llevaba calzoncillos largos térmicos. Era la primera vez que veía a Dirk zum Felde sin su mono y le resultó algo embarazoso. Se sentía como un mirón.

—Pero siéntate —dijo Britta; le puso un vaso y le sirvió algo de color rojo que humeaba y olía a gominola de frutas.

El truco de magia por fin salió bien y los gemelos sonrieron. Más agujeros que dientes.

—¡Otra vez! ¡Otra vez!

Dos niños rubio platino, magos con agujeros en los dientes... Burkhard ya estaba teniendo otra idea para *Campo y cocina:* ¡padres rurales! Dirk zum Felde con sus cuatro hijos, en los frutales, en la nave de clasificación, montados en su tractor, construyendo la casita del árbol. Y el padre de Dirk todavía vivía, así que de ahí podía sacar incluso una crónica de tres generaciones. Los roles de género en el campo y la masculinidad en un contexto rural, ¡menudo tema sería ese!

Era sorprendente. Desde que vivía allí en el campo, las ideas se le ocurrían como si nada, ¡casi parecían perseguirlo! Porque ya no estaba embotado por el estruendo de la ciudad, ya no lo distraían los fantasmas ni los charlatanes de las reuniones de redacción, los bares de tapas, los vestíbulos de los teatros ni las galerías de arte... ¡Solo con pensar en todo el dinero que se ahorraba! ¡Y el tiempo! Allí en el campo disponía de todo el tiempo del mundo, el estrés era cosa del pasado, ¡el estrés era historia!

Era un hombre que había llegado a comprender lo esencial, estaba en paz consigo mismo, tenía los pies en el suelo. Ya no necesitaba nada de todo aquello.

Y algún día también Eva alcanzaría ese estado de serenidad.

La había pillado mirando apartamentos en Hamburgo en la web de *Immobilienscout*. Enseguida había cerrado la ventana al verlo entrar en la habitación, pero él pudo comprobarlo después, porque Eva nunca borraba el historial de búsqueda: «piso 3 hab. modernista en Hamburgo Eppendorf».

Lo primero que hizo fue salir a pedalear un poco con la bicicleta, por el Elba, hasta Stade y volver, a una media de 35 kilómetros por hora, y con eso consiguió tranquilizarse un tanto.

Por lo menos no había buscado pisos de alquiler, ni un «piso de 1 hab. para solteros», así que no parecía estar pensando en la separación. Además, eso sería... Él se habría dado cuenta.

Otras personas buscaban en Internet recetas, hoteles bonitos o a viejos compañeros de clase; Eva buscaba pisos con estuco. Un pasatiempo para las tardes invernales, no era más que eso.

Aquel invierno, de hecho, no había sido nada fácil, allí en el campo. Estaba dispuesto a admitirlo sin empacho: apenas nada de nieve, unas pocas heladas, solo ese constante viento del oeste que azuzaba la incesante lluvia. Una lluvia helada, aguanieve, chubascos, lloviznas, aguaceros. Un cielo como una lápida, apenas un día azul desde noviembre hasta marzo. Eso podía minarle la moral a cualquiera que tuviera ya una ligera predisposición.

Y las supuestas amigas de Eva no habían sido una gran ayuda. En invierno nunca iban a verla; en invierno allí no se acercaba ni un alma.

Al principio sí, al principio fueron todas. Querían ver cómo les iba a los dos pioneros viviendo solos allí en el campo, en su «mundo de las botas de lluvia».

El primer invierno habían tenido la casa llena por las tardes y los fines de semana. Habían salido a dar interminables paseos con cazadoras transpirables por los frutales junto al Elba, habían devorado el «sensacional» pastel de manzana de Eva, habían pasado horas sentadas junto a la estufa crepitante mientras la lluvia susurraba contra los cristales; «sencillamente fabuloso».

Les habían entusiasmado las casas pintorescas, el silencio, el paisaje fluvial de ensueño. Habían hablado de escribir libros, de una vida «sin maquillaje», habían fantaseado con el retiro, con cafeterías ecológicas que seguro que funcionarían de maravilla bajo esos tejados de cañas, con el «espíritu» de las viejas cabañas de agricultores.

El primer invierno, todas habían deseado mandar a paseo sus trabajos «cerebrales», ¡querían dedicarse a hacer algo con las manos! «Oye, yo podría vivir aquí, de verdad», había dicho Sabine, la mejor amiga de Eva. «Buscadme algo por ahí. No tiene que ser muy grande. Algo así como vuestra casa, para mí ya bastaría.»

Nada más que humo. El segundo invierno, Sabine solo había ido a verlos una vez, por el cumpleaños de Eva, a finales de enero, la misma lluvia, el mismo pastel, la misma madera quemando en la estufa. «Oye, en serio, Eva, yo aquí me moriría. ¿Cómo lo aguantas?» El comentario ideal para sacar a una amiga de su depresión de temporada, muchas gracias.

Sus amigas ya solo la visitaban en primavera, cuando se abrían las flores, o en verano, cuando grosellas, uvas espinas y frambuesas estaban maduras y Eva tenía que pasarse de la mañana a la noche recolectándolas, triturándolas y cociéndolas. Entonces se presentaban de pronto con sus bicicletas frente a la valla del jardín. Ring-ring-ring, una pequeña excursión de grupo. «¿Es que la gente del campo no preparáis café?»

Si había suerte, llamaban al móvil para avisar de su visita desde el ferri de Finkenwerder, y entonces a Eva aún le daba tiempo a hacer unos cuantos gofres y sacar unas cerezas del arcón congelador.

Detestaba cuando solo le quedaba un paquetito de galletas de mantequilla. Entonces se sentía ridícula. Galletas de supermercado en el mundo de las botas de lluvia; se moría de vergüenza.

Con un poco de antelación por lo menos podía correr al cuarto de baño, ponerse las lentillas, pintarse las pestañas, quitarse de debajo de las uñas la mayor parte de la tierra del jardín e incluso enviar a Burkhard un momento a la tienda de la granja de Nodorp para que comprara uno par de kilos de espárragos.

Después, cuando sus amigas por fin llegaban, estaban todas muy a gusto. Se tomaban su tiempo, disfrutaban del campo, paseaban por el jardín, recogían una fresa aquí, arrancaban un par de cerezas allá, «vivís como en el paraíso».

Se sentaban bajo los manzanos y se descalzaban, hablaban sobre insufribles compañeros de trabajo y textos terriblemente malos, sobre esos neuróticos obsesionados con destacar en las reuniones de todas las mañanas. «Alégrate de no tener que soportar nada de todo eso, Burkhard. ¡Menuda suerte tienes!»

Nunca decían que no a una copita de vino blanco. Eva entraba entonces en la casa y preparaba espárragos para todas. «¡Pero tenemos que irnos enseguida!» Ring-ring-ring, de vuelta a Hamburgo, que tenían entradas para la ópera. Y también querían ir a una conferencia en la Casa de la Literatura. A una inauguración en el Kaispeicher. A una fiesta al aire libre junto al Alster.

Esas noches, a veces, Eva lloraba desconsoladamente mientras le tocaba meter platos y copas en el lavavajillas, mientras recorría apurada el jardín para acabar de recolectar las bayas maduras antes de que se fuera la luz del día, mientras la licuadora rugía aún, entrada ya la noche, y ella, pasadas las doce, seguía dándole vueltas a las ollas de jalea y mermelada.

Y seguía llorando cuando, a la una de la madrugada, toda la cocina estaba pegajosa, los fogones, el suelo, los azulejos, cuando no había manera de que la maldita masa espesara, «¡me cago en todo!»

Cocinaba con agar-agar, que no era tan a prueba de tontos como el azúcar gelificante. La «fábrica de mermeladas» de Eva solo producía cremas, jaleas y confituras veganas.

¡Las brutas de la Asociación de Mujeres del Campo ni siquiera sabían lo que era eso! Ellas seguían echándole azúcar gelificante a sus jaleas y arrugaban la nariz ante la mermelada de calabacín y calabaza de Eva. «¡Lo que no sepan los agricultores...!»

No, Eva aún no estaba del todo adaptada al campo, Burkhard se daba perfecta cuenta. Todavía necesitaba algo de apoyo y alguna que otra distracción, sobre todo en la época del año con menos luz. Tampoco hacía falta que fueran entradas para los doce tenores en el Centro Cultural de Stade, ni el Coro de Marinos de la Flota del Mar Negro. Pero acercarse alguna vez al aperitivo jazzístico de Agathenburg, o a ver alguna obra de teatro en bajo alemán en Ladekop..., ¿por qué no? ¡Algo era algo!

La velada de la noche anterior no había sido ningún éxito. Una cena en el italiano, porque sí, en mitad de la semana, solo por salir de casa. Pero la gente se acostaba muy temprano en Altes Land.

A las nueve y media ya eran los últimos clientes, la camarera puso las sillas sobre las mesas, les preguntó si podía cobrarles ya y les dijo que la casa invitaba a una grapa. La respuesta de Eva no había estado nada bien.

«Si su grapa es tan asquerosa como su *chianti,* ya pueden usarla para limpiar el váter.»

Algo así no podía solucionarse ni con una buena propina.

Burkhard esperaba que ese lunes de Pentecostés hiciese muy buen tiempo y que asistiese mucha gente a la fiesta de primavera de Eva.

Si no, lo veía todo bastante negro.

—Puaj, ¿qué es ESO? —Uno de los gemelos había descubierto el *chutney* de Eva y lo levantó con ambas manos.

—Parece como si *Schnuppi* hubiese vomitado ahí dentro —canturreó el otro.

—¿Ah, sí? —Britta les quitó el bote—. ¿Y a qué se parece entonces la Nutella?

—¡Aaajjj! ¡Eeecs! ¡Puaj! —chillaron los gemelos antes de subir corriendo la escalera de madera rechinante.

Dos horas después, Burkhard Weisswerth, muy borracho, empujaba su bicicleta tumbada hacia casa. También estaba muy sobrio. De hecho, se podía estar ambas cosas a la vez. Un borracho sobrio, o un sobrio borracho. ¿Cómo se llamaba eso? Daba igual. No era una buena mezcla.

Primero cubitos, luego cola. Dirk y Britta zum Felde se habían preparado «un buen combinado» con su Glenfiddich de dieciocho años. Cuando se les acabó el refresco de cola, se pasaron al Sprite. Glenfiddich-Sprite con hielo.

Mira que se podía llegar a ser bruto...

Al menos el camino estaba lo bastante oscuro para poder mear contra un manzano. Eso que tenía...

18

Mirar para otro lado

En invierno solo se planchaba el cuello y los puños. Llevaba jersey encima de la camisa, así que nadie veía si el resto estaba arrugado o no.

Colocó la tabla en la cocina, lo bastante cerca de la ventana para poder mirar afuera pero no tanto como para que pudieran verlo a él desde el exterior. Heinrich Lührs prefería planchar sin ser observado.

Fuera hacía cada vez más calor, pronto ya no necesitaría el jersey, y encima de la camisa solo se pondría la chaqueta de trabajo. Así que tendría que volver a planchar toda la parte delantera, porque en primavera bien podía ser que tuviera que abrirse un poco la chaqueta estando al aire libre. La parte de atrás, de todos modos, la dejaría sin hacer. Esa no la planchaba hasta el verano.

Plantarse en la cocina a alisar camisas arrugadas. Como si no tuviera nada mejor que hacer.

Leni Cohrs también podría plancharle, se lo había ofrecido incluso. Iba una vez a la semana, limpiaba las ventanas, pasaba la aspiradora y fregaba los suelos, pero él la mantenía a distancia de su colada. La idea de que una mujer extraña le toqueteara las camisas o los pantalones... Y ya solo faltaría que también la ropa de cama y la interior. «Hasta ahí podíamos llegar, *'amos.*»

Ahora hacían unas camisas que ya no había que planchar, la vendedora de Holst le había enseñado una el verano anterior, porque había visto que estaba solo. Un hombre que iba solo a Holst a comprarse camisas o era viudo o era un solterón.

Se había quedado una, más por deferencia hacia la vendedora que otra cosa, porque era muy diferente a las camisas de cuadros grises y azules que solía llevar él. Era de rayas.

Y Vera se había fijado enseguida, desde luego. Le había silbado con los dedos, por lo que al principio él pensó que llamaba a los perros, pero entonces vio su enorme sonrisa y que le enseñaba los pulgares levantados.

Vera siempre había sido así, hacía esas cosas.

Como cuando saltó de cabeza desde el puente de Lühe; de repente se desnudó y se lanzó al río en ropa interior. Aquella vez tenía doce años como mucho. Y después, sin secarse, volvió a vestirse y regresó a casa en la vieja bicicleta de lechero de Karl Eckhoff.

Nadie saltaba de cabeza la primera vez desde el puente de Lühe. De palillo, como mucho de bomba, y las chicas ni eso. Saltar de cabeza era algo que solo hacían los locos. Y Vera Eckhoff.

Más adelante le enseñó cómo había aprendido a tirarse así: había practicado en el pajar de los Eckhoff. Desde lo alto del granero, corría por la pequeña rampa y luego saltaba con la cabeza por delante hacia el gran montón de heno. La rampa estaba bastante alta, pero tampoco era para tanto.

Allí, en el granero del desván, Heinrich no pudo evitar pensar todo el rato en Ida Eckhoff.

Se preguntó qué aspecto tendría alguien que se había colgado. Nunca había visto algo así.

«Como alguien que se ha quedado dormido bailando», dijo Vera, y le hizo una demostración. Dejó caer la cabeza hacia un lado y dio vueltas con los brazos colgando de aquí para allá. Después volvió a subirse al granero y saltó al heno.

Heinrich se tiró entonces también, pero a veces se preguntaba si Vera Eckhoff era una persona normal.

Con la ropa de cama iba muy deprisa. Humedeció un poco las fundas de almohada y de edredón con el pulverizador de agua; las piezas grandes eran menos engorrosas que las camisas.

Por la ventana vio a Vera regresar cabalgando a casa desde el Elba. ¡Claro que sí, siempre tenía que atravesar su arena bien rastrillada! Corrió a la ventana, dio unos golpecitos en el cristal y la amenazó con el dedo índice. Ella levantó un momento la fusta. Por fin había recuperado la forma, aunque había tardado lo suyo.

Parecía que hubiese perdido a un hijo, y no a un hombre de más de noventa años cansado de vivir.

Recordó aquella mañana de julio, cuando los dos habían arrastrado a un Karl Eckhoff rígido hasta su cama. Vera todavía estaba como siempre. Un poco pálida, claro, pero eso se podía entender.

Después del entierro, sin embargo, cuando la hermana se marchó, Vera se metió en la casa y dejó la consulta «cerrada temporalmente». Y cuando llegó el invierno, parecía un fantasma.

Por lo menos siguió dando de comer a las yeguas.

Heinrich se había acercado a echar un vistazo algún día, y ella fue a abrirle arrastrando las zapatillas. En albornoz, a las cinco de la tarde.

«¿Qué, Hinni, *quiés* ver si ya he hecho bastante el vago?»

Podía ser sarcástica. ¡Y de qué manera!

Así que la dejó allí plantada, con su albornoz y sus botas de lluvia en las caballerizas. Tampoco tenía por qué permitírselo todo a Vera Eckhoff.

«Pues ahí te *queas,* vieja gruñona.»

Después volvió a ver luz en casa de su vecina. Toda la noche.

En una casa tan vacía como esa, primero había que crecer y ocupar espacio, al principio se era demasiado pequeño.

Después del entierro de Elisabeth, las mujeres del vecindario habían ido a verlo con cazuelas de *gulasch* y pasteles, todos los días, por turnos, y lo hacían con buena intención.

Pero acabaron con él.

Comidas de viudo, recalentadas y engullidas en silencio. Había tanto silencio que Heinrich podía oírse masticar y tragar.

Algunas cosas tenían un sabor muy diferente a como las cocinaba Elisabeth, y entonces no era tan horrible.

Cuando sabían exactamente igual a como las preparaba ella, la comida se le hacía espantosa. Le pasaba entonces como en ese sueño recurrente del principio: soñaba que seguía viva.

Y luego tenía que despertar.

El primer invierno de su vida de viudo, el terreno de detrás de la casa se había quedado como si también hubiese muerto. Silencioso, oscuro y sin oler a nada.

En diciembre pensó que los árboles se quedarían así para siempre, como esqueletos con ramas en lugar de huesos roídos.

Pero en marzo empezaron a cambiar, estaban brotando otra vez de verdad.

Después llegaron unas heladas fuertes, ya entrado abril, pero aun así la mayoría de las yemas aguantaron.

En julio, de las ramas colgaban unas cerezas negras.

Muchas se abrieron cuando llegaron las lluvias intensas y el granizo.

Más adelante, en agosto, los manzanos dieron buena fruta, aunque algunos perdieron ramas en las tormentas de septiembre.

Sin embargo, teniéndolo todo en cuenta, el primer año sin Elisabeth su cosecha no había sido tan mala.

Se preguntó cómo lo hacía otra gente, la gente de ciudad que carecía de tierras, los trabajadores de oficina que no tenían a la naturaleza empujándolos para pasar todo ese primer año. O apaleándolos. Los que debían seguir adelante sin la ayuda de un tirano.

Vera no se había presentado con sopas ni pasteles, tampoco le hizo mermelada. Vera no era de las que te ponía la mano en el brazo.

Cuando lo veía arrodillado ante los arriates con los ojos rojos, miraba para otro lado, no intentaba oír lo que decía cuando hablaba solo junto al cerezo.

Vera golpeteaba con el puño el cristal de su ventana a las seis de la mañana cuando él no se podía levantar, cuando no quería empezar el día con ese silencio sepulcral. Cuando estaba tumbado en la cama como una piedra porque le horrorizaba esa única taza que esperaba en la cocina, sobre la mesa, como una superviviente.

«¡Hinni, *p'arriba!*» Todas las mañanas, durante casi medio año, Vera Eckhoff golpeó la ventana de su dormitorio y esperó hasta ver luz.

También le escribió una nota para que la pegara en la lavadora:

Camisas, pantalones, jerséis, calcetines 40°C
Sábanas, ropa interior, pañuelos 60°C
Cosas de lana a mano, agua tibia (¡sin escurrir!)

Lo acompañó al súper Edeka y le enseñó qué se pesaba y qué no, dónde se devolvían los cascos retornables, dónde estaban los copos de avena y las latas de salchichas.

Enseguida se dio cuenta de que no funcionaría. A Heinrich le daba vergüenza su carro de la compra, esas cuatro cosas lamentables que un viejo que ya no tenía mujer arrastraba por el supermercado. Todo el que mirase su carro podía ver que estaba solo. Era un hombre con tara, se sentía como un tullido sin pierna, o como si tuviera una cicatriz en la mejilla.

Heinrich Lührs no quería que las madres jóvenes con compras gigantescas para toda la familia lo dejaran pasar en la cola de la caja, no era asunto suyo con qué se cepillaba él los dientes o se lavaba el pelo, qué comía a mediodía o si le gustaban los bombones de licor.

«Déjamelo *anotao*», le dijo Vera al final, y desde entonces le llevaba la compra dos veces por semana. Él nunca protestaba si le compraba la botella que no era, aunque no ocurría a menudo. En ocasiones encontraba en las bolsas algo que no le había anotado en la lista, ratoncitos blancos de gominola, oporto o una cuña de queso, y él lo sacaba a la mesa cuando Vera iba a jugar al rummy.

Desenchufó el cable de la plancha y dobló las sábanas, se había dejado una arruga en el medio, «pues ahí se *quea*».

Al principio todavía cambiaba las sábanas de las dos camas, también lavaba las de Elisabeth y las planchaba cada vez. Ahora ya no lo hacía, era una tontería. Los almohadones y el edredón de su mujer estaban guardados en el armario desde hacía muchos años. ¿De qué servían?

Pero irse a la cama por la noche, encender la luz y ver esa mitad recogida, a eso nunca se acostumbraba uno. «El sitio de mi derecha está vacío...», decía el juego infantil. Era como el primer día, todas las noches. Un amargo despertar, todas las mañanas.

El pequeño Zum Felde dobló la esquina con su tractor y dio un gran rodeo para evitar el trecho de arena rastrillada. «Este es del terruño», pensó Heinrich Lührs.

Tres hijos tenía Dirk zum Felde, y todos querían ser agricultores. ¿Qué si no? Muchas veces los veía acompañar a su padre a los frutales; él también había tenido tres de esos.

«Padre, tampoco yo», y entonces se había quedado solo.

Rastrillaba su arena, podaba los árboles, abonaba, rociaba, cosechaba, en invierno lo dejaba todo bien apañado y en primavera empezaba otra vez desde el principio: pintar las ventanas, ir a buscar al techador porque había que parchear las cañas en una esquina, pintar la valla también, todo para nada, una y otra vez para nada, porque después de él no habría nadie.

Esa casa no estaba hecha para que en ella viviera un solitario, el último de los suyos.

Las casas como esa las construían los padres para sus hijos, y los hijos las cuidaban y las conservaban para sus hijos también, y nunca ningún hijo se había preguntado si era eso lo que deseaba. ¿Cuándo habían empezado a desear? ¿En qué momento se había introducido el error? ¿Cuándo se había producido el malentendido de que los hijos de agricultores podían elegir su propia vida, escoger una casa diferente solo porque era bonita, colorida y cómoda? Irse a Japón y cocinar pescado, trasladarse a Hannover para sentarse en un despacho. Y Georg, que sí era agricultor, el mejor de los tres, lo abandonaba todo y se buscaba otra granja solo porque no le gustaba su viejo. ¡Como si alguna vez a un hijo le hubiera gustado su padre!

Ese ya no era el mundo tal como Heinrich Lührs lo conocía. Había criado a tres hijos, había vivido como mandaban las costumbres, «lo que heredaste de tus padres», y de pronto se encontraba solo.

No estaba mejor que Vera, allí al lado, que nunca había hecho lo correcto, que siempre había ido contracorriente. No existían dos personas más diferentes que Vera y él, y de repente eran casi iguales. Dos viejos en dos casas viejas.

Abandonarlo todo y punto, «vender el *condenao* terreno» y largarse en una caravana. Otros lo hacían. Pero ¿en qué te convertías entonces? ¿En una persona sin una casa? Las casas seguían allí aunque las personas se marcharan..., o no se ocuparan de ellas, como Vera Eckhoff. Una fachada de entramado no se derrumbaba. Seguía en pie.

Heinrich Lührs, en cambio, no aguantaría mucho tiempo en pie sin su casa de entramado, y lo sabía.

A la casa de Vera todavía no le había pasado nada grave, por lo que él podía ver. Seguía siendo la misma barraca de siempre.

Solo que de pronto esa sobrina suya se había puesto a toquetear la fachada, jugándose la vida en lo alto de su escalera de cuarenta pies para los frutales.

«¡La próxima vez no mire!»

Esa frase debía de ser cosa de familia.

Si algo había aprendido Heinrich en sesenta décadas de vecindad con Vera Eckhoff era eso.

«No mires tanto *p'allá*.»

Heinrich Lührs no miró cuando la policía de Stade acudió a la granja de los Eckhoff porque Ida colgaba en el granero con su traje regional. Y tampoco miró más tarde, cuando llegó el coche fúnebre.

Como no lo hizo Vera. Estuvieron jugando al parchís, su madre encendió la estufa especialmente para ellos, aunque fuese ya tan de noche. «Juega con la chiquilla —le susurró al niño en la cocina—, juega un rato, Heinrich.» Sus hermanos también se les unieron.

A Vera le encantaba comer fichas, sobre todo cuando les faltaba poco para ponerse a salvo, cuando el otro ya tenía tres fichas en casa y solo tenía que sacar un uno final con el dado. ¡Zas! Esa noche ganó casi todas las partidas. «¡Mi día de suerte!»

En aquella época Heinrich aún no se extrañaba por el comportamiento de Vera. Eso solo empezó cuando ella le describió qué aspecto tenían las personas colgadas: como dormidas mientras bailaban, igual que la abuela Ida.

Pero Vera le explicó que también había visto a otros, otros que colgaban de los árboles al borde de la carretera como grandes espantapájaros negros.

Aunque eso solo en el lugar de donde ella venía, no en Altes Land. Allí los muertos no se colgaban fuera.

«¡No mires tanto *p'allá*, Heinrich!» Dos o tres veranos después de que Vera saltara de cabeza desde el puente de Lühe, su madre lo había apartado de la ventana de la cocina cuando a la granja de los Eckhoff llegó un Opel Kapitän azul oscuro, nuevecito, seis cilindros, sesenta caballos o más. Entonces la madre de Vera salió por la puerta con tacones altos y solo con una maleta pequeña en la mano. «¡Que dejes de mirar *p'allá!*»

Heinrich, no obstante, salió y echó a correr detrás del coche que se alejaba de la granja y pudo echarle un vistazo rápido a la parte trasera. Un cochazo así solo podía tenerse en sueños.

Vera estaba algo apartada, junto al cobertizo de Karl Eckhoff, un poco encorvada y con el puño en la boca. Mejor no mirar.

Enseguida se corrió la voz de que Hildegard von Kamcke había huido con su caballero del Opel Kapitän. Que le había dejado a Karl allí a su hija como premio de consolación.

Pero, según cómo se mirase, la vida de los Eckhoff parecía bastante normal. Vera sacaba sobresalientes en el colegio y cruzaba todo el pueblo en la vieja bici de lechero de Karl Eckhoff sin manos. Cuando Heinrich se ponía a su lado sin manos también, ella entrelazaba las suyas detrás de la cabeza o se las guardaba en los bolsillos del chaquetón. Incluso habría cerrado los ojos en plena marcha si él le hubiera seguido el juego en esa competición.

«¿Qué va a hacer esa chiquilla *desgraciá?*», preguntó Minna Lührs cuando llegó febrero y Hildegard seguía sin ir a buscar a su hija. En marzo tenía que celebrar su confirmación, el menor de los Lührs y Vera Eckhoff eran del mismo año. ¿De dónde sacaría un vestido una niña que no tenía a su madre consigo?

«Tengo de *tó*», contestó Vera cuando Minna Lührs fue a casa de los Eckhoff a preguntar.

Cuatro semanas después, en la iglesia, todos pudieron ver que a Vera Eckhoff nadie le había cosido un vestido ni tampoco se lo había comprado. Llevaba uno que le estaba demasiado grande, las mangas le bailaban y las llevaba ceñidas de alguna manera a las muñecas para que no se le resbalaran.

Cuando levantó el libro de cánticos, por fin lo vieron. Se las había atado a los brazos con gomas elásticas. «Dios bendito», susurró Minna Lührs.

Heinrich se dio cuenta de que Vera había teñido con betún negro sus botines marrones, y enseguida miró para otro lado.

Pero su padre, Heinrich Lührs el Viejo, no apartó la mirada cuando todos regresaron a casa después de la misa. Al contrario, se volvió hacia Karl y Vera, que iban detrás de ellos porque sus caminos coincidían.

«¡Ahí va el cojo con su gitana *recogía!*» Ya había bebido antes de la iglesia, así que lo dijo en voz bien alta.

Los hermanos de Heinrich soltaron unas risillas, la madre apretó el paso enseguida, casi corrió hasta llegar a casa, y Heinrich no se apartó de su lado.

Cuando ya tenían a los invitados en el salón, junto a la mesa de mantel blanco, la mujer envió a su hijo a casa de los Eckhoff con una sopa de huevo y un plato de pastelitos. Se había pasado días cocinando y horneando.

Heinrich tendría que haberlo imaginado ya entonces. De repente quería morirse, o que se lo tragara la tierra, plantado allí con sus bienintencionadas ofrendas ante Karl y Vera.

Los encontró sentados en la cocina con una tarta de nata de la pastelería de Gerde servida en la mesa sobre su propio envoltorio, comiéndosela con cucharas soperas y bebiendo un refresco de color rojo.

Karl, que casi desaparecía dentro de ese traje que le iba tan grande, y Vera, que debía de haber encontrado su vestido en algún armario, en el de Ida o el de Hildegard, estaban ahí sentados como dos niños disfrazados. Dos niños huérfanos que jugaban a papás y a mamás.

«De madre», dijo Heinrich. Vera se había levantado y parecía sobresaltada. No lo miraba a él, miraba el gran plato de pastelitos sin saber qué hacer. Heinrich lo dejó en la mesa, y el bol de sopa a su lado, y se marchó deprisa.

«Dile a tu madre que *mu agradecíos*», dijo Karl.

Ese día Heinrich Lührs aprendió la lección.

Se podía vivir sin madre, sin invitados, sin una mesa con mantel blanco, se podía estar en una cocina a solas con un hombre empequeñecido y tarado y comer tarta con cuchara sopera. Nada de eso era malo.

Solo era malo que te vieran en esa situación. Entonces sí era muy malo.

«No hay que mirar *p'allá*.»

Heinrich se había atenido a esa regla cuando la casa y la granja de los Eckhoff empezaron a deteriorarse, cuando permitieron que el jardín se les llenara de hierbajos y dejaron sin pintar la valla y las ventanas.

Solo había mirado en alguna ocasión, más adelante, cuando Vera ya era adulta y él el padre de familia. Cuando ella paseaba por el Elba con desconocidos y él se preguntaba a veces cómo habría sido todo si...

Si no se hubiese caído sobre los añicos de cristal en el vestíbulo de Vera Eckhoff, si no hubiese sangrado y llorado como un niño pequeño porque su padre le había pegado. Si Vera no hubiese echado al viejo de la casa apuntándole con la escopeta.

195

Aquella misma noche ella había barrido todos los cristales. Él la había oído, cuando sus hermanos dormían ya, y también las chicas de Stade. Habría podido salir al vestíbulo a hablar con ella.

Seguramente eso era lo que esperaba Vera. A Hinni Lührs el Llorica.

«Nadie nos ha *dao* vela en ese entierro, Heinrich», decía Elisabeth cada vez que veían pasar a Vera Eckhoff de la mano de algún tipo de Hamburgo. «No mires *p'allá*.»

19

Cajas plegables

Christoph le quitó a Anne de las manos la caja plegable con las cosas de Leon: su pijama, las botas de lluvia, ropa para dos días y su peluche. Por un instante pareció pensar si debía darle un beso en la mejilla.

Decidió no hacerlo. Dejó la caja en el pasillo, levantó a Leon en brazos, le dio un beso al niño y a Anne solo le apretó el brazo, como si se tratara de su tía.

Era la segunda «entrega» después de un mes de separación, todavía estaban ensayando. Custodia compartida, naturalmente; ya no eran pareja, pero sí unos padres que querían lo mejor para su hijo.

Se tomarían un café juntos cada dos viernes y acordarían todo lo que hubiera que decidir, zapatos nuevos, visitas al pediatra. Un trato civilizado, por el bien del niño. Era lo habitual en las relaciones rotas del barrio de Ottensen. Empezaban con entrega y entusiasmo, terminaban con entregas de niños. Besos y cajas plegables, sentido común hasta la muerte por asfixia.

Anne ya solo era una invitada en ese apartamento; menos que eso, una simple proveedora. Esperaba poder acostumbrarse a ello algún día.

Leon corrió a su habitación. Anne lo oyó revolver en su caja de juguetes, en sus tesoros, esos que casi había olvidado. Cada dos viernes redescubría de nuevo su antigua habitación.

Desde el descansillo se oían unos fuertes martillazos, como si alguien estuviera arrancando las baldosas viejas de la pared.

—Los Ude se marcharon la semana pasada —explicó Christoph—, ahora lo están dejando todo nuevo. —Cerró la puerta y se hizo cargo de su cazadora—. Ayer pasé a mirar el piso. Tiene una habitación más que el nuestro, un baño mayor.

—¿Para qué? ¿Quieres mudarte?

Un ligero carraspeo. Anne lo entendió todo en cuanto entró en la cocina.

La imagen del corcho parecía estar allí para tenderle una emboscada, se le echó encima como un depredador. Unos borrones en blanco y negro entre los que todavía no se distinguía gran cosa, solo algo con forma de judía dentro de una burbuja.

Una habitación más, un baño mayor.

—Pues sí —dijo Christoph, y se encogió de hombros—. Décima semana. —Le sonrió—. A veces estas cosas van deprisa. Tú tenías que ser la primera en saberlo, para mí era importante, Anne. ¿Un café?

Christoph desnudo junto a la mesa de la cocina, las uñas rojas de los pies de Carola. ¿Cuánto hacía de eso? Diez semanas todavía no.

Había empezado mucho antes.

Algo se quebró en su interior, sintió cómo le abandonaban las fuerzas, cómo se vaciaba, se desdibujaba por los bordes. Todo lo que había sido, lo que Anne tenía por firme y sólido, se desprendió de ella. A su alrededor se levantó un frío oleaje, muy deprisa, una marea que le hizo perder pie y que parecía arrastrar consigo las sillas, la mesa y los armarios, la cocina, esa casa. El mundo se hundía, solo aquel hombre nadaba en la superficie, completamente a salvo, su cabeza, su mirada, su felicidad.

Anne oyó a Leon revolver entre sus CD de canciones infantiles, seguramente buscando el de Fredrik Vahle. Christoph cerró la puerta de la cocina. Sirvió café, le acercó una taza, «siéntate», se reclinó en el respaldo de la silla sin mirarla, dejó vagar la mirada por el balcón, hacia el patio, más allá de ella, sacudiendo la cabeza y sonriendo, «todo esto es bastante loco».

Buscar un cuchillo, clavárselo en esa sonrisa hasta que por fin también él se hundiera en su propia sangre.

Se le nubló la vista, notó en la boca un sabor amargo como el veneno.

Consiguió llegar al baño cuando sus arcadas parecían ya las de una persona a punto de ahogarse, aunque al final solo salió bilis. Se sentó en el borde de la bañera y se apoyó llorando contra los azulejos. No abrió cuando Christoph se acercó a la puerta.

—Anne, oye, ¿te encuentras bien?

La felicidad de él era como un grueso pelaje. Estaba enamorado y era invulnerable, vivía en un mundo abrigado y hermético y nada de su pasado podía atravesar esa piel. Un sufrimiento de caja plegable no podía traspasarla.

Sonó el teléfono y Anne oyó que Christoph volvía a la cocina. Se lavó la cara con agua fría y fue a la habitación de Leon, que había sacado los coches de su caja y los había puesto en fila sobre la alfombra.

—¡Mira qué atasco, Anne!

Se sentó con él, quiso estrecharlo, llevárselo, salir corriendo con ese hijo pequeño que en realidad no le pertenecía. Ese hijo que ahora tendría una vida en el campo y otra en la ciudad, dos camas, un calendario de «fines de semana con papá».

Pronto sería un hermano mayor. Padre, madre, dos niños, «una habitación más, un baño mayor».

Y en algún lugar, lejos de allí, en una granja que casi se caía a pedazos, otra madre, grapada al tapiz familiar aunque en realidad ya no fuera necesaria. Jamás volvería a encajar con el resto, con la parte bonita y perfecta. Un remiendo, una chapuza, un *patchwork* mal cosido. Así estaba confeccionada la tristeza. Retazos de padres circunspectos en fiestas de cumpleaños, una nostalgia ahogada en celebraciones familiares. Entregas con cajas plegables y con Carola, siempre civilizadas. Y, por las noches, sueños con cuchillos y sangre.

Saber que era la de las uñas pintadas de rojo quien se tumbaba junto a Leon, quien le leía un cuento por las noches, quien le cantaba canciones y le daba un beso.

Un crimen para el que no existía castigo, que ni siquiera tenía nombre.

Christoph y ella no se habían casado, nunca se habían prometido nada. Dos personas con un niño, tres puntos sueltos ligeramente entrelazados. No había durado mucho.

Carola solo había tenido que tirar un poco del hilo.

Anne le dio un beso rápido a Leon.

—Hasta pasado mañana, cielo.

Se puso el abrigo, las botas, fue a por su bolso, salió corriendo del apartamento y tropezó bajando la escalera. Abajo, en el portal, se encontró con Carola y no pudo controlarse. No se detuvo, sino que la apartó a un lado, a ella, a su barriga y a sus asquerosos puerros de cultivo ecológico del mercadillo semanal. Cerró con tal portazo que los cristales retumbaron.

Consiguió sacar el Mercedes Benz de Vera de la plaza de aparcamiento sin llevarse ningún coche por delante, sin atropellar a ningún peatón, y logró llegar sin tener ningún accidente al barrio de Barmbek, donde en la carpintería Drewe la esperaban a comer.

Al ver a Anne, Hertha apagó el fogón y Carsten y Karl-Heinz se volvieron un rato al taller.

Hertha la ayudó a quitarse el abrigo, la llevó a la mesa de la cocina y allí la sentó en el banco esquinero y la estrechó mientras se sacaba un pañuelo de la manga. Nada de lo que decía se entendía demasiado. Era el fin del mundo, eso estaba claro.

Aunque el mundo casi siempre volvía a renacer. Hertha Drewe tenía bastante experiencia con fines del mundo. Daba lo mismo qué le preguntara, qué le dijera. Solo tenía que acunarla un poco.

—Ay, pequeña...

Al cantamañanas de Anne lo había visto dos o tres veces nada más, el escritor con su camisa blanca.

Con una sola le habría bastado. Enseguida se veía que de ahí no podía salir nada bueno. Un tipo así no duraba. Un hijo aquí, otro allá, no era leal y bueno; serlo le habría resultado demasiado limitado.

Eso Hertha lo veía enseguida en un hombre. Pero no había dicho nada, ¿para qué? Nadie quería oír algo así.

También había sabido desde el principio que Urte no era para Carsten. «Yo opino, yo opino» de la mañana a la noche, y siempre tenía que tener la última palabra. Además, con las comidas era un drama: carne no quería, la leche no podía tomarla y el café no le gustaba, solo bebía la infusión de jengibre que se traía de su casa cuando iba a verlos. Como si Hertha quisiera envenenarla. Y, con sinceridad, físicamente tampoco es que fuera gran cosa. Incluso Karl-Heinz lo había admitido una vez, y eso que él solía ser muy discreto: «No hay mucho donde mirar». Siempre con ropa de lana, ancha y mohosa, la falda casi hasta los tobillos, nunca nada que fuese medio moderno.

Poco a poco parecía que también Carsten se iba dando cuenta, ya no le oían hablar de Urte. Y Hertha no preguntaba. ¡Nada, prefería no preguntar nada!

Sin embargo, ya podían olvidarse de tener nietos.

Por lo menos tenían a *Rudi,* que era mejor que nada.

Al principio ella no había estado de acuerdo, porque un perro no era ni mucho menos un sustituto. Pero, al final, el pequeño glotón había resultado ser un consuelo, y a veces Karl-Heinz se reía cuando *Rudi* se le acercaba con su patito de goma y esos andares de perro salchicha, o cuando saltaba al sofá para ponerse junto a él.

Desde el ictus, Karl-Heinz ya no era el de antes, le había quedado todo el lado izquierdo completamente inservible y en el taller no hacía más que estorbar. Carsten no se lo decía, tenía mucha paciencia con su viejo padre. Aun así, el propio Karl-Heinz lo notaba; la cabeza la tenía bastante clara.

Había conseguido mejorar con el habla, aunque de vez en cuando tenía que rebuscar mucho para encontrar las palabras y luego acababa escogiendo la que no era. «Es como en los puzles, padre –le decía Carsten–, a veces hay que buscar mucho hasta dar con la pieza que encaja.»

Lo bueno era que ya casi nunca se peleaban. Tampoco tenían motivo. Karl-Heinz ya no podía serrar más planchas de aglomerado y Carsten había dejado de trabajar con laminados y ventanas de PVC. Tampoco tenía aprendices, solo fabricaba muebles.

Todos los miércoles se les presentaba en el taller una horda de chicos de trece y catorce años, de una asociación juvenil, y Carsten les enseñaba a hacer estanterías o pequeños taburetes. Karl-Heinz se puso hecho una furia al principio, «quinquis» en el taller, pero los chavales tenían un aspecto mucho más duro de lo que eran en realidad, y también él lo había sabido ver.

Al final todos lo llamaban «abuelo Drewe», y a ella «abuela Bizcocho». Todos se acercaban a la casa a la hora del café.

Uno no podía pasarse toda la vida preocupado. Carsten salía adelante con poco, siempre había sido así. Volvía a vivir encima del taller, en su habitación atestada de cosas. Se pasaba por casa de sus padres para comer y ducharse, y también para hacer puzles.

Las noches que no estaba cepillando una de sus cómodas de nogal, siempre piezas únicas, se dedicaba a hacer él mismo los diseños. «¡Las horas, mejor ni contarlas!» Karl-Heinz jamás pudo entenderlo, el chico no tenía ni un poco de ambición, ni una pizca de instinto para los negocios.

Antes podían pasarse tres días enteros peleando por algo así, pero en la carpintería Drewe las cosas se habían vuelto más tranquilas. No todo era malo al envejecer. Se dejaba de lado la esperanza, pero también los miedos.

—Bueno, aprendiza, ¿ya te encuentras mejor? —Carsten entró en la cocina y pescó una albóndiga de la sartén—. Mi padre dice que te diga que, si esto dura mucho más, tendremos que comernos a *Rudi*.

—Sigo siendo oficial —corrigió Anne mientras se dirigía al fregadero para lavarse la cara.

Hertha volvió a encender el fuego.

Después de comer, Anne sacó del maletero del coche la ventana que había bajado del frontón de Vera Eckhoff y se la llevó a Carsten al taller.

—Veintitrés piezas en total —dijo—, aunque esta es la más pequeña. Puedo enviarte por correo electrónico las medidas, pero para las puertas y las vigas necesitaré tu ojo de maestro.

Carsten levantó las cejas y sonrió, se sacó el tabaco del bolsillo del pantalón de pana y lió un cigarrillo.

A Anne le habría gustado subirlo en ese mismo instante al viejo Mercedes Benz de Vera, y a Hertha y a Karl-Heinz también, y hasta al perro si hacía falta; le horrorizaba el viaje de vuelta sin compañía, llegar a esa enorme casa vacía, la noche a solas con Vera, que se helaba de frío tanto como ella y siempre tenía las manos azules.

La mirada del conejo, que aguardaba en la habitación de Leon, solo en su jaula. «Cría en solitario, mala para la especie.»

Carsten le dejó tres cigarrillos de liar y un mechero en el asiento del acompañante. Dio dos golpes en el techo del coche y luego regresó al taller. Hertha estaba en el patio y se despidió de ella con las dos manos.

Pasado el túnel del Elba, Anne encendió la radio, que estaba encallada en una emisora de clásicos. Kate Bush cantaba *Don't give up;* la apagó.

Paró en el embarcadero del ferri del Elba, se compró un café y se fumó los cigarrillos de Carsten en un banco junto al agua. «¡Sonríe, estás en el distrito de Stade!» Las banderas colgaban del mástil como trapos mojados.

Una gaviota se balanceaba con obstinación en la estela del ferri, no se veía ninguna otra por ningún lugar, casi parecía una prueba de valentía. O tal vez, sencillamente, no había entendido que aquel no era un buen lugar para una gaviota.

Anne sintió un mareo con el tercer cigarrillo, pero aun así siguió fumando.

Marlene lo había sabido desde el principio, por supuesto.

«¡Un hombre sin ningún potencial!»

Sin embargo, había sido lo bastante lista para no decir nada hasta después de la separación.

«Ya sé que ahora no quieres oírlo, Anne...»

«No, no quiero.»

«...pero Christoph se pasará la vida escribiendo novelas policíacas mediocres y quemando mujeres. Esa clase de hombres no sirven para nada más. Es un fantasma. Deberías alegrarte de que...»

«Si me alegro, madre. Estoy contentísima. Casi no me puedo contener.»

«Dios mío, Anne. Para una vez que digo algo.»

Lo peor era que en realidad no se equivocaba.

El certero instinto de Marlene para los hombres «con potencial» la había llevado a casarse con Enno Hove, un joven nacido en una granja que había estudiado Física gracias a una beca, y después la Fundación le había facilitado el doctorado.

Fundación de Estudios del Pueblo Alemán; solo con eso bastó para convencer incluso a Hildegard Jacobi de su potencial. Y Enno Hove no había defraudado a nadie. No tuvo una vida ostentosa, pero sí elegante. Profesor universitario, piano de cola en el salón, dos hijos con talento, una mujer hermosa.

La casa ya estaba pagada cuando falleció, y también el piano. Enno Hove era un hombre de fiar.

Un ataque al corazón con cincuenta años, mientras daba clase con el aula llena; fue el único momento dramático que ese hombre tranquilo se permitió jamás.

Anne tuvo a su hijo demasiado tarde, tres meses después de su muerte. Le habría encantado poder presentarle a Leon, lo único que le había salido bien en la vida.

Marlene lloró la muerte de Enno Hove con sentimiento y con muchas lágrimas, pero no demasiado tiempo, porque con su llanto tampoco lo resucitaría. Ahora muchas veces se iba de viaje con Thomas, su mujer y sus hijos, y cuidaba de los dos pequeños cuando sus padres tenían ensayos de orquesta o tardes de concierto, él en el atril de director, Svetlana al piano. Marlene todavía podía disfrutar de cierto glamour.

Desde hacía poco rondaba por ahí un trompa. Anne se había enterado por Thomas. «Madre tiene una aventura», le había escrito en su último correo electrónico. «Pero yo no te he dicho nada. :)»

Un trompa con potencial, se apostaba lo que fuera.

Marlene, maestra de las pausas al teléfono, había tragado saliva sonoramente al enterarse de que Anne se había ido a vivir con Vera.

«También habrías podido venir a casa, Anne. —Pausa—. Aquí hay muchas habitaciones vacías.» Sonó como si lo propusiera en serio.

«Las dos bajo un mismo techo, madre...» Anne intentó reír, Marlene colgó.

Anne tiró lo que le quedaba de café al Elba y después subió al coche para regresar con Vera a esa casa fría y tozuda.

20

Ningún ruido

La casa se mantuvo en silencio, contuvo el aliento durante tres días y tres noches, como una ballena que se ha sumergido en las profundidades, hasta que Marlene hubo partido.

Vera recogió la cocina, desvistió la cama de su hermana, volvió a guardar las cartas de su madre en el arcón de roble.

Después se sentó fuera, en el banco, hasta que las bandadas de mosquitos llegaron desde las acequias, y se bebió el vino que había quedado de la noche anterior. Aún no era de noche cuando entró a sentarse en la cocina. Tomó un poco de sopa de Marlene y vio salir la luna por la ventana.

Casi creyó en esa paz.

Al principio no quiso oír los crujidos. Llamó a los perros para que le hicieran compañía.

Una vieja viga... o un hueso que se partía o que alguien rompía.

Un siseo por encima de su cabeza.

Un animal... o el viento, y unos bailarines cansados que arrastraban sus pies pesados por el suelo.

Y un silencio que contaba hasta cien.

Un aleteo ante la puerta de la cocina, un susurro desde las paredes. O una respiración.

Sillas pesadas que rechinaban sobre los tablones burdos.

Un coro de viejas voces que cantaba en voz baja.

En esas casas no se podía estar solo, no estaban construidas para eso.

«Quien tras mí venga», pero detrás de ella no venía nadie. Vera se sintió caer.

Por debajo de las viejas voces yacía un silencio que era más viejo todavía, viejo y oscuro como el mar, o como el todo, y su caída no se detenía, Vera caía del mundo, se dejaba ir, ya no había nadie para sostenerla. Imposible encontrar a Karl en esa negrura profunda; él se había hundido hasta el fondo, si es que lo había, un fondo, si es que no se hundía uno eternamente.

Algo que rodaba, algo pequeño, una bolita, una bobina.

O un botón de plata de un viejo traje regional.

O ella misma, que no era más que un juguete, una pequeña peonza que la casa hacía girar entre sus gruesos muros.

Una niña que lloraba. O un gato que gimoteaba fuera, aves nocturnas que gritaban. Vera ya no pudo salir de la cocina, ni siquiera al vestíbulo, donde la esperaba una formación de voces malignas.

Donde desfilaban los soldados con los que Karl había marchado durante las noches de décadas enteras. Se los había dejado a todos allí. Y por encima bailaba Ida dormida, y todos esos otros a quienes no conocía pero que habían respirado y muerto en la casa.

«Esta casa es mía y no lo es...» No podía salir de allí. Era un musgo que solo podía aferrarse a esos muros. Que no podía crecer ni florecer, pero sí resistir.

Era una refugiada, una vez casi había muerto de frío y ya nunca más había encontrado calor. Sí había encontrado una casa, una casa cualquiera, y allí se había quedado solo para no tener que volver a la nieve.

El Elba se heló el segundo invierno que pasó en Altes Land. Los niños corrían en el hielo, Hinni Lührs con sus hermanos, Hans zum Felde y las gordas hermanas Pape. «Vera, vente tú también.»

Ella había ido, pero solo hasta el dique, sin pisar el hielo. Tampoco más adelante, cuando Karl le regaló unos patines por Navidad y todos los demás niños se deslizaban por las acequias blancas a ver quien corría más. Vera no se puso sus patines.

El hielo no era de fiar, ella lo había visto romperse, había visto cómo se hundían las personas en él.

Algunas se deslizaban hacia el agua en silencio, sin hacer ningún ruido, como si por el camino hubieran aprendido a no gritar. Los que más gritaban eran los caballos.

Todo podía olvidarse si lo deseabas de verdad. Incluso Vera Eckhoff podía.

Olvidó el crujir de los zapatos sobre la nieve profunda, las amenazas de los aviones, las cabezas de los pilotos, que se veían cuando llegaban volando por encima del hielo. Olvidó las llamas rojas y luminosas de los pueblos que ardían, olvidó los espantapájaros que colgaban de los árboles con los cuellos doblados, todos esos cuerpos retorcidos y quietos en las cunetas.

Olvidó al hermano pequeño en su frío cochecito infantil, incluso la muñeca, su muñeca, que dejó al lado del pequeño, en su cojín blanco, porque no le permitieron recuperarla cuando abandonaron el cochecito; Hildegard no hacía más que tirar de ella para seguir camino y alejarla de la suave muñeca con pelo de verdad que el niño Jesús acababa de traerle por Navidad.

Todo podía olvidarse, lo único que nunca desaparecía eran los gritos de los caballos.

Vera siguió sentada en la cocina sin hacer ningún ruido, intentando ser invisible. Tal vez así no la encontraran.

Tal vez así pasaran de largo. Los soldados de Karl y todas las figuras harapientas y heladas con sus cochecitos infantiles y esos pasos que crujían en la nieve. Los olvidados, ¿qué querían de ella después de tantos años?

Los pájaros la liberaron al alba con el ruidoso despertar de un día de verano. Cuando salió el sol, Vera preparó café y dejó salir a los perros. Debía de haberse quedado dormida en la silla de la cocina. Solo lo había soñado, había tenido miedo del hombre del saco, como un niño que teme la oscuridad. Vistos a la luz del día, sus dramas nocturnos no eran más que folletines, sus demonios nada más que monstruos de un tren de la bruja.

La tarde siguiente encendió la luz en todas las habitaciones antes de que oscureciera. En la cocina puso la radio. Entonces sacó una pila de revistas de viajes *Merian* de la estantería, se preparó un té y se sentó a la gran mesa del vestíbulo dejando todas las puertas abiertas. Desde la cocina le llegaba la música. Al principio los perros no hacían más que ir de aquí para allá sin entender nada, después se tumbaron a sus pies.

Leyó reportajes sobre las banquisas de la Patagonia, los antílopes de Namibia, los monasterios del valle de Engadina y se fue a la cama poco antes de medianoche. Dejó las luces encendidas, y la radio, y fingió que esa vez no oía ni mucho menos los susurros, los lloriqueos, los bailes, los pasos de los olvidados en su vestíbulo.

Escuchó la música, intentó pensar en Namibia, en Patagonia, y durmió media hora. Despertó sobresaltada por imágenes de pueblos prusianos ardiendo.

Se tapó la cabeza con las mantas y no hizo ningún ruido.

Concilió el sueño otra vez al oír los mirlos y despertó cuando el sol del mediodía entraba por su ventana. Quiso reírse de los folletines y los monstruos del tren de la bruja, pero no pudo.

La tercera noche durmió en su consulta, en el viejo sofá que había comprado para Karl. Fue la única vez que se permitió huir. Soñó que su casa era pasto de las llamas, despertó sobresaltada con las primeras luces del alba y regresó. La casa no ardía. Se fue con los perros al Elba hasta que salió el sol y pensó en Hildegard von Kamcke: «La cabeza bien alta, aunque lleves el cuello mugriento».

Las lecciones prusianas de su madre habían calado en ella, Vera las había aprendido siendo lo bastante joven.

Que había que hacerse cazador si no querías ser la liebre. Que había que galopar a caballo por las calles de ese pueblo y mirar la coronilla de esos agricultores de las marismas desde arriba si no querías ser gente de a pie.

No pensaba dejar que la casa la expulsara, ni los monstruos del tren de la bruja ni las frías paredes. «Esta casa es mía.»

Hizo lo que Karl. Dejó que la ayudara el Psychopax, y también el doctor Martin Burger. Sus noches se volvieron más tranquilas; los días, más turbios. Ya solo aceptaba pacientes por las tardes, aunque de todas formas le quedaban muy pocos. Le costaba mucho trabajo ocuparse de las yeguas y los perros, iba siendo momento de deshacerse de los animales, pero ¿quién querría dos Trakehner achacosas y esos perros de caza cansados y babosos?

La joven Vera Eckhoff los habría sacrificado de un tiro. Eso había hecho con sus primeros dos perros en cuanto vio que se acercaba el final. Uno tenía doce años, el otro dieciséis; le había costado, pero aun así lo había hecho.

La vieja Vera Eckhoff, que había enterrado a Karl, ya no quería matar a ningún animal. Todavía salía a cazar, pero no disparaba. Hacía lo que Karl. Los perros dormían por las noches frente a su cama.

Las yeguas aún salían con ella los días que hacía bueno. Casi treinta años tenían ya. Media sangre de la Prusia Oriental, eran animales duros y se mantenían tercos.

El primer invierno sin Karl pensó en la botellita de narcótico. Le quedaba suficiente. No era muy difícil, ya lo había visto en julio, sentada en el banco con él.

Era bueno tener una mano que te sostuviera cuando te lo bebías, pero también se podía prescindir de ella. ¿A quién se lo habría pedido? A Hinni Lührs seguro que no, él jamás le habría dado la mano mientras la veía morir, no podía pedirle eso.

Tampoco le había rogado que todas las mañanas le llevara su periódico cuando él hubiera terminado de leerlo, y de repente empezó a hacerlo. A las diez en punto se presentaba en su cocina; a esa hora para él ya había pasado la mitad de la jornada.

«¿Es que ni una taza café *tiés* en casa?» Y por las tardes siempre jugaban al rummy. Si no iba ella a verlo, se acercaba él.

Hasta las diez, que era cuando él se acostaba, y a las cinco y media le sonaba el despertador. Heinrich Lührs, el mecanismo de relojería, le había marcado el ritmo durante ese primer invierno.

Seguro que Heinrich creía que ella no se daba cuenta. Jugaron al rummy hasta enero.

«Soy Anne.» Vera había tardado un momento en descubrir quién la llamaba por teléfono una tarde de mediados de febrero. En el entierro de Karl solo había reconocido a su sobrina porque la había visto de pie al lado de Marlene; en la calle, las dos habrían pasado de largo.

De pronto compartían casa y Anne Hove recorría las salas de Vera haciendo inventario: anotaba las vigas que tenían grietas, las humedades de la mampostería, los escalones sueltos, los marcos de ventana podridos, los cristales resquebrajados en el viejo establo.

Vera la veía examinar la casa en busca de desperfectos, dar golpecitos aquí y allá, medir, documentar la decadencia. También la mía, pensó. Su vida era una lista de fallos, a duras penas podía soportarlo. Anne no sabía nada de esa casa, no tenía ni idea de lo que podía ocurrirle a uno en ella.

Había tantas otras casas a las que se podía huir, perfectas y bien caldeadas..., pero justamente esa parecía atraer a madres que habían apretado los labios hasta convertirlos en una línea delgada y que llevaban de la mano a sus niños bien abrigados. Anne debió de imaginar que Vera Eckhoff no dejaría tirados a dos sintecho ante la puerta verde de su vestíbulo.

Los refugiados no se buscaban, tampoco llegaban por invitación; se presentaban cubiertos de nieve, con las manos vacías y planes confusos, y lo volvían todo del revés.

La cuestión era si también podían poner orden en las cosas. En un par de ventanas o de vigas, o en una persona que estaba más sola que la una, que no tenía la menor idea de cómo soportaría un segundo invierno, todas esas largas noches, sin su semejante.

Había algo en Anne que Vera reconoció al momento. Un gesto que hizo con las manos, un instante que se pasó ambas manos por los ojos, la nariz, las mejillas. Lo hizo tras dejar la caja en el suelo para saludarla.

Más tarde, sentados los tres a la mesa, volvió a hacerlo. Mientras la escuchaba explicar todo lo que tenía que explicar, volvió a verle ese gesto, como si quisiera borrar algo, una idea o una expresión facial. Vera conocía ese movimiento, se lo había visto hacer en esa misma mesa de la cocina, muchos años antes, a Hildegard von Kamcke, con las mismas manos delicadas.

Sin embargo, Anne no gritaba su ira por toda la casa ni lanzaba las tazas de ribetes dorados. Era muy callada. Cuando su niño se iba con el padre, ella parecía enmudecer del todo. No salía de la vivienda para el retiro de Ida Eckhoff, se quedaba allí sentada a estudiar una especie de planos de obra o a leer novelas policíacas sanguinarias llenas de asesinos en serie; Vera se ponía mala solo con los textos de cubierta. A veces veía a Anne pasear entre las hileras de cerezos, fumando, siempre escuchando música con los auriculares en los oídos. Se notaba que su caminar seguía el ritmo de la música. Una vez se puso a bailar sin demasiada elegancia, y Vera enseguida miró para otro lado. No era la clase de baile que debiera ver nadie, así solo se bailaba cuando se olvidaba uno incluso de sí mismo.

Las dos se alegraban cuando Leon volvía el domingo.

Semana Santa con su padre, Pentecostés con su madre, igualdad hasta en los festivos, tal como era habitual hoy en día: reparto equitativo de los niños en cuanto el amor se acababa.

Las separaciones con un corte limpio parecían no existir ya, siempre quedaban vínculos. Todas esas parejas que se habían equivocado y querían enemistarse y distanciarse no podían, seguían unidas a través de sus hijos.

Antes las cosas se hacían de otro modo. Se aclaraba quién había tenido la culpa y se ejecutaba el divorcio. Uno de los dos la había fastidiado, el otro se quedaba con el niño; era mucho más fácil.

¡Solo con pensar que Karl y Hildegard hubiesen tenido que verse cada dos fines de semana...!

No habían vuelto a verse más. Si se quería el divorcio, se aceptaban también sus consecuencias, no se lloriqueaba por un hijo. Al menos Hildegard Jacobi, antes Eckhoff, no lo había hecho. Un corte limpio. Lo mejor para todos.

Vivir en pareja no debía de ser tan fácil, qué excepcional era que dos personas vivieran felices juntas. Vera ni siquiera lo había intentado. De vez en cuando había tomado prestado un marido unos cuantos meses, una vez incluso un par de años; el espejismo de un marido.

Pero a él no se le daban muy bien las mentiras, y al final resultó que su mujer estuvo a punto de no querer recuperarlo.

Cortaron por lo sano. Entonces él se comportó y las aguas volvieron a su cauce. Vera tampoco lo habría querido ni regalado.

Sin embargo, sí habría podido tener un niño. Sin padre, por qué no. En el pueblo no le habría extrañado a nadie. A veces le daba pena que no se le hubiese ocurrido hasta que ya fue demasiado tarde.

¿Cómo se le podía haber olvidado que quería tener un hijo?

21

Congelados

Era muy importante dejar de lado las emociones, había que mantenerse objetivo, evitar cualquier tono acusatorio. Sigrid Pape prefería llamar ella misma. Había mantenido esas conversaciones telefónicas muchas otras veces, tenía mano izquierda para esas cosas.

Marcó el número, se irguió en su silla de escritorio, sonrió.

—Señora Hove, buenos días. —(Sin dejar de sonreír)—. Soy Sigrid Pape, de las Ranitas del Elba. —(Sin dejar de sonreír.)

Lo que pensaba ella personalmente sobre esos bichejos repugnantes, lo mucho que le costaba entender que una madre no los VIERA cuando no dejaban de CORRETEAR por la cabeza de su hijo, eso no tenía nada que ver, nada de nada.

Los piojos no eran señal de falta de higiene, por el amor de Dios. Los piojos podían aparecer en cualquier familia, no eran ninguna vergüenza. Ese era el consenso profesional, la opinión reconocida del profesorado. Era la teoría.

En la práctica, las maestras siempre identificaban a los candidatos a pillar piojos. Por supuesto que nadie lo decía, pero se sabía.

Que el pequeño hamburgués de Ottensen recién llegado tuviera la cabeza infestada no fue ninguna sorpresa para Sigrid

Pape. Tal vez así, por fin, su madre le cortaría ese pelo tan largo. A veces el asunto tenía su lado positivo.

Salvo por el tema de los piojos, al niño le iba bastante bien en el grupo de los Abejorros. Todavía era un poco llorón —normal, siendo hijo único—, pero también eso acabaría mejorando. Y en el comedor siempre repetía cuando había *gulasch;* se acabó el vegetarianismo.

—Exacto, se lo venderán en la farmacia del pueblo. Hasta dentro de un rato, señora Hove. —Sigrid Pape colgó y dejó que su sonrisa fuera desapareciendo poco a poco.

A Anne empezó a picarle el pelo. Corrió al cuarto de baño, puso la cabeza sobre el lavamanos, se pasó todos los dedos por la melena y se frotó el cuero cabelludo, pero nada sospechoso cayó al lavabo.

La farmacéutica, que tenía el pelo muy largo y recogido en una trenza gruesa, hablaba muy bajo y a Anne le costaba entenderla.

—Se lo pondré en una bolsa de plástico.

A esa hora siempre había mucha clientela en la farmacia. La mujer le pasó la bolsa por el mostrador a toda prisa y agarró el dinero de la mano de Anne casi con las puntas de los dedos.

Leon ya la estaba esperando a la puerta del aula de los Abejorros con la chaqueta y las botas de lluvia puestas. El gorro, la bufanda y el peluche los llevaba en una bolsa de plástico bien anudada. Se rascaba la cabeza y se moría de impaciencia por contarle a Vera la novedad.

—Puede que tú también los hayas pillado —dijo Anne, pero a Vera no le encontraron ninguno.

En el pelo de Leon no hubo que buscar mucho. Aquello que tenía en la cabeza no era ni arena ni costras, correteaba. Anne sacó la lendrera y la solución Nyda de la bolsa de la farmacia y se puso a leer el prospecto.

—Trae aquí —dijo Vera—. A despiojar. —Le roció a Leon toda la cabeza con el líquido oleoso y le masajeó los rizos rubios—. Yo también tuve piojos una vez, cuando tenía tu edad.

Anne quitó las sábanas de la cama de Leon y después también las suyas, porque nunca se sabía, reunió los pijamas, los gorros, las bufandas y lo metió todo en la lavadora; llenó el lavamanos con agua caliente, echó dentro los cepillos y los peines, metió todos los animales de peluche en una gran bolsa de plástico, la anudó bien y la llevó al trastero de Vera. Tres días, había dicho Sigrid Pape, y después necesitaría la confirmación del médico de que Leon estaba limpio.

—¿Y se lo comentará usted misma también a los Zum Felde, si es tan amable? Theis no ha venido hoy a la escuela. Si Leon tiene piojos, seguramente Theis los tendrá también.

Vera sentó a Leon en la mesa de la cocina, le puso una toalla sobre los hombros y le fue retirando los parásitos del pelo con la lendrera, mechón a mechón.

«¡Chusma *refugiá*! ¡*Comíos* a piojos!»

Habían llegado con la cabeza acribillada, llevaban semanas en ruta, habían dormido en colchones plagados, sobre viejos almohadones de casas abandonadas, se habían echado mantas y abrigos ajenos por encima de la cabeza, a veces les habían quitado los gorros a los muertos para protegerse del frío. El picor ya era constante y no dejaban de rascarse hasta que se hacían sangre.

Después se cortaron el pelo, muy corto. Parecían delincuentes, y así era como se sentían también, como chusma, «chusma *refugiá*», «sucios polacos», incluso más adelante, cuando el pelo les volvió a crecer.

¿Qué habrían tenido que decir los hijos de los sucios polacos cuando los demás se metían con ellos?

¿Que no habían cometido ningún delito?

¿Que eran unos niños y habían tenido que pasar por encima de personas muertas? ¿Y que eso era mejor que pasar por encima de personas agonizantes, porque al menos los muertos ya no hacían ningún ruido?

¿Que habían visto cómo ardían los pueblos?

¿Que no podían evitar vomitar cuando les quemaban las plumas a los pollos, porque las plumas quemadas olían igual que el pelo quemado?

¿Que a los niños como ellos era mejor no regalarles patines de hielo?

¿Que no era bueno encontrarse a Ida Eckhoff en el granero, porque después volvías a soñar con los otros, aquellos que ya habías olvidado, los que colgaban de los árboles con el cuello doblado como si fueran pájaros demasiado grandes?

¿Qué podían saber unas personas que nunca habían tenido que abandonar sus pueblos y sus casas de entramado sobre los forasteros piojosos? Los que se metieron en sus casas y sus establos, cada vez más y más de ellos, manadas interminables, como ganado sarnoso.

«Chusma *refugiá, comíos* a piojos.»

Nadie podía tomarles a mal los insultos a esos niños con mofletes sonrosados como manzanas.

−¿Me cuentas una historia? −preguntó Leon.

En aquel entonces tenían unos cachorritos que habían nacido poco antes de Navidad. Vera se los metió en secreto en los bolsillos del abrigo para llevárselos, pero como gimoteaban en voz baja, Hildegard los encontró enseguida, se los quitó y los sacó de allí.

A la vieja perra la habían sacrificado antes de partir, eso Vera ya lo sabía, pero ¿también a los cachorros? ¿Qué se hacía con unos perritos tan pequeños que cabían en una mano infantil?

−¿Cómo de pequeños? −preguntó Leon−. Enséñamelo.

Anne sabía dónde vivían los Zum Felde, pasaba por delante de su granja cuando llevaba a su hijo a la escuela. A veces veía a Britta en el aparcamiento de las Ranitas del Elba y se preguntaba cómo podía funcionar esa relación, el gruñón de Dirk zum Felde y esa mujer con una furgoneta VW sucia, que siempre reía y llevaba todos los asientos llenos de niños. Theis y los gemelos, y por lo visto también tenían una hermana, Pauline, lo sabía porque Leon le había hablado de ella, siempre con mucho respeto, ya que parecía saber todavía más que Theis sobre conejos enanos. «Tiene muchísimos —le contó su hijo—. No uno solo.»

La casa de los Zum Felde era grande y vieja y, aunque antes debió de ser bonita, había acabado pareciendo asustada, con unos ventanales que se abrían en las paredes como bocas enormes. Seguramente el padre de Dirk zum Felde se había hartado de tanta ventana con travesaños, cañas y entramados, *pa'fuera con tó lo anticuao»*, en algún momento de los años setenta, cuando los protectores del patrimonio todavía no tenían nada que decir y solo los viejos y los retrógrados querían vivir en esas salas estrechas y oscuras.

Él le hizo una puesta a punto a la casa, instaló una puerta amplia con ladrillos de vidrio, volvió a techar con tejas y añadió grandes ventanas abuhardilladas; había muchas casas como esas en los pueblos del Elba.

«Una renovación fallida», se lamentaban los agentes inmobiliarios cuando tenían que encontrar compradores para esos «pecados arquitectónicos». El progreso se veía feo en retrospectiva, la mayoría de los viejos agricultores llevaban años arrepentidos.

Lo que más les habría gustado era deshacerse de esas lisas paredes de ladrillo tras las que habían emparedado el entramado de las fachadas, y también del hormigón que habían vertido encima del adoquinado. Lloraban la pérdida de las viejas estufas de cerámica y de las puertas talladas que habían tirado a la acequia hacía treinta, cuarenta años, como si fueran basura. También echaban de menos su viejo dialecto, que habían dejado de hablar con sus hijos porque les sonaba demasiado a establos y a campo, y a estupidez.

Algunos habían intentado enmendarlo y les enseñaban a sus nietos a chapurrear un poco de bajo alemán. Como si de pronto pudieran salvar esa lengua, que habían deseado ver morir, solo con un par de palabras, un par de frases, un par de canciones, como si no fuera ya demasiado tarde.

A veces sus hijos reconstruían de nuevo las casas invirtiendo muchísimo dinero, y entonces las dejaban casi como antaño.

Si no tenían ese dinero, se conformaban con lo que tenían, con sus fachadas inexpresivas, feas y retocadas. Llegaba un momento en que ya no lo veían.

Un perro enorme tiró a Anne de la bicicleta. Se cruzó delante de su rueda, haciéndole dar bandazos, después le saltó encima y la hizo caer.

Britta zum Felde salió corriendo del establo vestida con un mono verde y con un cronómetro en la mano, y apartó al perro tirándole de la correa.

—¿Te ha hecho algo?

—No pasa nada —dijo Anne.

Britta la ayudó a levantarse. La luz colgaba un poco torcida del manillar, el resto parecía estar intacto.

—Pero mira que eres un perro chiflado —dijo Britta, y le dio un tortazo al animal—. Enseguida vuelvo. —Desapareció otra vez en el establo arrastrando al perro.

Anne apoyó la bicicleta contra la pared y la siguió. En una de las cuadras había un conejo enano marrón. Llevaba puesto un arnés, como si estuviera de servicio, como si hubiera de rescatar a las víctimas de un alud o ayudar a los ciegos a cruzar la calle.

O saltar obstáculos cual caballo de competición, pues en la arena de la cuadra habían montado una pista con pequeñas vallas de travesaños rojos y blancos.

—Salto de conejo —explicó Britta—. Es un deporte bastante nuevo, y ese es nuestro campeón. —Tiró de la correa—. Venga, *Rocky,* la última ronda. —Colocó al conejo en la arena, delante de la primera valla, y apretó el botón del cronómetro.

El animal saltó el primer obstáculo con sus orejas ondeantes, pero ante el segundo se quedó sentado y clavó las patas en la arena. Enseguida empezó a cavar como si tuviera que enterrar algo muy importante.

—Qué lástima —dijo Britta—, la verdad es que puede hacerlo. —Se guardó el cronómetro en el bolsillo y liberó al conejo del arnés—. Con Pauline salta mejor.

Reunió las vallas, las metió en una vieja bolsa de súper, después recogió a su campeón y lo devolvió a un gran corral al aire libre. Anne comprendió al instante lo que quería decir Leon con «muchísimos» conejos.

—Lo sé —dijo Britta riendo—, siempre tengo que llenar la casa, de niños o de conejos, lo mismo da. Y también tengo gallinas. Los gatos ya ni los cuento, se pasan todo el día por aquí.

También se rio al enterarse de lo de los piojos de Leon.

—Si Theis los ha pillado, mis suegros estarán contentos, porque se lo han llevado con ellos al zoo de Hagenbeck.

Entraron en la casa, se quitaron los zapatos en el pasillo y los dejaron sobre una toalla donde había amontonados muchos otros. El perro se hizo con una bota infantil de color azul y la arrastró hasta su cesto, debajo de la escalera.

De la cocina llegó un bufido, una plancha resolló y expulsó la última vaharada de vapor.

—¡Ay, mierda! —exclamó Britta, y tiró del enchufe—. ¿Un capuchino?

Anne no vio el bote de polvos instantáneos hasta que era demasiado tarde. Britta ya había puesto en marcha el hervidor de agua. Después sirvió dos tazones, consiguió que saliera espuma a fuerza de dar vueltas con una cucharita, que chupó antes de lanzar al fregadero. Después agarró los dos capuchinos y se sentó con Anne en el banco.

Dos mujeres y dos tazas de café, así empezaba siempre.

El punto de partida para abrirse y confiarse a la otra, sentadas a la mesa de la cocina hablando de todo y de nada, de los niños, del trabajo, del marido, mi vida, tu vida. Anne no había podido hacerlo en el Fischi, en Ottensen, con las demás madres que se sentaban en los bancos del parque infantil. Conversaciones que funcionaban como un trueque: tú me das un secreto, yo te entrego una confesión, tú me ofreces consuelo, de mí recibes un halago.

Las madres se sentaban en el banco y pasaban el rato con ese ping-pong emocional, jugaban un poco a las terapias mientras sus niños cavaban en el arenero o se tiraban unos a otros del columpio. Pequeños pilluelos con determinación.

Madres con cafés para llevar que querían «encontrar calidez» en las demás, «sincerarse», «abrirse»... Pero Anne se cerraba como una ostra, no podía evitar amedrentarse ante los desconocidos.

No tenía talento para esa clase de conversaciones, se perdía, se atascaba, balbuceaba y se quedaba atrapada en sus frases como un insecto en una telaraña, seguramente porque tampoco tenía práctica. Desde que era pequeña, ella solo había practicado con escalas musicales, sonatas para piano, piezas para flauta, no hacía falta hablar si sabías tocar, solo tenías que aprenderte las notas y dejar hacer a los dedos. Tampoco tenías que escuchar a nadie, solo la música, no tenías que salir de tu interior, ahí dentro ya había suficiente calidez.

—No te gusta. –Britta sonrió y señaló el tazón de Anne–. Voy a sacar unas cervezas.

Entrechocaron las botellas, Britta abrió una bolsa de patatas fritas y las volcó todas sobre la mesa de la cocina. No parecía ser de las que jugaban al ping-pong emocional.

Hacía preguntas que no sonaban como preguntas.

–Me gustaría mucho oírte tocar la flauta, Leon dice que es de plata –dijo.

Y también:

–Hay que ser muy valiente para irse a vivir con Vera Eckhoff. O estar loca. –Entonces sonrió de oreja a oreja y le dejó a ella la elección: reír o seguir seria, contar o callar, beber.

Para todo había cabida en su cocina, que era grande como una terminal de llegadas.

La segunda cerveza se la bebieron en el taller de Britta, que hacía dinosaurios de barro.

–El braquiosaurio me tiene frita –explicó–. Ese cuello tan largo siempre se me rompe.

Una furgoneta de reparto blanca se detuvo frente a la puerta de la casa, Britta miró por la ventana, salió y regresó con una caja grande de congelados Bofrost. Abrió el arcón congelador, hizo desaparecer en él bolsas gigantescas de muslos de pollo y patatas fritas, cajas de pizzas y paquetes de lasaña, y envió la caja vacía al pasillo de una patada.

Alguien se la devolvió.

Una mujer nervuda apareció de pronto en la cocina. Pelo blanco, anorak azul oscuro, Theis de la mano.

–¡Aquí llega tu hijo, que no necesita ir al zoo porque ya tiene la cabeza llena de animales!

Theis se estaba comiendo las golosinas de su mochila de provisiones, tenía una chocolatina en la mano y con la otra se rascaba la cabeza.

–Puede que el abuelo también los haya pillado. Tengo que decírselo.

Helga zum Felde se plantó en la cocina como una testigo en el lugar de los hechos. Botellas de cerveza y patatas fritas a las once de la mañana, la colada sin planchar, las ventanas sin limpiar, pelusas de polvo en los rincones y Bofrost en el arcón congelador.

Un niño con parásitos y una desconocida a la mesa que, por lo visto, no tenía nada mejor que hacer que emborracharse a plena luz del día.

Antes nunca habría sucedido algo así en esa casa, en esa cocina. Durante treinta años, cuando todavía era su casa, todo había sido trabajo.

—Ven y siéntate, Helga —dijo Britta—, te prepararé un café.

—Déjalo. Buen provecho. —Y desapareció tan deprisa como había llegado.

Anne casi se cae del banco de la risa.

—Mi pobre suegra —comentó Britta—, la verdad es que no lo tiene fácil conmigo. —Dio el último trago de su cerveza y también se echó a reír.

—¡Eso iba a decirte yo!

—¿Y Leon? —preguntó Theis.

—Leon también los tiene, cariño —contestó Britta—. Vera se los está quitando ahora.

—Más pequeños que *Willy* —murmuró Leon—, unos cachorritos de perro diminutos. —Puso las manos juntas como si quisiera reunir agua—. Cabían aquí dentro.

Durante un rato se quedó callado mientras Vera le pasaba la lendrera por el pelo, mechón a mechón. Después se volvió de repente, le acarició la mejilla con una manita y dijo:

—Mi pobrecita niña...

Anne siempre hacía eso cuando él se caía y se rasguñaba la rodilla o se rascaba las manos, cuando ya no sangraba pero aún le seguía doliendo. Le acariciaba y le decía «Mi pobrecito niño».

Vera se quedó tan perpleja que se echó a reír.

Mucho después, cuando ya era de noche, se tapó la cabeza con el edredón mientras los olvidados volvían a cruzar su vestíbulo. Se puso una mano en la mejilla, solo una vez y solo un momento, y dijo: «Mi pobrecita niña...». Solo una vez y solo un momento, y luego ya nunca más. Durante mucho tiempo se avergonzó de ello. Vera Eckhoff, vieja llorona.

22

Resurrección

Estaba sentada con su abrigo marrón bajo el velero que colgaba del techo de la iglesia de entramado. El viejo órgano sonaba un poco afónico, la última vez que lo había oído fue en el entierro de Karl.

Vera Eckhoff iba a la iglesia todos los años por Viernes Santo, no porque fuese devota, sino porque le encantaban los cánticos de la Pasión.

Los órganos de Altes Land podían sonar inofensivos como organillos en una fiesta popular y, un par de compases después, amartillar a los fieles en los bancos de la iglesia. Se embravecían, atronaban, eran capaces de enseñarte lo que era el temor, y quizá también la fe, y a Vera la calmaban. Oía las respiraciones de trescientos años y se unía a ellas como si no hubiese un final.

Anne estaba sentada a su lado. Con todo el fin de semana de la Semana Santa sin niño por delante, ponía una cara muy apropiada para el Viernes Santo.

«Llorad, ojos, derramad lágrimas...», las voces soprano de las señoras del coro se elevaban con cautela hacia las alturas. No todas llegaban con seguridad. Agricultores y artesanos rugían interpretando la voz del bajo, y Vera vio al hombre de Hamburgo sentarse dos filas por delante, con el casco de la bicicleta en el regazo. Ponía muecas cuando se oía alguna nota que cojeaba, le daba con el codo a la mujer que tenía al lado y entonces ella sonreía. Dos personas que no tenían ni la menor idea.

No entendían que esas canciones debían sonar exactamente como las cantaba el pequeño y temeroso coro de la iglesia.

«Quiébrate, corazón, de añoranza y anhelo...»

Anne casi se deshacía en su banco. Daba la sensación de haber llorado desde la primera hasta la última nota. Vera no la miraba, hacía como si ni siquiera notase el temblor que había a su lado. Se había quedado dormida un instante un par de veces. La espalda bien recta, la cabeza bien alta, solo los ojos se le cerraban, y nunca mucho rato.

Vera Eckhoff dormía como un animal huido, incluso un Viernes Santo en la iglesia, cuando el órgano la tranquilizaba.

En el camino de vuelta pasaron a ver a Karl. Otto Suhr mantenía la hierba a raya, había plantado narcisos y unos pequeños jacintos azules, pues sabía lo que esperaba su clientela en Pascua. En el cementerio había muchas tumbas con narcisos y pequeños jacintos azules.

—¿No te desagrada ver tu nombre en la lápida? —preguntó Anne.

Vera no entendía la pregunta.

—Ahí es donde yaceré, y lo tengo por escrito. Es bueno saber cuál es tu lugar.

La Semana Santa había caído tarde ese año, los cerezos ya estaban floreciendo y entre los árboles se veían los dientes de león, un amarillo anárquico bajo las ramas obedientes. En los jardines delanteros había huevos de Pascua de plástico colgados de los cerezos ornamentales y los magnolios, y liebres de madera que sonreían con sus enormes dientes apoyadas en las vallas y las tinas de flores.

Al principio Anne no quería montar a caballo, hacía muchísimo tiempo desde la última vez que había cabalgado.

–Solo al paso y al trote –aseguró Vera, y le ensilló a *Hela,* la más tranquila de las dos yeguas. Incluso las Trakehner se habían calmado con los años.

En la calle principal había autocares turísticos que iban en dirección a Marktplatz. Los paseos por el pueblo partían siempre desde la iglesia y terminaban en la única cafetería del lugar.

Encontraron un hueco entre autocares y coches familiares. Las yeguas conocían bien el camino hacia el Elba, Anne no tuvo que hacer casi nada.

–Espalda recta –advirtió Vera–, talones abajo.

Anne se dejó adelantar y vio la postura perfecta de su tía, que ni siquiera tenía que esforzarse para conseguirla. Se sentaba igual en una silla o en el banco del jardín.

Se detuvieron en la hierba. No soplaba el viento y el río estaba manso.

–También puede ser muy diferente –dijo Vera–, ahora solo se hace el inofensivo.

Solo quienes no tenían ni idea de lo que era el agua se fiaban de ella; y también los jóvenes, que ya no sabían lo que era tener al querido Elba metido de pronto en el salón de casa una noche de tormenta, violento y voraz.

Pero incluso Vera, que no se fiaba de la corriente, podía apreciar lo hermoso que era el río cuando se tumbaba plácido al sol primaveral.

Anne la siguió por el dique. Trotaron en dirección a Stade. Interminables hileras de frutales se extendían desde el dique hasta los brezales, árboles pequeños que no tenían copa, injertos que ocupaban muy poco espacio y producían mucha fruta. Entre ellos, las acequias y los canales parecían abiertos a hachazos.

Río y tierra metidos en cintura, un paisaje como llevado con riendas. Vera parecía encajar a la perfección en ese territorio.

Anne veía las grandes casas campesinas, frontones decorados con entramados impecables, jardines delanteros en flor, todos los arriates bien pensados y bien cuidados, todos los céspedes cortados con precisión, todas las granjas atendidas, y se preguntó por qué la casa de Vera Eckhoff no tenía ese aspecto. Por qué una persona que ataba tan corto su mundo dejaba que su casa y su granja fueran pasto del caos.

Junto al Elba se veía una franja de orilla arenosa; era lo último que le había quedado al río, el resto estaba arado, cubierto de grava y bien encauzado.

La yegua de Anne apretó el paso de repente y ella no pudo frenarla. Vera, por delante, se echó a galopar y la yegua de Anne se le unió a un galope suave y balanceante.

Dejó caer las riendas, se agarró con fuerza a la silla, los pies se le resbalaron de los estribos, soltó un grito y luego maldijo a Vera. Al animal parecía encantarle esa arena. Resoplaba y se mecía, pero no llegó a poner en peligro al jinete. Empezó a ir más despacio, trotó unos cuantos metros y luego se puso al paso con tranquilidad. Anne pudo enganchar entonces los estribos y recuperó las riendas.

–Tienes que trabajar más esa postura –comentó Vera.

Heinrich Lührs vio a la sobrina de Vera reír cuando pasaron a caballo por delante de su casa en el camino de vuelta, sin casco ninguna de las dos, por supuesto. Lo saludaron como dos amazonas y dieron un rodeo para evitar su arena amarilla. Una nueva costumbre.

Anne durmió como un tronco esa noche, ni siquiera las cajas plegables la mantuvieron despierta, y tampoco la casa con sus crujidos y sus extraños murmullos.

Los pájaros la despertaron a la mañana siguiente, cantando como si estuvieran histéricos. Enloquecían, era la primavera.

Las agujetas casi no le dejaron levantarse de la cama. Fue al baño y oyó a Vera que llegaba con los perros. Ya había salido a hacer su ronda con las primeras luces del alba.

Dirk zum Felde pasó con el tractor y llevaba a Theis con él. Arrastraban hacia el dique un remolque con madera, viejas cajas de manzanas, ramas y palés, una carga para la hoguera de Pascua. Y no eran los únicos, la mitad del pueblo parecía estar carreteando leña.

Vera no tenía en mucha estima ese espectáculo. Hasta en el pueblucho más pequeño se quemaban montones de madera, cosa que tenía tan poco sentido como esa tontería de las calabazas en otoño, niños con disfraces espantosos que te daban un susto de muerte y, encima, te pedían dulces. En cambio, ya nadie pasaba a cantar en Nochevieja. La gente se hartaba de las viejas tradiciones y tomaba prestadas otras nuevas.

Ella no entendía cómo se permitían esas grandes hogueras en una zona con tantos tejados de cañas. Ya había llamado al alcalde, Helmut Junge, un viejo compañero de caza.

«Vera, chiquilla, ¡tenemos a los bomberos allí! Pásate tú también, te invito a una salchicha. El pueblo entero va a verlo y la seguridad es lo primero, de eso puedes estar segura.»

Pero ella no se pasó. Qué sabría Helmut Junge sobre chispas y cañas... Vivía en un bungaló con protección antiincendios clase A, seguro que podía rociarlo con gasolina y ni siquiera así ardería en llamas.

Ella volvería a pasarse la mitad de la noche recorriendo los alrededores de la casa con los perros, haciendo guardia hasta que ya no se vieran más llamas ni más chispas por encima del tejado, hasta que el cuerpo de bomberos voluntarios desmontara el equipo de música, las parrillas colgantes y los puestos de cerveza, hasta que los últimos amigos de las hogueras de Pascua regresaran tambaleándose a sus coches, como cubas, o se acercaran a sus setos de alheña a vaciar la vejiga. Aunque en todo caso eso solo lo harían una vez, porque los perros de Vera todavía sentían predilección por la orden de «¡Ataca!».

Heinrich Lührs tampoco tenía en mucha estima las hogueras de Pascua. Eso era cosa de la gente joven. Él no se pasaba por allí, ya tenía suficiente que hacer.

Jochen iba a verlo con Steffi y los niños el Domingo de Resurrección, como todos los años, porque en Hannover no tenían jardín, y Heinrich tenía que jugar al conejito de Pascua.

Antes era Steffi quien llevaba los huevos y los conejitos de chocolate, y Jochen los escondía, pero como los niños no podían verlo, primero tenían que entrar en la casa y allí había que entretenerlos hasta que Jochen por fin terminaba. En ese cuarto de hora siempre conseguían ponerlo todo patas arriba.

Ahora ya eran mayores y habían dejado de interesarles los huevos de Pascua. Solo querían encontrar golosinas, y eso sí podía esconderlo el propio Heinrich Lührs, cosa que hacía por la mañana temprano, mucho antes de que llegaran.

También preparaba la mesa. Los panecillos los traían ellos desde Hannover, y también casi todo lo demás; no les gustaban sus cosas. El jamón no podía ser ahumado, su queso mantecoso era demasiado graso, y el año anterior también había pasado algo con el zumo. «¡No hace falta que te estreses, padre, ya lo traeremos todo nosotros!»

Sus servilletas eran ridículas, tenían conejitos con patines de ruedas que hacían malabares con huevos de colores. A veces sospechaba que Vera se las compraba adrede, siempre las servilletas de Pascua más horrorosas que encontraba en el súper Edeka. «Las demás *s'habían acabao,* Hinni.»

Lo mismo le había dicho el año anterior, que le trajo unas igual de feas, ovejas con falda tirando de un carro de huevos de Pascua.

Pensó un momento si ponerlas o no, porque Steffi volvería a reírse de él, «mirad qué servilletas más chulas tiene el abuelo», pero entonces pensó en el bonito mantel blanco de Pascua de Elisabeth. No quería que los niños de Jochen lo dejaran aún peor que la última vez, así que al final colocó las ridículas servilletas al lado de los platos. Si no les gustaban, que no mirasen tanto.

El año anterior, Anne había comprado la tinta para huevos en el supermercado ecológico, además de los huevos, que tuvieron que ser marrones porque en todo Ottensen ya no quedaban blancos. Cuando acabaron de teñirlos, sus huevos de Pascua parecían prendas de ropa desteñidas. Eran rojizos, verdosos, amarillentos. Feos. «Joder —comentó Christoph—, ningún niño querría encontrarse esto en su nido de Pascua.» Sacaron la caja de pinturas de la habitación de Leon sin hacer ruido y se pasaron toda la noche pintando por encima los huevos fallidos, acompañados de un vino y contentísimos de vivir esa Pascua con su pequeño.

Anne recorrió las hileras de cerezos todo lo deprisa que le dejaron las agujetas. Fumaba demasiado los fines de semana sin niño; sufría mucho, la situación no mejoraba.

Seguro que irían al Fischi a buscar huevos de Pascua. Sin Anne pero con Carola, ningún problema. Justo igual que lo de hacer de padre, sin Anne pero con Carola, ningún problema.

El único problema allí era ella, la amargada, la aguafiestas que no podía alegrarse por la felicidad de los demás. «Madre mía, Anne, pero si Carola lo está intentando todo.»

Se acercaba a Anne, la llamaba por teléfono, quería sincerarse con ella, hacer las paces.

Esos dos lo tenían casi todo, y ahora querían lo que les faltaba. La absolución, la reconciliación, la bendición de la exmujer, que debía eliminar el último nubarrón que empañaba su felicidad.

Anne no pensaba exculparlos.

Caminó más deprisa aún, intentando escapar de la autocompasión, pero una vez más no lo consiguió.

En el Edeka solo había una clase de vino tinto que le gustara, compraría dos botellas y esa noche se las bebería hasta caer dormida.

Y al día siguiente, a vomitar solo con pensar en un huevo de Pascua.

—La hoguera de Pascua —dijo Britta al teléfono—. Empieza sobre las siete. —Como en la otra ocasión, no preguntó nada. Simplemente colgó.

Dirk zum Felde vendía cerveza con una cazadora azul oscuro del equipo de bomberos voluntarios. Todos llevaban su uniforme de operaciones para estar de guardia junto a la hoguera. Dirk se llevó dos dedos a su estrafalario gorro en gesto de saludo y le pasó una botella de Jever por encima del mostrador.

—A la primera invito yo. Britta está por allí.

Menos Vera y Heinrich, parecía que el pueblo entero estaba en el dique. Los bomberos habían acudido al completo, habían aparcado los camiones de extinción a la vista de todos y tenían el chiringuito montado ya desde por la mañana.

Anne encontró a Britta en una de las hogueras pequeñas que los bomberos habían encendido ex profeso para los niños. Estaba en el corro, con un gorro de lana en la cabeza y un gran cubo de plástico colgado del brazo. Anne reconoció a su suegra junto a ella, se estaban riendo juntas, y el hombre que las acompañaba debía de ser el padre de Dirk zum Felde.

Theis fue el primero en ver a Anne y se le acercó corriendo.

—¿Y Leon?

Cuando comprendió que Leon no iría, empezó a temblarle el labio inferior.

—Habíamos preparado palos con masa de pan para asar también para él —explicó su hermana, y señaló el cubo de plástico.

Britta le puso el cubo a su suegra en las manos, levantó a Theis en brazos, le dio un beso sonoro en la mejilla y le pasó un pañuelo por la cara. Después se acercó a Anne e hizo lo mismo con ella. La suegra de Britta se fue con Theis al puesto de salchichas a comprar una ronda de Thüringers. A Anne no le preguntaron ni ella dijo nada tampoco; algo después fue a por una ronda de cervezas.

—Me llamo Helmut —masculló el suegro, que llevaba una gorra de plato. El resto de la tarde ya solo dijo «Salud».

Empezaba a hacer frío y la gente se acercaba cada vez más al fuego.

—Después apestas a chimenea —se lamentó la suegra de Britta, aunque no parecía molestarle.

Los niños merodeaban en grandes pandillas de aquí para allá, removían las brasas con palos largos, les devolvían a sus padres los pinchos con masa de pan carbonizada y pedían dinero para patatas fritas.

Los adultos iban perdiendo la visión de conjunto, bebían cerveza fría alternándola con ponche caliente de manzana. Todo el mundo se conocía y hablaba con todo el mundo. Anne aprendió nombres e historias nuevas y volvió a olvidarlo todo.

«Rescatar - Extinguir - Salvar - Proteger», se leía en las cazadoras de los bomberos voluntarios. La mayoría eran rubios, pero solo uno tenía hoyuelos en las mejillas.

—Mujer de rizos —le dijo. Era algo tarde ya—. Te invito a una cerveza. ¿Hay algo más que pueda hacer por ti?

Anne habría aceptado hasta sin hoyuelos. Había un montón de cosas que podía hacer por ella.

Vera Eckhoff oyó unos ruidos extraños que salían de la vivienda para el retiro de Ida, cerró la puerta de la cocina y, a la mañana siguiente, antes de que se hiciera de día del todo, se encontró en el vestíbulo a un hombre con cazadora de bombero que llevaba las botas en las manos y que le deseó una feliz Semana Santa.

–Nino-nino –hizo Vera, y desapareció en la cocina.

Heinrich Lührs estaba en su césped. Desde la ventana de la cocina de Vera se veía cómo apretaba los puños a la espalda mientras sus nietos le pisoteaban todos los arriates, revolvían debajo de los setos, doblaban las ramas de su *Forsythia*.

Jochen estaba junto a su padre con dos cestos de Pascua en los que los niños iban dejando su botín: conejitos, polluelos, huevos, escarabajos.

–¡Ben y Noah, estaos quietos! –gritó Steffi mientas intentaba hacerles una foto con el móvil–. ¡Mirad aquí! ¡Noah, levanta ese conejo de una vez, maldita sea!

El niño le arrancó la cabeza al conejito de Pascua y después mostró ambas mitades a cámara, sonriendo. Su hermano encontró un polluelo de chocolate detrás de una tina de flores. Estaba harto de esos «escondites facilones para niños pequeños». Agarró el polluelo y se lo tiró a su abuelo a la cabeza.

–Siempre lo mismo –comentó Vera.

Anne le daba vueltas al café en su taza y seguía el espectáculo sin decir nada. Los padres les cantaron las cuarenta a los niños. Heinrich dejó a la pandilla plantada en el césped y se metió en la casa.

–Esta tarde lo mimaremos un poco –dijo Vera.

Heinrich Lührs se presentó a las siete y media, puntual, con camisa blanca y una botella de *pinot noir* del Mosela en la mano. Cenaron un asado de liebre estupendo. «El cordero no nos gusta.»

Brindaron con unas bonitas copas antiguas de cristal pulido. El mantel estaba un poco raído en algunos puntos, pero seguía siendo blanco.

De repente Anne se preguntó si molestaba.

Cuando Vera la despertó a la mañana siguiente, ya había salido el sol.

—Ven conmigo —le dijo—, quiero enseñarte algo.

Salieron, pasaron de largo por los cerezos y cruzaron las acequias hacia los manzanos que Dirk zum Felde había replantado hacía unos años y que todavía eran pequeños. La floración ya había empezado.

Pero los árboles se habían helado. Ramas, hojas, flores, todo parecía recubierto de vidrio. Árboles como arañas de cristal que relucían bajo la luz del sol recién salido; era como recorrer una sala de espejos. Caminaron en silencio, sin oír nada más que sus pasos en la hierba helada y, por encima, las gaviotas. El agua caía de los árboles en gotas pesadas porque el hielo se derretía al sol.

—Esto no se ve muy a menudo —dijo Vera.

Se detuvieron las dos con las manos en los bolsillos. Era precioso.

—Se ha estropeado todo —repuso Anne.

Vera negó con la cabeza.

Lo llamaban aspersión antiheladas. Los agricultores lo hacían las noches frías de primavera, rociaban las flores con delicadas gotas de agua que luego, con las heladas nocturnas, se convertían en finas capas de hielo. Abrigos de hielo para las flores. Protección del frío mediante congelación.

—¿Qué quieres decir con eso? —Anne estaba demasiado cansada para la física, todavía no eran ni las siete de la mañana. Volvieron a la casa y prepararon café.

Unos días después se encontró con Dirk zum Felde en el camino y se lo preguntó a él.

–Se le llama calor por cristalización –contestó él–. ¿Nunca lo habías oído? –Volvió a poner el tractor en marcha–. Aún puedes aprender cosas de nosotros.

Los dedos a la gorra y en marcha. Ni una palabra de más. Como si tuviera existencias limitadas y hubieran de durarle hasta el final de sus días.

23

Madre mía, madre mía

Carsten ya había metido la ventana en el maletero: marco y travesaños de madera de roble, pintada de blanco y verde oscuro, doble cristal. Para la ventana más pequeña de la fachada, la de arriba del todo, bajo el caballete del tejado de Vera Eckhoff, habría bastado también un cristal sencillo, pero el maestro carpintero Drewe nunca hacía las cosas a medias.

–Reza por que tus medidas fuesen correctas, oficial –dijo mientras lanzaba su vieja bolsa Adidas al asiento de atrás del Mercedes Benz y ocupaba el puesto del copiloto.

Sacó el tabaco del bolsillo de la cazadora y se puso a liar cigarrillos. Hasta Finkenwerder fueron en silencio.

–Los Alpes de Lechtal, mil piezas. Espero que se aclaren sin mí durante dos noches –comentó él, de pronto.

Hacía mucho que no compraban puzles nuevos. En lugar de eso, sacaban los viejos una y otra vez, no les importaba. Karl-Heinz empezaba siempre por los bordes, que era lo más fácil, y ahora hasta para eso tardaba una eternidad.

Hertha había perdido más aún. Ella le echaba la culpa a las «tontas bombillas de bajo consumo», se quejaba de la mala luz y de sus nuevas gafas para leer, pero era la cabeza, que cada vez se le confundía más. A veces apretaba con fuerza dos piezas del puzle para hacerlas encajar, aunque hasta un ciego podría ver que era imposible que lo hicieran. A Carsten le dolía en el alma, pero también le sacaba de sus casillas, y entonces salía fuera a fumarse un cigarrillo.

Hertha mezclaba los días de la semana, leía el periódico por la mañana y luego otra vez por la tarde como si fuera la primera que lo hacía.

—Qué práctico —comentó Anne—. Así le saca más partido a la suscripción.

Carsten sonrió. Siguieron callados hasta Borstel.

—Lo de tu dieta alcalina también se ha acabado, ¿verdad? —preguntó Anne.

Él asintió con la cabeza, bajó la ventanilla y tiró la ceniza a la carretera.

Willy tuvo que trasladarse al salón de Ida Eckhoff durante el fin de semana.

—O él o yo —dijo Carsten señalando la jaula—. No pienso dormir en la misma habitación que esa rata. —Dejó la bolsa junto a la cama de Leon y salió al vestíbulo a conocer a Vera—. Solo con oír ese roer constante —explicó—, crac, crac, crac, me pongo de los nervios.

Anne oyó reír a Vera. Unas risotadas fuertes y tan sorprendentes que a punto estuvo de caérsele el conejo al suelo.

Le enseñó a Carsten la casa durante casi una hora entera.

—Madre mía, madre mía... —decía Carsten.

Comprobó el entramado con unos golpecitos, admiró las tallas de la puerta nupcial, la madera desgastada de la gran puerta del vestíbulo, los marcos de las ventanas. Se quedó un buen rato delante del portal de gala y luego frente a la fachada. «Madre mía, madre mía.» Cuando preguntó por la inscripción, Vera se la leyó. O sea que, cuando Carsten Drewe preguntaba, sí había respuesta.

242

—¿Y qué significa?

Se sacó un cigarrillo del bolsillo, Vera se lo quitó de la mano y señaló su tejado de cañas.

—Que la casa nunca será del todo mía, porque el propietario que venga después de mí también considerará que es de él.

Carsten asintió despacio, después miró a Vera y sonrió.

—Y no encontraron nada que rimase con «ella», ¿verdad? —Sacudió la cabeza—. Menudos eran los tipos de antes, de verdad.

También le enseñaron la casa por dentro. Carsten recorrió los salones como un niño el día de su cumpleaños, encontrando sorpresas en cada rincón. ¡Los armarios! ¡Las cómodas! ¡Los artesonados! Madre mía...

—Sobredosis de madera maciza —diagnosticó Anne—. El maestro Drewe está en el Cielo.

Se sentaron a la mesa de la cocina para hacer planes, Carsten con su chaleco de pana y afilando su lápiz de carpintero con la navaja.

—Bueno, ¿cuándo llegan los andamios?

Consiguieron planteárselo a Vera a las claras, hablaron de dinero, de plazos y de protección del patrimonio, de albañiles, techadores, carpinteros, de cañas y piedra y madera, y en todo ese rato Vera no saltó ni una sola vez, se limitó a acariciar la superficie de la mesa con las manos sin parar, como si quisiera tranquilizar a un animal o a un niño.

Redactaron listas, hicieron cuentas. Vera se quedó sentada sin torcer el gesto, después preparó unos bocadillos y sacó el aguardiente de pera.

Brindaron por la casa y, cuando acabaron, Carsten se acostó en la cama de Leon. Anne se quedó aún un buen rato sentada en la alfombra de la habitación de Ida Eckhoff haciéndole compañía al conejo solitario.

Vera seguía acariciando la mesa de la cocina.

A principios de mayo llegaron con los andamios unos hombres vestidos en camiseta interior que ya estaban quemados por el sol. Se estuvieron todo el día pasándose piezas pesadas y gritándose órdenes. Después desaparecieron y la casa de Vera quedó que parecía una anciana con muletas.

Anne se acercó a Hamburgo en coche y se trajo de vuelta a varios jóvenes ataviados con la vestimenta tradicional de los oficiales. Llevaban pendientes y sombreros negros. «Oficiales respetables», dijo Anne, pero Heinrich Lührs no las tenía todas consigo, más bien le parecían vagabundos, gentes nómadas a las que él no habría permitido entrar en su casa. Vera debía de saber lo que se hacía. En cualquier caso, no era de su incumbencia.

Los jóvenes desenrollaron sus sacos de dormir en las salas del servicio y, cuando empezó a hacer más calor, colgaron hamacas de los árboles. Se presentaban cuando les venía bien, algunos se quedaban solo dos días, otros un par de semanas, luego seguían camino y llegaban otros. Anne se subía con ellos a los andamios, anotaba las horas que trabajaban y les pagaba.

Vera no le quitaba el ojo de encima a la casa ni de día ni de noche. A veces no soportaba tantos martillazos contra las paredes ni oír cómo crujían los viejos marcos de las ventanas cuando los rompían, tampoco cómo rechinaban las juntas del lado del viento cuando las raspaban. Era como si fuese su cabeza la que golpeaban, sus huesos los que rompían, sus dientes los que raspaban, cada vez más adentro, hasta llegar al nervio.

Empezaba entonces a trastear otra vez con sus ollas, a cerrar cajones en la cocina haciendo todo el ruido posible, se ponía blanca y se volvía injusta, le gritaba a Leon si en el desayuno manchaba algo con su rebanada de miel, luego le compraba figuritas de animales para disculparse, pero a la mañana siguiente le volvía a gritar.

Anne sabía lo que significaban esas batallas en la cocina de Vera: que había que apartar las manos de las paredes durante unos cuantos días, dejar la casa en paz, echar a los oficiales.

Debía reinar la tranquilidad una temporada, y entonces Vera auscultaba la casa como si fuese un paciente con insuficiencia cardíaca. Le buscaba el pulso, escuchaba el sonido de su respiración.

Tenía que dormir pero no podía. Con los oficiales había demasiado ruido; sin ellos, demasiado silencio.

Cuando mejor se encontraba era durante las visitas de Carsten. Cada dos viernes Anne se lo traía desde Hamburgo, cuando llevaba a Leon a casa de su padre. Carsten siempre traía ventanas nuevas. Las montaba con tranquilidad en su taller, pieza a pieza, y Karl-Heinz Drewe se volvía loco al verlo.

Cada dos viernes Carsten hacía su ronda, recorría la casa y las habitaciones con Vera, comprobaba lo que había cambiado y luego iba a buscar sus herramientas, «porque no soporto las chapuzas». Siempre encontraba cosas que había que repasar, ya que ningún oficial era tan quisquilloso como el maestro Drewe.

Él era el único que al contemplar la casa de Vera no veía ningún problema, no veía las ruinas, la catástrofe. Solo veía a una vieja heroína que debía recobrar fuerzas, «un pelín deteriorada, pero todo se andará».

Por las noches se sentaban en la cocina e intentaban jugar a las cartas, pero con Anne no había manera, no tenía ni talento ni ganas.

—Oficial —se lamentaba Carsten, y lanzaba las cartas a la mesa—, no me gusta tener que decirlo, pero mi perro juega mejor.

Fueron a buscar a Heinrich Lührs, que se olvidó de irse a la cama a las diez, y estuvieron jugando al skat con él hasta la una de la madrugada.

La pieza preferida de Heinrich al piano era *Para Elisa*. Si por él fuera, Anne la habría tocado todas las noches en bucle sin parar.

No era fácil pasar por alto el piano del vestíbulo, y aun así Anne había conseguido evitarlo durante casi tres meses.

Un día de lluvia del mes de junio, mientras Vera estaba fuera con los perros, quitó los libros viejos que había encima de la tapa de nogal y las pilas de revistas de viajes llenas de polvo de hacía veinte, treinta años.

La casa estaba en silencio porque era una de esas temporadas sin oficiales. Las teclas parecían una dentadura estropeada. Marfil amarillento, piezas medio sueltas que les transmitían una sensación muy buena a los dedos de Anne.

El instrumento estaba tan desafinado que sonaba como a taberna de puerto, era un piano modesto que convertía cualquier pieza en una canción infantil, inofensiva y fuera de tono; perfecto para alguien que había huido de las grandiosas notas de un Bechstein de cola.

Los preludios de Chopin sonaban como cancioncillas en el piano del vestíbulo de Vera Eckhoff. Anne ya no sentía miedo; daba lo mismo cuántas veces se equivocara, no podía empeorarlo mucho más.

Vera se detuvo en la puerta con su chubasquero empapado por la lluvia, uno de los perros soltó un corto aullido al oír las notas estrafalarias, y Anne apartó los dedos de las teclas.

—Hacía mucho que nadie tocaba este trasto —dijo.

Vera la miró e hizo memoria.

—La última fue tu madre.

Marlene había tenido que practicar incluso durante las vacaciones, cuando estaba en casa de Vera, tres horas todos los días. Hildegard Jacobi era inflexible. Por las noches llamaba y preguntaba, no conocía bien a su hija. A Marlene no era necesario decirle nada, tocaba hasta que le daban calambres en los dedos. Una vez Vera le preguntó: «¿Te diviertes tocando, Marlene?», y al instante se dio cuenta de lo tonta que era esa pregunta.

Vera enseñó a Marlene a montar a caballo, primero con cuerda, en círculos, hasta que se mantuvo firme en la silla y ya no tuvo ningún miedo, y después junto al Elba. Al final se recorría toda la playa a galope y en ocasiones Vera apenas podía seguirla.

—No le pega nada —opinó Anne.

Vera se quitó el chubasquero y las botas de lluvia mojadas.

—Tú no conoces a Marlene —dijo—. Solo conoces a tu madre.

¿Qué sabían las hijas de sus madres? No sabían nada.

Hildegard von Kamcke nunca le había explicado nada sobre un hombre con una gran sonrisa. Nunca le había hablado de lo que sintió por un hombre con una pierna rígida. Ni por su suegra, a quien acosó con su música hasta que acabó colgada de una viga de roble.

Ni de si alguna vez, cuando no podía dormir por las noches, pensaba en sus hijos, en el pequeño, el que yacía en una fría tumba junto a una carretera; en la mayor, la que se había quedado bajo un tejado de cañas.

De si era una de esas enfermas de nostalgia que de noche, en la cama, soñaban con grandes avenidas y campos de trigo.

Vera no tenía ni idea de si Hildegard von Kamcke, igual que otras mujeres se cubrían con pieles de zorro o visón heredadas de sus madres, siempre se había cubierto con hielo. No sabía si ese abrigo también era una pieza de herencia o si se lo había puesto por primera vez cuando tuvo que abrirse camino en la nieve con sus niños.

Todas las hijas sabían que sus madres habían sido hijas también, y todas lo olvidaban. Vera habría podido hacer preguntas; a las madres se les podía preguntar cualquier cosa.

Solo que luego había que vivir con las respuestas.

A Hildegard Jacobi nadie le había contado que su hija menor sabía montar con la impetuosidad de un húsar. «De todas formas no se lo creería», dijo Marlene.

Y entonces se cayó del caballo, el último día de las vacaciones, y se rompió la muñeca.

Seis semanas escayolada, ocho semanas sin piano, nunca más unas vacaciones en Altes Land. Ni más cartas para «mi querida Vera».

24

Pequeños milagros

Marlene debía de llevar semanas preparándose, tenía mapas y guías de viaje que se había leído de principio a fin, se notaba por las notas adhesivas amarillas que había entre las páginas. En el bolso guardaba una carpeta con papeles, eran las cartas de su madre, que se las había pedido a Vera y las había fotocopiado. Anne la vio hojear entre ellas en el vestíbulo de su hotel de Gdansk, en Polonia, y ya entonces pensó en cómo escapar; su viaje no había empezado con buen pie.

«Mi mayor, mi único deseo.» Marlene cumplía sesenta años. Thomas tenía buenos motivos para no acompañarlas: una gira de conciertos en Melbourne, nada que hacer. Anne no encontró ninguna excusa, así que renegó, pero acabó acompañándola.

Habitaciones individuales, por lo menos. Diez días en una habitación compartida y se habrían matado la una a la otra.

Casi se le había olvidado lo que era estar de viaje con su madre. Marlene andaba a galope forzado, no viajaba como otras personas, ella se metía de lleno, se trabajaba los paisajes y las ciudades el tiempo que hiciese falta para conocerlo y verlo todo.

Bueno, pues a conocer la Prusia Oriental. Masuria en minibús; incluso Marlene era demasiado joven para ese viaje, en realidad. Había nacido después de la guerra, no podía añorar su hogar en la «tierra de oscuros bosques», y Anne no tenía ni idea de qué era lo que buscaba allí.

Era Vera quien debería haber hecho ese viaje. Marlene casi le había suplicado que la acompañara, pero Vera no viajaba a ninguna parte. Para ello habría tenido que abandonar su casa, y eso quedaba completamente descartado. «¡Y menos aún para ir a ese país!» A Vera le habría encantado poder olvidar, lo último que deseaba era el recuerdo.

Marlene confeccionó una lista de pueblos y ciudades que su madre había descrito en sus cartas a «mi querida Vera». Quería encontrar la finca de los Von Kamcke y recorrer en minibús las avenidas por las que Hildegard había caminado con sus hijos sobre una gruesa capa de nieve en enero, a veinte grados bajo cero. Y luego, por supuesto, ir a la laguna del Vístula, que todo el mundo quería visitar cuando recorrían Masuria en sus autocares alemanes. Refugiados de pelo cano que antaño, helados y perseguidos, habían estado allí de la mano de sus madres, bajaban ahora hasta la orilla con sus cazadoras color arena.

El guía turístico conocía a su clientela: señores entrados en años con el alma herida que esperaban encontrar una cura. Los llevaba a ver los lagos y las cigüeñas y las playas de ámbar, las ciudades de Nikolaiken, Heiligelinde y Steinort (como las llamaban ellos, por sus nombres alemanes). Sabía que en algún momento de los diez días que duraba el viaje, en algún lago, ante alguna vieja casa, en una iglesia, una voz insegura se pondría a cantar *Tierra de oscuros bosques,* en todos los viajes alguien se atrevía con ella. Entonces repartía las fotocopias, cinco estrofas, y cantaba él también, «por tus campos de trigo pequeños milagros corren», el autobús entero cantaba, y luego todos lloraban.

Los llevaba a las casas en las que habían nacido. Algunos estaban demasiado conmocionados para bajar del minibús, otros hacían de tripas corazón y llamaban a la puerta, siempre con intérprete. Las familias polacas solían ser muy amables, los invitaban a pasar, les enseñaban todo, posaban en la puerta de la casa con una sonrisa para sacarse una fotografía, alargaban la mano para dar un apretón y luego se despedían con ella cuando los extranjeros volvían a subir a sus autocares.

Los ancianos se derrumbaban entonces en sus asientos y no tenían aspecto de haber encontrado ninguna cura. A Anne le parecían enfermos operados a los que habían vuelto a abrir y luego les habían dado el alta demasiado pronto, bajo su propia responsabilidad.

Marlene, sentada junto a la ventanilla, comentaba hasta la última amapola y todos los carteles de señalización, y tomaba notas en su diario de viaje como una alumna ejemplar. En todos los baches suspiraba, en todas las maniobras de adelantamiento se la oía gemir. Continuamente sacaba el botellín de agua de la mochila, cada dos minutos se mojaba la frente con un pañuelo y se abanicaba con una hoja de papel para recuperar el aliento. Lo hacía armando mucho alboroto, como si fuera la única que sudaba y se sentía sacudida por ese viaje. Anne cerraba los ojos y subía el volumen del Ipod.

Y Marlene, que veía a su hija recorrer ese paisaje muda, del todo indiferente, cerrada y aislada, como decidida a no mostrar ningún sentimiento, a no compartir nada con ella, se volvía loca.

A las dos les costaba trabajo soportarlo.

Todo lo que hacían, se lo hacían a la otra.

Entonces llegó el día de Marlene. Era una calurosa mañana de julio y el guía de viaje les había pedido un taxi desde el hotel; Anne se montó en la parte de atrás, Marlene delante con su mapa en las manos.

Tuvieron que buscar muchísimo, se equivocaron varias veces por carreteras llenas de baches que cruzaban los pueblitos que había entre Rastenbur y Lötzen, que en la actualidad se llamaban de una forma muy diferente a como aparecían en el viejo mapa de la Prusia Oriental de Marlene. Ella había anotado los nombres polacos con boli rojo encima, pero pronto empezó a no aclararse.

Las pequeñas localidades estaban adormecidas bajo el sol, solo las cigüeñas parecían estar despiertas, un viento apático soplaba disperso entre los viejos árboles. Cuando recorrían las avenidas, tenían la sensación de haberse trasladado a una época diferente, a un mundo diferente. En algún momento encontraron una gran puerta de piedra y hierro forjado; era tal cual la había dibujado Hildegard von Kamcke, con un año en lo alto: 1898.

La puerta de la propiedad no parecía conducir a ninguna parte, al otro lado solo se veían matorrales verdes que se enredaban en el hierro oxidado.

El taxista se quedó junto a su coche y se puso a fumar al sol.

Anne se coló con Marlene por entre las hierbas, pasando por encima de árboles caídos. De la avenida que había descrito Hildegard ya no quedaba nada, los ojos caían directos sobre las ruinas.

A la gran casa señorial le había crecido un abedul en el techo. Las paredes estaban como si les hubieran arrancado la piel, apenas conservaban nada del revoque claro, la mampostería desnuda saltaba a la vista y las altas ventanas estaban cegadas con tablones.

Marlene se detuvo ante el frontón torcido. Quería hacer fotos pero en ese momento se le olvidó, así que Anne le quitó la cámara. Dejó allí a su madre mientras ella iba a explorar la parte de atrás, donde todavía quedaban en pie las naves grandes y alargadas de los establos. Todo estaba muy tranquilo. Un bosque, un río. Un cielo, un lago. Era imposible imaginar nada malo en aquel lugar, ni disparos ni sangre. No podía haber sucedido allí, en ese paisaje que lo acunaba a uno como si fuera un niño.

En esa casa debían de haber sido inalcanzables, «la cabeza bien alta», y de pronto se encontraron corriendo por la nieve para salvar la vida.

Anne fotografió el parque, los establos, la casa, después regresó a la escalinata medio desmoronada donde Marlene seguía inmóvil. No había dicho nada desde que habían llegado.

Vio que su madre sacaba una bolsita y una cucharilla de plástico de la mochila y rascaba algo de tierra para meterla en la bolsa junto con algunas piedritas. Luego se acercó al muro, arrancó un par de pedazos del revoque y se los llevó también.

Anne se volvió enseguida hacia otro lado, no quería ver aquello, a Marlene con su cucharilla de plástico delante de la casa señorial destrozada, una niña de sesenta años que buscaba a su madre.

Hildegard von Kamcke no estaba allí, no quería que Marlene la encontrara. Tampoco la casa les dio ninguna información sobre ella, no quiso desvelarles nada. Solo seguía de pie, con su abedul en el tejado, como un soldado herido al que alguien le hubiera puesto una flor en el casco para burlarse. No tardaría mucho en caer.

Anne le preguntó a Marlene si quería que le hiciera una fotografía delante de la casa, pero ella negó con la cabeza y regresó al taxi sin volverse. Seguía siendo una enferma sin cura.

Aun así, recorrieron los caminos que había descrito Hildegard y buscaron el lugar del mapa donde había dibujado una pequeña cruz. «Gregor von Kamcke (11.10.1944-29.1.1945)»

Se detuvieron en un punto de una carretera que conducía a Heilsberg.

–¡Lidzbark Warmiński! –exclamó con paciencia el taxista, que sabía que los alemanes nunca conseguían recordar los nombres polacos pero creía que por lo menos debían oírlos.

No se apeó con ellas.

Allí había muchos mosquitos y muchas moscas. Mientras Marlene agitaba su mapa intentando apartarlos, Anne buscó la sombra de un roble.

¿Qué habían hecho con todos los niños muertos que yacían en las cunetas de las carreteras? ¿Quién los había enterrado cuando la tierra por fin ya no estaba tan helada? Los incontables cochecitos infantiles, los muñecos de dormir, ¿dónde habían quedado?

No había forma de encontrar hermosas las avenidas de Masuria si uno empezaba a hacerse esas preguntas. Si pensaba que debajo de cada roble y en cada hondonada verde todavía quedaban huesos; y debajo de las amapolas, botones y zapatitos.

El último día del viaje fueron a Frauenburg en minibús. Desde la torre de la catedral disfrutaron de las vistas sobre la laguna del Vístula. Los turistas nostálgicos se estuvieron allí un buen rato toqueteando sus pañuelos, después se montaron en un ferri que debía llevarlos a la lengua de tierra.

El capitán era un hombre de aspecto lúgubre, aunque no se le podía tener en cuenta; siempre acompañando a esos ancianos abatidos. Quizá se sentía como ese barquero de la Antigüedad que constantemente llevaba a los muertos al Hades. Yo ya he tenido bastante, pensó Anne, dispuesta a quedarse en el embarcadero.

Pero Marlene ya había subido a bordo. Parecía haber encogido durante el viaje.

Anne se colocó junto a ella en la barandilla. Marlene, que llevaba puestas las gafas de sol, no soltó ni un momento su guía de viaje ni su mapa, que ondeaba al viento desplegado, sin prestarle ninguna utilidad.

En Masuria no había nada que encontrar, ni respuestas ni una cura. No había rastro de Hildegard von Kamcke. Una madre como un continente desconocido, todo seguía igual, para esa parte de la Tierra no existían mapas.

Anne, al lado de su madre, miraba al agua picada. Tras ponerse la cazadora, le explicó a Marlene lo que hacían los agricultores con las flores cuando llegaban las heladas nocturnas.

—Las protegen del frío mediante congelación —dijo—, y la verdad es que funciona. ¿Lo entiendes?

Las gafas de sol de Marlene eran muy grandes, Anne no podía adivinar lo que pensaba.

Aquellas mujeres habían tenido que convertirse en heroínas o en animales, de otra forma no habrían podido atravesar el hielo llevando a los niños consigo.

¿Cómo iban a cantarles después canciones y a reír con ellos?

Aquellas madres ya no eran ellas mismas. Ya no se dejaban convencer, no contaban nada, no explicaban nada, dejaron de buscar siquiera un idioma para lo indescriptible, practicaron el olvido y se les acabó dando muy bien. Siguieron caminando protegidas por un manto de hielo, a ellas no había que explicarles lo que era el calor por cristalización.

Marlene no dijo nada. Bajaron del ferri en Kahlberg, para una escala de tres horas. Se quitaron los zapatos y pasearon por la playa. Curiosearon en las tiendas, comieron helado y las dos sintieron dolor.

Era impensable volver a pasear del brazo, intentar hacer a la otra feliz. Aunque diez días juntas sin sangre y sin lágrimas eran casi un milagro.

En Masuria no había ninguna cura, pero Anne había visto a Marlene con su cucharilla de plástico ante la casa señorial. Una hija que no tenía nada, que se veía obligada a arañar tierra y revoque y piedras, como si con ello pudiera construirse una madre. No era tacaña, sino pobre. Lo que Anne quería de ella, Marlene no lo poseía. Anne podía tirar de ella, rebuscar en su bolso, registrarla como a un camello, pero no le encontraría ni un ápice de aquello por lo que todavía moría de ansia. ¿De dónde sacarlo, pues?

Ya podía dejar de buscar, tendría que pasar sin ello. También así se podía vivir.

Vera las recogió en la estación central de Hamburgo con el Mercedes Benz. Fueron a casa de Marlene, donde había café

255

y, sobre el Bechstein negro, una fina capa de polvo y un montón de partituras.

–He vuelto a tocar –explicó Marlene–. Ahora ya nadie me oye si me equivoco.

Estaban en la entrada y consiguieron darse una especie de abrazo de despedida. Marlene le apretó la mano a Anne, que sintió la presencia de un objeto frío. Después cerró la puerta de la casa tras ellas dos.

Un pequeño corazón de ámbar colgado de una cadena de plata. Una joya de niña comprada en una tienda de la lengua de tierra.

Vera lo tomó de su mano y lo miró un buen rato, estudió el corazón hasta que Anne acabó con los pañuelos y entonces la ayudó con el cierre.

–Una vez yo también tuve uno como este –dijo–, debe de estar por alguna parte.

Se acercaron a Ottensen y recogieron a Leon. Vera se quedó en el coche. Christoph ya se había instalado en el apartamento nuevo, aunque todavía había que pintarlo.

Carola le entregó a Anne la caja plegable con la ropa.

–Ahí dentro está mi hermanito –dijo Leon señalando la barriga de Carola.

Anne asintió y lo levantó en brazos.

–Venga –dijo–, nos vamos a casa.

Cuando llegaron abajo, Vera se había quedado dormida en el coche. Nueve noches sola en la casa; no había pegado ojo.

Anne la envió al asiento de atrás con Leon y poco después del túnel ya estaban los dos dormidos. La manita regordeta de su hijo en las manos azules de Vera.

25

Fuga de cerebros

Ya no se podía salir descalzo al jardín, las babosas habían conquistado el terreno, esos bichos marrones y gordos. Una vez Burkhard pisó una; después de eso, ya no volvías a quitarte los zapatos.

Más que asco, lo que Eva sentía por las babosas era odio; las cortaba por la mitad con sus tijeras especiales. A Burkhard no le gustaba demasiado ver cómo lo hacía, porque ni siquiera le cambiaba la expresión de la cara.

Su mujer también había dejado de sacar las arañas al aire libre, como hacía al principio. Ahora abría el agua caliente y apuntaba la alcachofa de la ducha como si fuera un lanzallamas sobre las enormes arañas que encontraba en la bañera, las hacía desaparecer por el desagüe y luego ponía el tapón para obstaculizarles la huida.

Los tejados de cañas siempre estaban llenos de arañas que se colaban en las habitaciones descolgándose por las ventanas abiertas, y algunas se metían entonces en las camas. Te las encontrabas por la noche, cuando retirabas el edredón, grandes como manos infantiles. A menudo escapaban a toda prisa, y entonces no había quien durmiera, porque a saber dónde se habrían escondido.

En verano el campo era como una guerra. La naturaleza lanzaba su ataque y no tenía compasión. Con ella no había negociación posible.

En el sótano todavía guardaban la trampa de cristal para moscas y avispas de Manufactum, cristal artesanal soplado en Lusacia, que el primer verano habían colocado en el alféizar de la ventana. Un poco de agua con azúcar contra los insectos, solo una pequeña prisión preventiva hasta que se hubieran comido el pastel de fresas, después volvían a dejarlos libres. Vive y deja vivir, respeto por todos los seres vivos, convivencia pacífica entre hombre y animal. ¡Lo habían creído de verdad! Inocentes refugiados de la gran ciudad, venidos del barrio hamburgués de Eppendorf... Ahora casi le resultaba conmovedor cuando lo recordaba.

Los mosquitos querían sangre, y los tábanos, también las moscas que salían de las acequias. Al principio se habían tratado las picaduras con aceite de árbol del té; ahora se ponían Autan, ahora contraatacaban. No hacían prisioneros.

El primer verano se habían reído, todo les parecía gracioso. Cuánto material para artículos había en el mundo de las botas de lluvia... Burkhard había escrito su primer libro sin ningún esfuerzo. Sobre babosas e insectos, sobre las bolas de pelo que los gatos salvajes les regurgitaban a la puerta de casa, sobre los topillos de los arriates y las toperas en el césped recién sembrado. Sobre agricultores que no tenían sentido del humor y arrasaban con todo lo que ellos definían como parásitos. Sobre adoquinadores que se presentaban en motocicleta y comían fiambre en gelatina con los dedos sucios.

Era un buen libro, irónico, ingenioso, podía decirlo aun haciendo autocrítica. Todavía se vendía, cuarta edición, eso no lo conseguía cualquiera de sus excompañeros.

Vio a Eva fuera, arrancando ortigas. En inverno luchaba contra las depresiones, en verano contra las malas hierbas.

Las gaviotas se posaban en los árboles de delante de la casa y chillaban, las ranas del vecino alcanzaban cotas de ochenta decibelios; lo había medido. Los tractores rugían, los corta-céspedes, las sierras mecánicas, todo Altes Land parecía estar en constante proceso de tala, era un milagro que todavía que-dasen árboles en pie.

Pérdida de audición además de acúfenos. «Hay que tomár-selo con más calma, amigo –le dijo su médico de cabecera–. Nada de estrés, nada de ruidos.» Había acabado poniéndose tapones para los oídos cuando tenía que concentrarse, pero los pitidos, sobre todo en el lado derecho, no disminuían ni así.

«¡Eso es lo que has sacado de tu maldita desaceleración!»

La reacción de Eva no había sido exactamente la que es-peraba uno de su esposa cuando llegaba a casa con acúfenos en las frecuencias altas.

Su fábrica de mermeladas se había acabado, ya no pensaban reacondicionarla. Eva había lanzado contra la pared confituras de fruta, *chutneys* y jaleas por valor de miles de euros. No había quedado gran cosa intacta después de su fiesta de primavera. El día ya había empezado mal: nubarrones, demasiado frío para ser Pentecostés, chubascos. No hizo un tiempo para salir de excursión, y del pueblo, de todas formas, nunca iba nadie.

En el fondo ya estaban hartos. No solo Eva, también él.

Burkhard había enterrado su proyecto fotográfico.

Campo y cocina había muerto. El reportaje principal, «Del monte al plato», ni siquiera había podido empezarlo. Vera Eckhoff se había olvidado de decirle que los corzos estaban en veda hasta septiembre. Se enteró en abril, cuando la llamó para concertar una cita. Le contestó muy alegre al teléfono, ah, sí, y, por cierto, además había dejado la caza. «Por cierto.»

Florian quería que le pagara sin más demora una compen-sación por la cancelación de sus fotografías, puesto que al parecer ya había planificado el encargo. Si no, pensaba de-nunciarlo. ¡Y ojo que no fuese una querella conjunta! Podía aliarse con los hermanos Jarck.

Burkhard casi se cayó de la silla cuando recibió la carta del abogado de Stade. Sus clientes se sentían «retratados de forma poco favorecedora» en el volumen con reportaje fotográfico *Gentes del Elba: Rostros curtidos por un paisaje,* cuyas fotografías «no fueron autorizadas en ningún momento» por los hermanos Jarck.

Vulneración del derecho a la protección de la propia imagen, diez mil euros de indemnización e interposición de una demanda de cesación. Más tontos que hechos por encargo, esos dos. ¡Si ni siquiera sabían deletrear «demanda de cesación»!

Pero venirle con un abogado... No se lo podía creer. Socarronería rural, seguramente era eso. Tenían bastantes probabilidades de que su demanda saliera adelante.

Burkhard Weisswerth estaba decepcionado, sobre todo desde un punto de vista humano. Él se había dirigido a la gente de allí con toda franqueza y ellos no se lo habían agradecido.

Tal vez fuera cierto que había embellecido algunas cosas, eso lo había comprendido las últimas semanas. Siendo sincero, pese a toda la simpatía que profesaba por esos tipos grotescos que había conocido, no podía negarse que allí en el campo sufrían una fuga de cerebros.

El que tenía algo en la sesera, el que sabía o quería hacer algo, no se quedaba en ese pueblucho a contemplar el Elba hasta el fin de sus días. Los que quedaban eran los restos, los saldos. Pobres diablos, mindundis, pelagatos. Adoquinadores débiles mentales, tarados con fobia social como esa Vera Eckhoff y agricultores incultos como Dirk zum Felde.

Dirk había ido a disculparse por el numerito del Glenfiddich un par de días después con una gran sonrisa; lo del «buen combinado» de whisky, hielo y Sprite..., solo era una broma. «No te enfades, Burkhard.» Si pretendía ser un chiste, no había quien lo entendiera, pero en fin. Olvidado estaba.

Ya no le apetecía seguir describiendo a todas esas personas, publicar artículos o libros sobre ellos, era un tema quemado, estaba harto, no podía más, tenía que pasar página, el mundo de las botas de lluvia se le había quedado pequeño.

Y también había acabado con el periodismo.

Burkhard Weisswerth estaba preparado para un cambio, viraría el rumbo de su embarcación vital, regresaría al origen. Una villa en el barrio hamburgués de Othmarschen, buena ubicación, vistas a Jenischpark. Su anciana madre había sido oportuna por una vez en su larga y completa vida. La cuidadora se la había encontrado a principios de junio en la cama, como si durmiera; una muerte como la que cualquiera le pediría a su hada madrina.

Burkhard podía considerarse acomodado, solo la casa tenía un valor de cuatro millones de euros, el resto era incalculable. Una vida de alta burguesía hanseática, Club Übersee y Sociedad Patriótica, amarre en Mühlenberg, volvería a navegar y quizá también a jugar al polo. Después de todos esos años regresaría a casa, a sus raíces. Se había rebelado durante toda su vida, había sido un *angry young man,* nunca se había dejado comprar, nunca había pasado por el aro ni aprovechado la influencia de su padre. Ahora ya no tenía que demostrarse nada.

La pandilla de Eppendorf vomitaría. Todos ellos vivían la mar de bien en sus apartamentos junto al mercadillo semanal de Isemarkt. La zona del Alster no estaba mal, pero el dinero de verdad, el de toda la vida, se encontraba en las inmediaciones del Elba, y todos lo sabían. Una villa en Othmarschen jugaba sencillamente en otra liga.

Le divirtió imaginar sus labios apretados.

Eva seguía arrancando las malas hierbas allí fuera. Burkhard se preguntó por qué estaba tan furiosa, ahora que todo iba a ir bien.

Algo había sucedido con aquel pomólogo, Burkhard no estaba ciego. En sí no era ningún drama, en ese sentido se dejaban mutua libertad, se permitían esas pequeñas expediciones, había que ser tolerante, nunca le habían hecho ningún mal a su matrimonio. Al contrario.

Pero tenían reglas claras: aventuras sí, romances no. Hasta la fecha, él se había atenido a ello. Insignificantes historias bioquímicas llevadas con discreción, una o dos tardes agradables y, después, adiós muy buenas.

De repente con Eva no lo tenía tan claro.

26

Dormir

En agosto llegaron las tormentas de verano. Las ráfagas de viento tiraban del tejado, embestían las paredes y las hacían gemir como ancianos, como Karl en sus peores noches.

Vera estaba junto a la ventana y miraba los árboles de su jardín, que se encorvaban igual que si les estuvieran dando una paliza. Parecían hacerle gestos de desesperación, como si quisieran que los dejara entrar.

En noches como esa no podía quedarse uno sentado, y menos aún acostarse, había que estar de pie, plantado como un timonel aguardando las olas monstruosas y los rayos con la esperanza de que el barco tampoco zozobrara en esa ocasión.

Iban avanzando a buen ritmo. La fachada estaba casi irreconocible con las ventanas nuevas y el entramado reparado. Todavía no lo habían pintado, primero tenían que terminar las paredes laterales. En primavera querían ponerse con el tejado.

Vera se había acostumbrado a tener por allí a los oficiales con sus sombreros negros, su pelo largo, sus pendientes en orejas, nariz y cejas. Unos cuantos llevaban los brazos tatuados, como marineros, y también como tales se movían. Siempre con calma.

Cuando el ritmo decaía demasiado, Anne los espabilaba. Le sacaban dos cabezas, pero cuidado con que alguno de esos tatuados se le pusiera tonto.

La casa se mantenía callada a pesar de tanto martillazo.

Al principio Vera había esperado una desgracia todos los días. Daba por hecho que habría sangre, que algún dedo acabaría arrancado. Hombres que se caían, que resbalaban desde el tablón más alto de los andamios. Niños pequeños que tropezaban con una sierra, que pisaban esos clavos enormes con los pies descalzos. Desde el día que Anne arrancó la primera ventana de la pared, siempre había dado por hecho lo peor.

Pero llegó el verano y la casa seguía quieta como un caballo viejo que se dejaba herrar, que levantaba dócilmente las pezuñas y no se resistía, y por primera vez en muchos años Vera empezó a pensar que tal vez esa casa no era más que una casa.

No un ángel vengador que enviaba a ancianas al desván con una cuerda para la ropa cuando alguien cambiaba de sitio un viejo armario del vestíbulo, o que tiraba a jóvenes al suelo y los hacía caer de manos y rodillas sobre los añicos de cristal de un cuenco de ponche solo porque le habían cambiado una vieja puerta lateral.

Era una ridícula creencia infantil, lo sabía y de día se avergonzaba de ello.

Pero de noche lo creía con convicción. En cuanto se hacía el silencio y llegaba la oscuridad, los olvidados arrastraban sus pies por el vestíbulo, las viejas voces le susurraban desde las paredes y ella volvía a creer a la casa capaz de cualquier cosa.

El verano siguiente, cuando el tejado de cañas estuviera acabado, seguirían con el interior, las paredes, los suelos y los techos, y tal vez por fin llegaría la calma también durante las noches.

Junto con la casa habían renovado también a Heinrich, o eso le parecía a Vera.

Su vecino jugaba al skat con ellas hasta bien entrada la noche, y a la mañana siguiente, quebrantando sus propias reglas, no se ponía el despertador. Quizá Heinrich Lührs sentía de pronto que, más que señor, había sido siervo de su propia vida, y que esas reglas rigurosas tampoco servían de mucho.

Vera nunca había hecho lo correcto y, aun así, parecía que las cosas empezaban a sonreírle. Tenía a un niño pequeño que por las mañanas iba a dibujar a la cocina, y una sobrina que se parecía mucho a ella y que se atrevía a montar sus yeguas. Incluso le estaba dejando la casa bien apañada, cosa que ella no había hecho nunca.

Él estaba solo en su casona, mantenía su granja para nada, para nadie, y sus nietos le destrozaban el jardín y le tiraban chocolatinas a la cabeza.

Aquel último Domingo de Resurrección Heinrich Lührs tomó la decisión de convertirse en otro y dejar de ser «un chiquillo *atontao*».

Se acabó lo de buscar huevos de Pascua en su jardín, se acabaron las visitas por su cumpleaños y en Navidad. Ya se lo había dicho a Steffi, y ni siquiera le había resultado difícil. Que fuera a verlo Jochen nada más, él solo, tres o cuatro días en septiembre. Con eso le bastaba.

Esas cosas podían decirse. Uno podía decidir no invitar más a sus nietos y a su nuera, y no pasaba absolutamente nada, la vida continuaba.

Detrás del cobertizo de Vera, Heinrich construyó un gran establo para el conejo enano de Leon, que ya no estaba solo, porque Theis zum Felde había tomado medidas.

Le había «prestado» un conejo a Leon, lo habían metido con *Willy* en el nuevo establo y ahora tenían seis crías.

Heinrich recogía dientes de león todas las mañanas porque el niño todavía no podía hacerlo solo.

Y porque le gustaba sentarse en un cubo del revés junto a los conejos, igual que antes, cuando era joven y criaba sus gigantes de Flandes. En aquel entonces los conejos nunca eran lo bastante grandes, ahora ya solo los querían enanos. Heinrich Lührs no lo entendía, pero también los pequeños le gustaban.

Vera lo vio sentado en su cubo con dos conejitos en el regazo; Heinrich Lührs el Mejor.

Hinni enseñó a Anne a bailar en el vestíbulo. Un día soltó las cartas, se arremangó y examinó los pies de la chica sacudiendo la cabeza; calcetines con grandes tomates.

–¿Qué es lo que sabéis hacer las jóvenes hoy en día? ¡Ni zurcir calcetines ni bailar!

Carsten buscó en el dial de la radio de la cocina hasta que encontró una emisora de canciones populares.

–Bueno, ¿me permites?

Era un buen bailarín, siempre lo había sido.

Anne solo tenía que aprender lo suficiente para la fiesta de las Cerezas, el baile de los bomberos voluntarios. Invitación por escrito de un hombre rubio con hoyuelos. A Anne le apetecía mucho ir. «No es nada serio, Vera –comentó con una sonrisa–. Solo un poco de diversión.»

Dirk y Britta iban todos los años, los de la brigada local siempre se presentaban juntos y con el uniforme de gala. Era todo un acontecimiento en el pueblo, más sonado aun que el baile de Cazadores.

Ese año la gente tendría algo que mirar: una mujer de rizos oscuros con un vestido no demasiado largo.

Vera no había ido a un baile en toda su vida. ¿Quién habría bailado con ella? A la mayoría de los hombres de su edad les había zurrado de pequeña, detrás del colegio o en la calle, porque la insultaban.

Una sola vez bailó con Heinrich. El *Vals de la Nieve* en su vestíbulo. Karl había tenido que tocarlo tres, cuatro, cinco veces para que Vera se aprendiese los pasos.

Antes de que le saliera bien, llegó el padre de Hinni y se bebió el ponche de fresas del cuenco.

Vera Eckhoff seguía sin saberse los pasos del vals.

Vio a Heinrich Lührs bailar con Anne y deseó ser joven de nuevo, pero esta vez de una manera más adecuada.

A principios de septiembre los días se volvieron resplandecientes y el cielo se tiñó de un azul grave. Parecía que en el aire pendía un carraspeo, como si alguien estuviese a punto de pronunciar un discurso de despedida. Las manzanas ya estaban rojizas, las primeras ciruelas caían de buena mañana sobre la hierba húmeda. Solo las golondrinas y los abejorros fingían no sentir el otoño aún.

En la casa reinaba el silencio, todos los oficiales se habían marchado y de momento Anne no había contratado a otros nuevos porque Vera quería pasar unos días escuchando las paredes.

Solo Carsten podía ir los fines de semana, como siempre. Él no molestaba a nadie cuando hacía sus rondas por toda la casa.

Al caer la tarde, Vera y Anne salían a buscar a las yeguas a los pastos y cabalgaban junto al Elba. Se cruzaban con Heino Gerdes en su bicicleta plegable, que nunca levantaba la vista cuando se lo encontraban, sino que mantenía la mirada fija en la carretera, pero siempre se llevaba los dedos a la gorra un momento a modo de saludo.

Veían a Hedwig Levens con su perro flaco, los dos caminando siempre como si tuvieran miedo de que fuera a caerles un golpe, como si corrieran para evitar un castigo.

Poco a poco Anne iba sabiéndose todos los nombres, Vera se los repetía en cada ocasión. Le nombraba los animales así como las personas, le explicaba sus formas y características sin diferenciar entre unos y otras.

Cuando llegaban a la playa de arena, dejaban que las yeguas se pusieran al galope.

Los fines de semana, Anne interpretaba al piano las peticiones especiales mientras los jugadores de skat echaban sus partidas en la cocina. Siempre *Para Elisa,* una y otra vez, aunque a Heinrich también le gustaba Chopin, salvo las piezas más impetuosas. Carsten quería escuchar *boogie* y Vera no tenía ningún deseo en concreto. Le gustaba cualquier cosa que no fuera la *Marcha turca.*

Una vez Anne tocó los primeros compases de esa pieza, y Vera se puso de pie enseguida, salió corriendo al vestíbulo y cerró de golpe la tapa del piano.

—¡ESO NO!

Su sobrina tuvo el tiempo justo para apartar las manos. Durante un par de segundos pareció que todo había quedado congelado: Carsten y Heinrich sentados inmóviles a la mesa de la cocina, las manos de Anne en el aire.

—Eso no —repitió Vera.

—¿Alguna otra pieza que esté prohibida? —preguntó Anne cuando se recuperó del susto—. ¡Dímelo enseguida!

—No —repuso Vera—, solo esa.

Durante la semana, Anne interpretaba canciones de cuna para Leon. Dejaba abierta la puerta de su habitación y tocaba hasta que se quedaba dormido.

Tampoco paraba si veía que Vera aún estaba sentada en la cocina con sus manos azules, hojeando alguna revista de viajes. Seguía tocando hasta que su tía se dejaba caer hacia atrás en la silla, se quitaba las gafas de leer, ponía las manos en el regazo y daba una cabezada de esas de las que solo Vera Eckhoff era capaz: sentada, con la espalda siempre recta y los ojos cerrados.

A veces tenía que tocar mucho rato. Esas noches, Satie era lo único que daba resultado. Un pausado compás de tres por cuatro, *lent et douloureux.* Anne casi se quedaba dormida tocando.

Hasta que un día por fin se atrevió a mandarla a la cama.

—Vera, acuéstate, yo me quedo de guardia.

Al principio Vera se rio y sacudió la cabeza como si Anne hubiese contado un chiste. Tuvo que repetírselo al día siguiente, y luego al otro, tuvo que llegar el invierno para que por fin Vera Eckhoff se atreviera a irse a su cama.

Dos puertas se quedaban entornadas en esa casa, dos personas dormían, una anciana y un niño. Una persona se quedaba despierta y velaba sus sueños.

La casa guardaba silencio.

Agradecimientos

¡Gracias!

A Barbara Dobrick (De ocho a doce, ¡y en verano no!)
A Alexandra Kuitkowski (De todas formas quedaré con Anja.)
A Sabine Langohr (Con eso ya quedamos en paz.)
A Claudia Vidoni (¿Qué culpa tiene la casa?)